JN049876

焼け野の雉《きじ》

梶よう子

朝日新聞出版

目次

おけい　「ことり屋」の女主人。
永瀬八重蔵　北町奉行所の定町廻り同心。
結衣　永瀬の娘。母を亡くして以来声が出ない。
権太　永瀬八重蔵の屋敷の下男。
羽吉　おけいの離縁した夫。ことりやの元の主。
八五郎　おけいと親しい古手屋の主人。
長助　八五郎の息子。店を手伝うしっかり者。
おとせ　「ことり屋」隣の鳥籠屋の女房。
曲亭馬琴　『南総里見八犬伝』を綴る戯作者。
左之助　鳶たちを抱える松木屋の若頭。
次郎吉　左之助に憧れる鳶の若者。

焼け野の雉《きじ》

第一章　カナリヤの番《つがい》

一

朝の気が尖ったように張り詰めている。

師走の半ばも過ぎ、江戸の町は忙《せわ》しない。煤《すす》払い（大掃除）を終えた表店《おもてだな》の商家は、掛取り帳とにらめっこしながら大晦日《おおみそか》に向けて算盤《そろばん》を弾いている頃だろう。

小松町《こまつちょう》で飼鳥屋《かいどりや》を営むおけいは、店座敷で鳥籠の掃除をしていた。小松町は日本橋通から一本さらに通りを挟んだ所にある。楓川《もみじがわ》に架かる新場橋《しんばばし》にほど近く、西には上さまがおわす御城がある。

店の軒先には、『ことりや』と彫られた鳥形の看板が下がっている。

「おはようございます」

掃除の手を休め、おけいが声を掛ける。

山積みされた古着を載せた大八車が、ことり屋の前で止まった。

車を引いているのは裏店《うらだな》で暮らしている古手屋の八五郎《はちごろう》だ。この小松町から、神田川沿いの柳《やなぎ》原土手《わら》まで行く。八五郎が柳原土手までわざわざ行くのは、店を持っていないからだ。夜《よ》には夜鷹《たか》が男の袖を引く場所に変わるが、昼間は店を持たない古着屋がずらりと並ぶ。衣紋竹《えもんだけ》に吊るされた古着は遠目に眺めれば、風にはためく色とりどりの吹流しのようだ。

「ああ、おはよう。今日も寒いねえ。鳥たちはどうだい？」

八五郎の息が白く延びる。

「ええ、元気にしておりますよ。皆、身体を寄せ合っておりますけれど」

おけいは、にこりと笑いかける。そうして横目でちらりと籠の中の小鳥たちを見やる。

紅すずめや文鳥が止まり木に行儀よく並んで、身を寄せている。冬を目指し、海をはるばる渡って来る冬鳥もいるが、大方の小鳥たちは、寒さに弱い。

底冷えする夜には厚手の布地で籠を覆ってやらねばならない。

「そいつはよかった。鳥も羽があっても寒いんだなぁ。けどよ、こう寒くちゃ、人だって外へ出たくねえものな」

八五郎が襟巻きを寄せてぶるりと身を震わせる。

「なにをいってるんだよ、父ちゃん。稼がねえと、おまんまの食い上げだ」

後ろから車を押す倅《せがれ》の長助《ちょうすけ》が声を張った。

「こらっ。生《ナマ》いうんじゃねえよぉ」

首を回した八五郎が大きな声でたしなめる。

八五郎には長助を頭に、四人の子がおり、女房と両親の三世代が同居している。女房と母親が内職をしてはいるが、やはり八五郎の稼ぎが頼りだ。長助は十になると、すぐに父親の手伝いを始めた。もう丸二年が過ぎて、少したくましくなった。

いつもの父子のやり取りを聞きながら、おけいは笑みを浮かべる。

「長助ちゃん、冬は車を押すのもひと苦労ね」

「まあ、綿入れがほとんどですからね。積めばどうしてもかさが張る」

そう応えた八五郎に、「おかげで前が見えねえんだ」と、長助が続けた。

「そうねぇ。でも、今日も張り切ってね」

「当たり前だよ、ことり屋のおばちゃん。結構、おいら客あしらいがうまいんだぜ」

へへ、と自慢げに鼻の下を擦《こす》り上げる。

「あら、うちの子たちもお願いしようかしら」

おけいが軽口を叩くと、長助は真顔になって、

「うーん、小鳥と古着は違うからなぁ」

と、生真面目に答えた。まだそうしたところは素直で愛らしいとおけいは眼を細める。

「よし、長助、行くか。じゃ、おけいさん」

「行ってらっしゃい」

がらがらと音を立てて、八五郎と長助父子がことり屋の前を離れた。

おけいは、掃除を終えた鳥籠を持って立ち上がる。店座敷の隅に置いて、踵《きびす》を返す。この鳥籠にいたのは、カナリヤの番《つがい》だ。その子たちを、ほんの少し前に、送り出した。おけいが揚《あ》げ縁《えん》を下ろし、鳥籠を並べ始めてすぐ、店の前に武家の老夫婦が立ち止まったのだ。

購《あがな》っていったのは、その夫婦だった。ふたりともに黒髪より白髪のほうが多く、生きてきた分だけ刻まれた皺《しわ》がある。六十はとうに過ぎて見えた。

あのご夫婦ならば、きっと可愛がってくれる。おけいはそう感じた。

揚げ縁に置かれた鳥籠を覗《のぞ》いたとき、二羽のカナリヤがふたりに興味を示し、首を傾《かし》げるような仕草をした。雄が、チチッとさえずる。

「まあ、可愛い声」

妻女が目尻に皺を寄せて、嬉《うれ》しそうな顔をした。

ああ、大丈夫だと、おけいはほっと胸を撫《な》で下ろした。人は小鳥を選んでいるつもりかもしれないが、それは驕《おご》りだ。小鳥も人を選んでいるのだ。互いの気持ちが通じ合えば、小鳥は人に応える。おけいはカナリヤの仕草を見てから、夫婦に、この二羽は番だと伝えた。

夫のほうが「ならば共に連れて行かねばな」と口許を緩め、妻女を見た。

「よろしいのですか？」

妻女は不安げな顔をして、遠慮がちに夫の顔を見る。すると夫がすぐさま口を開いた。

「当然ではないか。鳥とて夫婦《めおと》であれば、別れ別れにすることはできん」

夫婦は質素な身なりをしていたが、暮らしに困っているというふうではなかった。おそらくすでに若夫婦に家を任せて、揃って隠居したのだろう。

「おかみさん、このカナリヤの番を」と妻女が、か細いがはっきりした声でいった。

「失礼ですが、鳥を飼うのは初めてでしょうか？」

おけいが訊《たず》ねると、いや、と夫が首を横に振る。

「……息子が鳥好きだった。おかげでわしも随分と世話をしたものだ。なあ」

「ええ、まことに。いつも小鳥のさえずりが聞こえておりましたね」

妻女は、懐かしむように応える。

「しかし、いまは、鳥籠がないな。どうしたら良いものか」

「おまえさま、お隣が鳥籠屋さんですよ」

「おお、そうか。それならばすぐに連れて帰れるな」

ことり屋と狭い路地をはさんだ並びに、鳥籠屋がある。近頃は鳥籠だけでなく、ざるなどの日用品も置いている。

おけいが鳥籠屋の女房おとせに声をかけ、鳥籠を見繕った。その間も、老夫婦はカナリヤの番を愛おしそうに眺めていた。

「冬場は小鳥たちには厳しい季節です」

おけいは新しい鳥籠にカナリヤを移しながら、老夫婦にいった。

昼間、陽の出ているときはいいが、日入りばなは寒暖の差が大きくなる。夜や特に寒い日は、鳥籠に厚めの布地を掛けるなどして、気遣ってあげてほしいと伝えた。

「なにか気になる様子が見えましたら、いつでもおいでください。少しでもお力になれればと思っておりますので」

それに、とおけいは妻女に顔を向けた。

「この子たちを上手に懐かせれば、人の手からも餌を食べてくれるようになりますよ」

「なんて可愛らしい、ねえ、おまえさま」

「おまえも、これで寂しゅうはなかろう」

夫は、ぎこちない笑みを浮かべる。妻女の表情が一瞬曇る。それをみとめた夫が努めて明るい声でおけいに訊ねてきた。

「餌は粟《あわ》やひえでよろしいか？」

「ええ、それと青菜も好きですから、あげてください。ああ、今、ここで食べさせている餌を少しお分けしますね」

老夫婦は互いに頷《うなず》き合い、夫が「ありがたく頂戴する」と、鳥籠を提げ、カナリヤを連れ帰った。

夫の右手は、妻の背に添えられていた。妻は夫の顔を見上げながら歩く。長い年月をふたり寄り添って生きてきたのだろう。互いを思いやる優しさと落ち着きに満ちていた。

おけいの胸がじんわりと温かくなる。あのように、時を重ねても思いやれる夫婦の姿が少しだけ羨ましく見えた。ああした未来が自分にはあるだろうか――。

と、おけいは首を軽く横に振って、いけない、いけない、と呪文のように唱えた。さあ、餌を足してあげなければ、と立ち上がったとき、前垂れの結び目が緩んでいるのに気づいて、腕を後ろに回した。

「痛っ」

前垂れの紐に指が引っかかった。おけいは指先を眺める。毎日行う鳥籠の掃除、水替えなどで、ひびが切れていた。ぴりぴりと痛みが走る。

「店を大きくして、奉公人も雇い、おめえに楽をさせてやる」

かつて亭主だったあの人が言った言葉を思い出す。けれど、胸が青く光る鷺《さぎ》を捕らえに旅立ち、戻らなかった。あたしは、あの人が開いたこの店を守るために懸命だった。

「いま帰ったよ」という言葉が聞きたくて、三年待ったけれど――。

あの人のために守ろうとした店は、いつしかあたしの暮らしのすべてになり、居場所になっていた。指先のひびも汚れた前垂れも日常だ。

少しずつ陽が差してきた。気持ちの良い陽射しに揚げ縁の上の鳥たちも、さえずり始める。止まり木を、ととと、と移動する子もいる。おけいは、首を傾げ、小鳥たちの様子に視線を向ける。

不意に、三和土《たたき》のほうから、がたりと物音がした。その途端、

「アラ、センセイ、アラ、センセイ」

三和土に置かれた禽舎《きんしゃ》の月丸《つきまる》が羽をばたばたさせて、鳴き声を上げた。月丸は雄の九官鳥《きゅうかんちょう》だ。首元の羽毛のない黄色の部分が三日月のように見えたので、おけいがそう名づけた。

「まったく、月丸には敵《かな》わんなぁ」

潜《くぐ》り戸を開いて素早く入ってきたのは、曲亭馬琴《きょくていばきん》だ。

「あら、先生」

おけいは大きな声を上げ、思わず肩を竦《すく》めた。

馬琴は『南総里見八犬伝《なんそうさとみはっけんでん》』という読本を綴《つづ》っている人気の戯作者《げさくしゃ》だ。もう十五年に亘《わた》り版行され続けているそれは、壮大な伝奇物で、実のところ馬琴自身もいつ大団円を迎えさせたら良いものかと思い悩んでいるくらいだった。おけいも目を通したが、八人の剣士が文字の浮き出る不思議なガラス玉に運命を導かれるという奇想天外な話をどうしたら思いつくのか、本当にわからない。

「驚くじゃありませんか。どうして店先からいらっしゃらないのですか」

おけいは少しばかりきつめの口調で問う。

「いやいや、驚かすつもりはなかった。許しておくれ。いつものことだ」

馬琴のいう、いつものこととは版元との隠れ鬼のようなものだ。早く続きを、新しい戯作を、と屋敷まで押しかけてくる版元から逃げ回っているのだ。

「うちの連れ合いは気が利かぬ。ここに立ち寄ることを版元の奴らに話してしまってな。だから

の、おちおち店先に立って鳥たちを眺めていたら、すぐに見つかってしまう」

やれやれ、と馬琴は三和土から勝手知ったるとばかりに上がり込み、棚の鳥籠を覗いて眼を細める。

「先生、いつも潜り戸の閂《かんぬき》が開いているとは限りませんよ」

うむむ、と馬琴が唸《うな》ったが、すぐに相好《そうごう》を崩して鳥たちを見やる。

馬琴は自他共に認める鳥好きだ。一時は、大型の鳥から小型の鳥まで百羽近く世話をしていた。だが、餌代もかさみ、手間もかかるので、泣く泣く手放した。

いまは、イソヒヨドリ、カナリヤ、鳩を手許に置いて、可愛がっている。中でもとくにカナリヤが好きで、羽色の違う番から、さらに別の羽色のカナリヤを産ませることもしている。そうして生まれた雛《ひな》はまた格別に可愛いのだと眼を細めている。

「おや、そういえば、カナリヤの番はどうした?」

「あの子たちなら、今朝方、送り出しました」

ははは、と馬琴が笑う。

「おけいさんは相変わらずだの。小鳥をあの子と呼んだり、売れた鳥を送り出したといったりな」

「だって、ここにいる鳥たちは、皆、大切な子です。命を持っているんですもの」

飼鳥屋は、小さな命の売り買いをしている。どこかにその呵責《かしやく》がある。時に、無責任な飼い主が、小鳥たちを不幸な目に遭《あ》わせることもある。それは、小鳥を迎える飼い主ばかりでなく、売る側の責任もある。誰彼構わず売るのは、商売として間違っている、とおけいは思う。愛らしいから、人に自慢したいから、癒やされたいから、鳥を飼う。理由はさまざまだが、命を預かることをきちんと知ってほしいのだ。籠の鳥は逃げられない、羽を持ちながら、空へと羽ばたくことはできない。飛ぶための翼を持ちながら、飛べぬように羽を切られる。小鳥たちは、その姿、仕草、さえずりで人を優しく癒やしてくれる。ささくれた気持ちも穏やかに鎮めてくれる。だからこそ、人がその小さな命を尊ぶことが大切なのだ。鳥を初めて飼う客には、飼い方を教え、病の相談も受ける。軽い病であるならおけいが治すことも珍しくなかった。

そうしたことが積み重なり、噂《うわさ》にもなって、おけいの店に小鳥を買いに来る者が増えた。鳥がその生を全うした後、再び訪ねてきて新たな子を迎える客もいた。確実に小松町でおけいの飼鳥屋は認められ、おけいもまた小鳥への責任を噛《か》み締めながら、求める人々に送り出す。今では、いなくなった亭主の商売を引き継いだと噂する者はもういない。おけいさんの飼鳥屋、と思ってもらえるようになった。

「おお、そうだ。これを持ってきた」

と、馬琴が袂《たもと》から何かを取り出した。

「息子の宗伯《そうはく》に作らせた。あかぎれの膏薬《こうやく》だよ」

「いつもありがとうございます」

おけいは蛤《はまぐり》の貝殻を押し戴《いただ》くように受け取った。

「あやつは、医者だからな。うちには薬だけはたんとある。この間から指先が辛そうだったのでな。鳥の世話は丹念であるのに、自分の身は構わんのではいかんぞ」

馬琴の口調はいささか諭すようだった。

「おけいさんがおらねば、鳥たちが困るのでな」

「まあ。結局、先生だって、この子たちの味方なんですね」

おけいはつんと顎《あご》を上げて、怒ったようにいう。

しまったとばかりに、馬琴は剃髪頭《ていはつ》をつるりと撫で上げる。その様子を見て、おけいは柔らかく微笑《ほほえ》む。

版元や知人には、吝嗇《けち》だの、頑固だのと馬琴の評判はよくない。実際に、怒鳴られて這々《ほうほう》の体《てい》で逃げ出した版元もいるという。けれど、このことり屋で見せる馬琴の表情には、そんなところは微塵《みじん》もない。小鳥たちに注ぐ眼差しは、いつも慈しみに満ちている。

「人などいい加減だが、鳥たちはわしを裏切らん。戯作を綴っていても、鳥のさえずりだけはまったく邪魔にならぬが、版元の泣き言は耳を塞ぎたくなる」

といって笑う。

おけいは早速、膏薬を指先に塗り込む。すうっと染み込んでいく薬は馬琴の気遣いそのもののように思えた。さりげなく、あたしのことを見ていてくれる。

おけいの父親は、娘のおけいとさほど変わらぬ歳の若い娘に入れあげて、家族を捨てた。その後、どこでどうしているか知れない。母親は、その悔しさと怒りとで、おけいに辛く当たった。母親とまだ幼い弟のために、おけいは働きに出た。水茶屋の茶汲み娘だ。ふたりを食べさせていくために少しでも給金がいいところで働きたかった。母親は仕立て仕事をしていたが、それではとても追っつかなかった。白粉《おしろい》をたっぷり刷《は》いて、店に出た。客に身体に触れられても、無理やり襟元を開かれ、銭をねじ込まれても我慢した。

化粧の下に本当のあたしがいる。店に出ているあたしは別のあたし。そう思い込んだ。

でも母親の態度は変わらなかった。むしろ、化粧をするおけいを嫌悪した。ふしだらだと詰《なじ》ったかと思えば、金持ちを捕まえて、楽をさせろともいった。

心配した差配が、おけいに家を出るよう勧めてきた。おけいはそれに従った。江戸一番の鳥問屋の越前屋近くの煮豆屋で働くようになった。そこで、越前屋の奉公人だった羽吉《はねきち》と出会ったのだ。羽吉が、越前屋を退いて、小松町のこの飼鳥屋を譲り受け、その翌年夫婦になった。

でも、今あたしはひとり。

羽吉は、さる旗本の依頼で胸が青く光る鳥を探しに出て、事故に遭った。その地で養生し、親身に看病してくれた娘と恋仲になった。事故で頭を打った拍子に、自分の名も、住まいも、おけいのこともすっかり忘れてしまったからだ。羽吉がすべてを思い出したときには、もう祝言《しゅうげん》も挙げ、娘の腹には子が宿っていた。

母親と弟は、おけいが家を出てまもなく、流行《はや》り病で死んだと差配から報された。家族の縁が薄いのを嘆いても仕方がない。

こうして、折に触れて訪ねてくれる馬琴や古手屋の八五郎父子や、店番をしてくれる籠屋のおとせ。ここで小鳥を購った後、鳥たちの様子を伝えに来てくれるお客――。おけいの中に切ない想いが溢《あふ》れた。それを打ち消そうと、鳥籠を楽しげに覗いている馬琴に声をかける。

「先生、お茶を淹《い》れましょうか」

おけいは、火鉢に掛けた鉄瓶を取った。

「なんだ急に大声を上げて。まだそれほど耳は遠くないぞ」

すみません、と詫《わ》びながら、思わず知らず大きな声を出していた自分にも驚いた。でもおかげで、込み上げる想いを止めることができた。

「ま、それにしても、おけいさん。よくやっておるな。手あぶりがいくつも置いてあるのも、鳥たちのためだろう?」

「でも昼と夜とあまり差をつけてもよくありませんから、置く数にも気をつけております」

「ことり屋の主人として頼もしいな」

「お褒めいただき、ありがとうございます。でも、まだまだわからないことはたくさんありますから。病も心配ですし、換羽《かんう》の時期に怪我《けが》などされると、つい慌ててしまいます」

いやいや、と馬琴は首を横に振る。

「今日売れたカナリヤの番も、おけいさんが合わせたのだろう？」

「ええ、相性はどうかと様子を窺《うかが》いながら。雄の方が、気難し屋だったので」

「良い伴侶を見つけてやったのう」

馬琴は、満足げに頷いたが、おけいは少し不満げな顔をしながら、盆に置いた湯呑み茶碗を差し出した。

「カナリヤの雄は、生涯添い遂げず、雌を一年ごとに取り替えてもよいのですよね」

ん？　と、馬琴は腰を下ろし、湯呑み茶碗に手を伸ばした。

「おとぼけにならないでくださいまし。先生はカナリヤにお詳しいじゃありませんか」

おけいは膝をくるりと回して、馬琴をきゅっと睨《にら》む。

「まあそれはなぁ。カナリヤは数羽の雌と一羽の雄で見合いをさせるとか、おけいさんのいう通り、雌が卵を産んだら、別の雌と合わせるなどはする。それは、さまざまな羽色のカナリヤが欲しければ、そうすればいいだけの話だ」

なにも、取っ替え引っ替えするわけではないぞ、と馬琴は居心地悪そうに茶を啜《すす》った。

「もちろん、籠の鳥でございますからね。勝手に雌のところへ飛んでいけるわけもありませんが。それに雄だけのほうが、よく鳴きますし」

おけいは、わずかに眼を伏せ、息を吐いた。

馬琴がおけいを上目遣いに窺う。

「なにか、あったのかえ？　そういう冴えない顔付きは、思い悩んでいる証《あかし》だ」

「聞いてくださいますか？」

「おお、聞くともよ」と、馬琴が腰に提げた煙草《たばこ》入れに触れた。おけいは店座敷の隅に置かれた煙草盆を出す。馬琴が煙草を服《の》むのは、腰を据えて話を聞くという合図のようなものだ。

と、店先に人影が落ちた。馬琴は、煙草盆を持ち、還暦を過ぎたと思えぬほどの素早さで、三和土に下りて身を隠す。おけいはくすっと笑みをこぼしながら、居住まいを正した。

「いらっしゃませ。あら」

おけいは丁寧な辞儀をする年寄りに眼を見開いた。北町奉行所の定町廻《じょうまちまわ》り同心、永瀬八重蔵《ながせやえぞう》の屋敷の下男、権太《ごんた》だ。途端に胸の鼓動が速くなる。それを気づかれないよう、軽く息を吸う。手に提げた鳥籠の中には一羽の文鳥がいた。永瀬のひとり娘、結衣《ゆい》が飼っているチヨだ。

「お久しゅうございます。結衣さまより、言付《ことづ》かって参りました」

「チヨちゃんになにか？」

おけいはすぐさまそう訊ねて、鳥籠を覗き込む。チヨはずいぶん大きくなった。淡い桃色の嘴《くちばし》も、羽艶も悪くない。大事にされているのが見て取れる。

「はい。チヨの様子がおかしいとおっしゃるのです。けど、あっしが見てもよくわからねえし、おかみさんに診ていただくのがいいと」

結衣は口が利けない。いいたいことは、いつも紙に記す。

おけいは、権太から鳥籠を受け取り、再度チヨを見る。やはり元気そうだ。が、チヨが尾を上へ下へと振っている。おけいの口許が緩む。結衣はこのわずかな動作に気づいたのだ。

「チヨは秘結《ひけつ》（便秘）のようですね」

「え？　鳥にも糞詰まりがあるんですか」と、権太が目を丸くする。

「けれど、これをよく見逃さずに。結衣さまは、ほんとうにチヨのお母さんですね」

おけいは、牛膝《ごしつ》を刻み水に混ぜることと、穀物だけでなく青菜をあげて欲しいと伝えた。すぐに、常備してある牛膝を紙に包み、差し出した。

「これは、かたじけのうございます」

「今度は、ぜひ結衣さまもご一緒に」

おけいがいうと、権太は安心した顔を見せたが、まだ何かいいたそうな口許をしていた。おけいもまた永瀬のことを訊ねたかったが、口をつぐんだ。どこか気まずさが流れ、互いに曖昧な笑みを浮かべると、権太が申し訳なさそうに踵を返した。

おけいがその背を見送っていると、馬琴が三和土から顔を覗かせ、「いやいや、版元ではなかったか」と、大袈裟に息を吐いて店座敷に戻ってきた。

「たいしたものだ。鳥の病もきちんと見抜く。うちの宗伯にも見習わせたいものだ」

「ご冗談を」

すると、月丸が羽を広げ、ばさばささと音を立てた。

「オケイ、オッケエエイ」

「これ、月丸。いい加減、その声はやめんか」

馬琴が、やれやれという顔をする。

「先生、仕方がありませんよ。あの声を出せば、あたしが来ると覚えてしまっているのですから。あたしの名だとわかっているかどうか定かではありませんけど――なあに、月丸」

おけいは腰を上げて、三和土に下りると月丸の禽舎に近寄った。月丸は、おけいの飼鳥だ。幾度も売って欲しいといわれたが、いまのおけいにとって、共に暮らす唯一の家族を手放すことはあり得ない。

「あの子はあたしの子ども同然ですから」

そう応えると、皆笑うが、鳥好きならば、それで得心してくれる。

月丸はおけいの姿をみとめると、ぱたた、と羽ばたきを繰り返す。首を傾げて、橙《だいだい》色の嘴を開けた。

「なにがいいたいの？　月丸、またなにか言葉を覚えたんじゃないでしょうね」

九官鳥は人真似をするのが得意だ。まるで声色《こわいろ》のように、その人の声まで真似る。八五郎に朝の挨拶をするおけいの声真似はうるさいくらいだ。夜でも「オハヨーゴザイマス」といっている。

「オケイー」

おけいは禽舎の中を見渡す。水浴びもさせた。餌も食べている。様子を見ても、いつもと変わりない。

でも、とおけいは辛くなる。この鳴き声は亭主だった羽吉の声そっくりだからだ。少しは慣れてきたとはいえ、不意に鳴かれると胸に痛みが走る。あたしの元を去った男の声を聞くと、ふさがったはずの心の虚《うろ》がまた広がるような気がした。

けれど、月丸を責めたところで詮無い。あたしが、へっちゃらにならねばいけないと、思う。

「なんでもないなら、もうお店に戻るわよ」

おけいが月丸にそういって踵を返す。「実は羽吉がな」と、馬琴が呟いた。おけいは、はっとして胸のあたりを押さえる。

「先生……」

馬琴は羽吉が去ってからのこの一年半近く、一度もその名を口にしなかった。それは、おけいを慮《おもんぱか》ってのことだったと思っている。なのに。

茶を啜った馬琴は額を手でこすりつつ、いい辛そうに顔をしかめた。こんな馬琴を見たのは初めてだ。

「奴がな、わしに文を寄越した。おけいさんが飼鳥屋を続けているか訊ねてきおった」

なぜいま。おけいの心が揺れた。

「それから、なんと？」

おけいは馬琴に詰め寄るように、問い掛けた。

「元気にしているかとな。つまらんことばかり書き連ねておった。さすがに我慢できずに、返書を送ってやった」

不機嫌に馬琴はいい放った。江戸一番の戯作者が、羽吉のために返書を――。

おけいは詫びずにいられなかった。

「お忙しいのに、申し訳ございません」

「気にするな。わしのほうが、羽吉との付き合いは長い。わしと羽吉との間でのことだ。お前の頃より客も増えた。余計な心配は無用だとな。未練がましい思いは捨てろ、と」

「そのように書かれたのですか？」

男のほうが未練を残す、馬鹿な生き物だ、と馬琴は一蹴《いっしゅう》した。

おけいは吐息して、三和土にしゃがみ込んだ。

「どうした、おけいさん。ああ、すまなんだな。やはりいうべきではなかった。わしもやきが回ったの。人を描く戯作者が、情けない。おけいさんの心を思えば……」

おやめくださいと、と馬琴の言葉を制し、おけいは首を横に振る。

「月丸が羽吉さんの声を出すのが、ときに憎くもありました。月丸を売ってしまったほうが清々するのではないかと考えたこともあります。もともとこのことり屋は羽吉さんのお店。夫婦になって、あたしが後から入り込んだんですもの」

「それは心得違いだぞ」

でも、とおけいはしゃがんだまま言葉を続ける。思いの丈を吐き出してしまったほうが、楽になれるかもしれない、虚をすっかり塞ぐためにも、だれかに聞いてもらいたいという思いもある。

「すべてがあたしの暮らしなのです。羽吉さんを恨んでも、月丸を売っても、なにも変わることはないとわかっているんです」

今朝ほど、とおけいはそっと唇を噛んだ。

「とても羨ましいご夫婦がいらっしゃいました」

「カナリヤの番を買った者か?」

こくり、とおけいは頷いた。

「共に白髪のほうが多くて、もうよい歳のお武家のご夫婦でした。互いをいたわり、穏やかなお顔をされて。ああした夫婦を羨んでいるあたしがおりました」

馬琴は、自分の頭を撫で、

「わしの頭でも、共白髪は無理だぞ」

と、おけいの気持ちを和らげようと軽口を叩く。

「先生。混ぜっ返さないでくださいまし。あたしは真面目にお話ししているんですから」

「ああ、すまんすまん」

険しい表情のおけいを見て、馬琴が詫びた。

「でも、そうして羨むのも、あたし。それに手が届かないと思って悲しくなるのもあたし。羽吉さんを待ち続け、辛い思いをしていたのもあたし。身重の女房に妬心を抱いたのもあたし。でも、羽吉さんと縁切りしたのもあたしなんです」

「どんな思いを抱いても、すべては、おけいさん自身だというわけかな」

馬琴は灰吹《はいふき》に煙管《キセル》の灰を落とす。

「そうです。月丸の声を聞くたび、いろんな思いが過《よぎ》ります。でも、それもあたしなんです。それでいいと思っています。あたし、けして強くなんかありません。でも、ここで生きて、暮らして行くために、自分を許して、甘えて、時には厳しくして。そういうあたしを好きでいたいと」

馬琴は、幾度も首を縦にして、

「なんだ、自分で答えを出しておるなら、わしの出る幕はないではないか。それとも、そういう自分が可哀想なのかね？」

「いいえ、それはありません」

おけいはきっぱりいい放つ。

「さて、もう一杯、茶をくれんかの」

馬琴は、肩をすくめて顔をくしゃりとさせた。

二

師走もあと五日を残すだけとなった。

膏薬のおかげで、指先はずいぶん楽になった。おけいが、白い息を手に吹きかけながら、揚げ縁を下ろしに表に出たとき、十手《じって》をこれ見よがしに帯に挟んだ中年の男が立っていた。手には鳥籠を提げている。おけいは、眼を瞠《みは》った。

二羽のカナリヤ――。あのご夫婦が連れて行った番の子たちだ。

「深川の善次《ぜんじ》という者でさ。ことり屋のおかみさんですね。こいつをお返しに参りました」

善次が鳥籠を掲げた。

雄のカナリヤが首を傾げて、雌を見ている。二羽とも、どこか怯《おび》えているような感じがした。それに寒さが厳しそうで震えている。

おけいは困惑しながら、ようやく口を開いた。

「深川の親分さん、返す、というのはどういうことなのでしょうか」

善次は鳥籠の中を覗きつつ、

「さあ、あっしもね、どういうことだかわからねえんですが、ともかくこの鳥の飼い主のご妻女が、返して来てくれっていうもんでね」

可愛いもんだな、と籠を指先で突《つつ》いた。

あんなに嬉しそうにこの子たちを連れて行ったご夫婦なのに、一体なにが起きたというのだろう。

善次は眉が薄く、頬もこけて酷薄そうな顔つきをしていたが、鳥たちに向ける眼は思いの外、優しい。岡っ引きは、悪い奴らを捕まえるのみならず、商家で袖の下を取ったりする輩《やから》も多いが、善次はそういう男ではないように思えた。こうして、わざわざおけいのところにこの子たちを連れて来たのがその証だ。

「あの、少しお話を聞かせていただけませんでしょうか？」

善次が薄い眉をひそめた。

「さほど暇な身体じゃねえもんで。おかみさんには申し訳ねえが、こいつを受け取ってもらえりゃ、あっしの用事は済むんでね」

「では、お代をお返ししなければ。少々お待ちいただけますか」

おけいが身を翻すと、

「それには及びませんや。ただ、あんたのところでこの鳥を買ったが、飼い続けられなくて申し訳ねえと伝えてくれと。ほれ受け取ってくんな」

善次が籠を突き出した。おけいは困惑した。

「なんだえ、受け取っちゃくれねえのかい。参ったな。それじゃあ。このまんま地面に置いて帰りますぜ」

善次が腰を屈めた。

「待って。待ってください。やはり、親分さんからこの子たちを託したご夫婦のことをお聞かせくださいませ」

おけいは懇願するようにいった。善次が舌打ちして、再び腰を伸ばした。

「仕方ねえなぁ。まあ、あんたンとこも、店を開けるところだったんだろう。まずは、揚げ縁を下ろしちまったらどうだい。そしたら、そこで話をしようじゃねえか」

「ありがとうございます」

おけいが揚げ縁を下ろそうと指をかけた。すると「あっしがやりやしょう」と、鳥籠をおけい

に手渡し、善次は手早く揚げ縁を下ろした。眼を丸くするおけいに、

「女房が小間物屋なんでね。毎朝、揚げ縁を下ろしてやってるのさ」

ばつ悪げにいった。岡っ引きは、同心から手札を得ているだけで決まった収入はない。なので女房が生業《なりわい》を持っていることが多い。

「どうりで。手際がよろしいのですね」

おけいはカナリヤの籠を揚げ縁の上に置く。急に明るくなったせいか、店の中の小鳥たちが一斉に鳴き声をあげ始めた。

「ははは、こいつは賑《にぎ》やかだな。へえ、いろんな鳴き声がしていやがる。布をかけているのはどうしてだい？」

「よく眠れるようにというのもありますけれど、いまは寒い時期なので、暖かくしてあげているのです」

「至れり尽くせりだなぁ」

おけいはさりげなくカナリヤの籠を見る。掃除も綺麗《きれい》にされている。餌も水も入れ替えてある。きちんと世話されていたのがわかる。

「で、おかみさん。ここの鳥たちは、食えるのかえ？」

善次は店座敷に腰掛け、悪戯《いたずら》っぽくいった。

「いいえ。この子たちは食べ物ではありません。人とともに暮らす小鳥たちです」

おけいはわずかに語気を強めた。軽口のつもりだったとしても、おけいは聞き逃せなかった。

「人は、自分たちがこの世の中で一番偉いと思っていますけど、そうじゃありません。一番弱虫なくせに残忍で狡《ずる》い」

「おいおい、いきなりなんだえ。坊主の説法か」

善次は驚いておけいの顔をまじまじ見る。

「だってそうじゃありませんか。小鳥たちや他の獣たちは、子を作り、自分の生を全うするだけですもの」

けれど人は違う。誰かを陥れたり、憎んだり。嘘をついたり、他人を出し抜こうとしたり――。

「食べることもそうです。小鳥たちは必要な分しか食べません。でも、人は違います。美味しいもの、贅沢《ぜいたく》なもの、お腹がはち切れるほど食べて飲んでと際限がない」

そういいながら、おけいは以前、馬琴がいった「人は命を食らって生きている」という言葉を思い返していた。

人は醜いだけ。自分への嘘、他人への嘘、そうして自らを守っている。小鳥たちを、健気に生きる姿を見続けるほどに、その思いは大きくおけいの身の内で広がる。

善次が、腰から煙草入れを引き抜いた。

「一服いいかえ」

おけいは頭を下げて店座敷へ上がり、煙草盆を手にした。

「なあ、おかみさん。ご亭主はいねえのかい？」

善次が店座敷を見回しつつ、いった。

おけいは煙草盆を善次に出し、膝を揃えて座った。それがなにか、と問いかけようとしたとき、善次がおけいをじろりと見て先に口を開いた。

「眉もある、鉄漿《かね》（お歯黒）もしていねえ。店の中には男臭さがねえからよ。ひとりで店を切り盛りしているのかと思いましてね。けど、てえしたもんだな。鳥の世話ってのは女ひとりじゃ大《て》ぇ変だろう?」

「もう慣れておりますので」

余計な話をしすぎたようだと後悔した。口答えに近い物言いが、興味をそそったようだ。けれど、身の上話をする気はさらさらない。岡っ引きが好奇心で訊ねてきただけのこと。結句、女のひとり暮らしは物騒だから、時々顔を出してやると恩着せがましくいって銭を要求してくる。この善次という岡っ引きもそうした類と用心しておくに越したことはない。鳥籠を持ってきたのも、なにがしかの魂胆があるのだろうかと勘繰りたくなる。でも、今はそんなことなどどうでもいい。

それより、カナリヤのことを訊《き》かねばと、おけいは身を乗り出した。

「親分さん、この番のカナリヤを預けてきたのは、どのようなご妻女でしたか?」

善次は煙管に煙草を詰めながら、「そうさなぁ」と考え込んだ。

「歳は六十二、三か、細身で穏やかなお人だよ。あっしは深川を親父の代から回ってるんで、顔だけは見知っていた。よくご夫婦で散歩をしていたなぁ」

それが、いきなり鳥籠を手に番屋へ来たときは驚いたと卒直にいった。やはり、先日、店に来たご夫婦だとおけいは確信した。

「ご姓名まではご存じありませんよね」

おけいが続けて訊ねると、ああ、と善次は首肯した。深川も広いもんでね、何事も起こさなければ特段名を調べることはありませんや、と煙を吐いた。

「どこにでもいるご浪人夫婦となるとね」

おけいは、つと考え込んだ。

店に小鳥を返してくる客が、これまでいなかったわけではない。そういう者はよく考えもせずただ可愛いからと購う。命を迎える準備ができていないのに。

おけいは小鳥を購っていく者に、どうしても手放さなければならなくなった時には、鳥好きの知人に譲るよういっている。それが見つからなければ、ここへ戻して欲しいと頼む。小さくてもひとつの命だ。それを粗末にしてはいけない。ましてや、飼われていた小鳥たちを野に放つのはもってのほかだ。人から与えられる餌で育っているため、自ら食物を探すことが困難なのだ。さらに警戒心が薄いため、すぐに獣や猛禽《もうきん》に狙われ餌食になる。よしんば、自ら餌を取れるようになったとしても、鳥それぞれの縄張りがある。どうしたって、生き抜くことは無理なのだ。鳥の気持ちになってみればいい。安心した場所をいきなり追い出されたり、奪われたりしたら、人だって戸惑う。それに気づかない人々は、籠の鳥を哀れに思う。はなから哀れに思うのならば、鳥など飼わねばいい。籠に押し込むことをやめればいい。そうすれば鳥は思う存分、羽ばたき、さえずることができる。

おけいは、籠のカナリヤに眼を向けた。あの夫婦は、野に放つことをしなかった。少なくとも籠を出れば生きていけないのを知っていたのだろう。しかしなぜ、自ら鳥籠を持って来なかったのか。どうして番屋に託すようなことをしたのか。

よほど切羽詰まった事情があったのだろうか。だとしても——。

灰吹に火皿の灰を落とすと善次が腰を上げた。おけいは、はっとして視線を移す。

「ともかく返《け》ぇしましたぜ。こんな使いっ走りの用事で駄賃をくれとはいわねえから安心してくんなさい」

「気づきませんで」

と、慌てて立ち上がろうとするおけいを見て、善次が笑った。

「皮肉でいったかと思ったのかえ？　あっしは、そんなに悪党面に見えますかね」

煙管と煙草入れを帯の間に挟んだ善次は、籠のカナリヤを覗き込み、「それじゃあな」と声をかける。その顔は少し名残惜しそうにも見えた。

「あの、親分さん」

おけいは立ち去ろうとする善次を思わず呼び止めた。

「随分、鳥を返されたことを気にしていなさるようだが、あまり気に病むこたぁねえと思いますよ。長屋で鳴き声がうるさいといわれて、仕方なくということもありましょう」

おけいは、不承不承に頷いた。すべての人が鳥好きではない。そのさえずりやわずかな匂いを嫌う人もいる。長屋であればなおさら。でも、なにかが引っかかる。と、

「オケイ、オケーイ、メシー」

月丸が突然、鳴いた。善次が眼を丸くして、きょろきょろと首を回す。

「なんだえ。男の声だ。おかみさん、あんたご亭主が。ああ、いや亭主とは限らねえか。でもちいっとばかし、妙な声だ」

善次は突然響いた声に仰天しつつ、首を伸ばして店座敷から探るように視線を走らせた。

「あの、今のは、九官鳥です」

「九官鳥だって？」

善次はさらに驚いた顔をした。

「鳥だろう？　あんなに人語をはっきりいいやがるとは、こりゃ参った。女房にも聞かせてやりてえ。あれはたしかに男の声だった」

おけいは、少しだけ視線を泳がせた。

「九官鳥は言葉も覚えますが、人真似が得意なんです」

「へえ、そうなのか」と、善次は感心しきりで、幾度も頷く。

「女のひとり暮らしですから不用心になりますので、知り合いの方に頼んで教え込ませたのです。思いの外、よく覚えてくれて。ただ、いつ鳴くかはわかりませんので、こうして、お客さんを驚かしてしまうこともあります」

おけいは早口ででまかせを並べた。別れた亭主の声だと正直にいう必要もないのだ。でも、自分でも不思議なくらい、すらすら出てきた。まるで、前からこういうように決めていたみたいだ。

なるほど、と善次は頷き、

「そいつはどこにいるんだい？」

と訊ねてきた。おけいが三和土のほうを指差すと、

「どれどれ」

善次は店座敷に膝を載せて、三和土を覗き込む。

「ああ、こりゃ大きな籠だね。九官鳥ってのはこんな立派な家が必要なのか」

おお、中で羽を広げていやがる、でかい鳥だなどうも、と一人でブツブツいっている。

「やはり身体の大きな鳥には大きな禽舎でないと、息が詰まってしまいますから」

「あっしの家より広そうだ。羨ましい」

その軽口に思わずおけいはくすりと笑う。ほうっと善次がおけいに顔を向けた。

「さっきまで険しい顔をしていなすったが、九官鳥の声を聞いた途端に柔らかくなった。あいつは、おかみさんの、いやおけいさんのいい人じゃゃねえ、いい鳥ってわけですかい」

善次が口の端を上げた。

「いい鳥って。たしかにあの子は売り物ではありませんので、そうかもしれませんね」

「顔を拝ませてもらいてえが、そうもいってられねえ。長居してすまなかったな」

と、善次が身を翻そうとしたときだ。

「おい善次、深川の善次じゃねえか」

耳馴染《みみなじ》みのある声が響いて、おけいの胸がとくんと鳴った。

「こりゃ、永瀬の旦那。お久しぶりでございます。こんな早くからお見廻りでござんすか。お疲れさまでございます」

善次が深々と腰を折る。永瀬は帯の間に差した十手から垂れる朱房と黄色い千鳥の布根付を揺らしながら歩いて来る。根付は結衣の手作りだった。おけいは色違いの根付を持っている。結衣がおけいのために縫ってくれたのだ。おけいはそれを前垂れの紐に付けている。

「ああ、いやその、なんだ」と、永瀬が決まり悪そうに首筋を掻《か》いた。

「なにか、ございましたか？」

おけいが声を掛ける。

「あのな、先日、うちの権太がチヨを見せに来たろう？　おけいさんの助言通りにしたら、元気になったんでな。その報告に来た」

「それはようございました」

おけいは胸の前で両手を合わせ、笑みを浮かべた。

永瀬は背丈があり、浅黒く精悍《せいかん》な顔立ちをしている。けれど、目尻が下がっているせいか、ふとしたときに優しげな表情を見せる。永瀬がここを初めて訪れたのはいつだったか。おけいが鳥の餌を購っている雑穀屋の長男が事故死したことを不審に思った永瀬が、おけいに話を聞きに来たのが最初だった。

でも、それ以前に、おけいが通りで転びそうになったとき、その身を支えてくれたのが永瀬だった。むろん、永瀬はそのことを覚えてはいなかった。けれど、人の縁《えにし》とは不思議なものだ。鳥が絡む事件が起きると、永瀬はおけいに知恵を借りに来た。ひとり娘の結衣はかつて眼前で母親を刺殺され、以後、声が出なくなったことも聞かされた。

その頃おけいは、旅に出た羽吉を待つ身だった。

激しい恋情を隠さない羽吉とは違う、永瀬の無骨で静かな優しさと温かさが、いつしかおけいの内側に広がり、戸惑い、苦しんだ。

「ちょいと永瀬の旦那。このおかみさんと顔見知りなのはいいとしてだ。小鳥を飼っているんですかい？　こいつは驚いた」

善次が呆気にとられた様子で背丈のある永瀬を見上げる。

「おれじゃねえよ。娘がな、文鳥をここで購ったんだ。可愛いぜ、チヨチヨ鳴くんでなチヨって名なんだ」

信じられないというような表情を善次が見せたが、急に得心したように首肯した。

「ははあ、それでか。以前は、口数も少ねえし、眉間に皺寄せて歩いているし、怖いお方だといってた番屋の町役人たちが、この頃は随分とお顔が柔らかになったと」

「ほう、そうかえ。今まで怖くてすまなかったな」

永瀬がじろっと善次を見る。

しまったという顔で、慌てて手を振った善次は「あっしはこれでお暇《いとま》いたします」とその場を立ち去ろうとしたが、ちょっと待てよ、永瀬が止めた。

「深川の岡っ引きが、日本橋の小松町までなんの用だ？」

それは、とおけいが腰を浮かして、善次へ助け舟を出す。

「このカナリヤを親分さんが持って来てくださったのです」

カナリヤ？　と揚げ縁の上の籠へ永瀬が視線を移した。

「旦那、そういうことなんで。じゃ、どうも」

と、善次は、永瀬に頭を下げると、足早に立ち去って行った。

「あの、申し訳ございません。小鳥たちの世話をしながらでよろしいでしょうか？　いつもならとうにお店を開けているので。ああ、今、お茶を」

そういって慌ただしく立ち上がり、身を翻した。

「構わねえでくれ――」と、永瀬が言葉を切って、いい淀む。

おけいが訝《いぶか》しみつつ、振り返ると、

「――手間がかかるなら、手伝うが」

永瀬がもそもそいう。

「とんでもないことですよ。お役人さまに鳥籠の掃除などしていただくわけには参りません。いつもひとりでやっていることですから」

少々お見苦しいかもしれませんが、とおけいは手早く前垂れを締め、襷《たすき》を掛けると、動き始めた。鳥籠の布を取り去り、すでに目覚めていた小鳥たち一羽一羽に、「遅くなってごめんね」と優しく声をかけながら、餌箱の残りや糞の量や形状をつぶさに見る。おけいが手を入れると、鳥たちはその指に止まったり、ついばんだりする。なるべく嚙み癖はつけないようにするため、指を嚙んできたら押し返す。小鳥は一瞬驚くが、いけないことだと思ってくれる。ときに雌を求めて攻撃的になる時期がある。まだ、鳥を飼い始めたばかりの者は、噛んで困るといって駆け込んで来る。そうしたときには、丁寧に説明をするよう心掛けていた。そのために、羽吉が残していった飼育書『飼籠鳥《かいこどり》』や、鳥名を確かめる『鳥名便覧』などに随分と眼を通してきた。

羽に艶はあるか、切れていないか、羽ばたきはどうか。小鳥たちの小さな身体は病や怪我に弱い。さらに、心にも気を配る。同じ種同士でも気が合わないこともあるからだ。逆に他種同士でもうまく馴染むことがある。鳥は不安や不満を抱えると、羽を千切り、自らを傷つけることを繰り返す。けれど、それは鳥同士のことだけではない。飼い主が世話を怠っても見られる行為だ。籠の中が汚れている、餌をきちんと与えてくれない、水替えをしないなど、ごくごく基本となる世話に対してだ。言葉が話せない小鳥たちは行動で訴える。

それを見逃してはいけない。ここから送り出し、飼い主が温かく家に迎えてくれるように、できるだけのことをしたい。それが、飼鳥屋の役目だと思っている。

文鳥、紅すずめ、カナリヤ、ヤマガラ、シジュウカラ――。十ほどの籠を急ぎながらもきちんと掃除をし、水入れをすすぎ、新しい水に入れ替える。

永瀬がことり屋を訪れるのは久しぶりだった。お役で多忙なのだろうとはわかっていても、変わらない顔が見られて安堵する。

永瀬が、揚げ縁の脇に腰をかける。背に視線を感じ、胸の高鳴りを覚えたものの気恥ずかしさが先に立つ。振り返りたいという思いを堪《こら》える。おけいは掃除をしながら、「無理にお引き留めしたようで、すみません」と、戻されたカナリヤの話を切り出した。

永瀬は相槌を打ちながら、話を聞き終えると、

「善次のいう通りかもしれねえよ。長屋で飼えなくなったのかもしれねえなぁ。あるいは遠出か、

引越しか。そうしたこともあろうよ。ここに戻したってことは、譲る人がいなかったんじゃねえのかい」

そう答えた。

「やはり、そうですよね。けれど、どうして善次の親分に託したのか」

「そいつはわからねえが、おけいさんに対して、申し訳なかったんじゃねえのかな。ただ売りつける飼鳥屋じゃねえのが伝わったからこそ心苦しかったんだろうよ。合わせる顔がねえとかな」

「この番がよいご夫婦に巡り合えたと思っていたものですから、残念で」

「そういうところさ。まったく鳥のことになると」

「あたしの悪い癖のようなものですね」

また馬琴に叱られそうだ。鳥ばかりでなく己の心配もせぬか、といつものように不機嫌そうな顔をして。

ふふっ、と永瀬が含み笑いを洩らした。

不意に胸に甘い痛みを感じた。永瀬の姿は見えているのに、なぜか遠くなった。眼の前に見えない壁があるようだった。これが、互いにもっと若ければ違っていたのかもしれない。手を伸ばし、触れ合うこともできたのかもしれない。けれど、なにかが押しとどめる。それが分別かといえば、聞こえはいい。

おけいは今のままで十分だと思う。お互いに大切にしたい暮らしがある。守りたい場所がある。きっと永瀬も同じように思っていると。なにより、武家と飼鳥屋のおかみでは、身分が異なる。

ただ、ひとつだけ変わったことがある。これまで「おかみ」だったのが、この頃は「おけいさん」と呼んでくれるようになった。

少しだけ、ほんの少しだけ、心が繋《つな》がっているように思えて嬉しい。

鳥籠の掃除を終え、階段下の袋から鳥の餌を出す。

「やっぱり、おれには、馬琴先生のような気の利いた助言はできねえな。役目柄かもしれねえが、心の機微は後回しにしちまう」

永瀬が首筋を指先で搔く。

「そんなことはありませんよ。ですが、ご夫婦にも、ちょっと気になるご様子があったので、それもあって」

「気になる様子？」

永瀬が訊き返してきた。

ええ、とおけいは餌入れに餌を入れながら答えた。

「おまえも、これで寂しゅうはなかろう」と、夫がいったときだ。妻女は一瞬顔を曇らせた。

「なぜそこで顔を曇らせたのか。おかしいと思いませんか？　旦那さまから、寂しゅうはなかろうといわれたら、そうですねと微笑んでもいいはずなのに」

永瀬からの返事はない。おけいは恐る恐る振り返る。

永瀬は目蓋《まぶた》を閉じ、太い眉を寄せて考え込んでいた。

「その時の様子が再び浮かび上がってきたんです。あのご妻女にはカナリヤで無聊《ぶりょう》を慰めるなにかがあったと。返されたことが、長屋の事情だったとしたら、さぞお悲しみだと思いますが」

「なら、捜してみるか」

眼を開けて、おけいを見た。おけいは思わず、振り返る。

「いえ、そんな。お忙しい永瀬さまに。ご迷惑です」

「なぁーに、さっきの善次に頼めばいいことだ。さほど時はかからねえよ」

永瀬は揚げ縁の上の番のカナリヤに眼を向ける。

「その事情がわかったら、おけいさんはどうするんだ？」

「もちろん、押し付けたりはできませんから、やはりお代をお返ししたいのです」

わかった、と膝を打って立ち上がった永瀬は、大刀を腰に戻し、三和土を覗く。

月丸がばさばさと羽ばたきする。

「月丸、今日も息災だなぁ。あまり、おけいさんに手間ぁ掛けさせるんじゃねえぞ」

と、笑いながら、背を向けたが、すぐに振り返った。

「そっちの籠ン中で、止まり木に身を寄せて止まっているのはメジロかい？」

永瀬が訊ねてきた。

「ええ、そうです。目の周りが白くて、愛らしいですよね、目白押しのメジロです」

「ほう、子どもの遊びか」

目白押しは、子どもたちが興じる遊びだ。幾人もの子どもが押し合い、押し出された子は端に回ってまた押し返す。路地裏などから元気な声が聞こえてくる。寒い時期だと身体を寄せ合うので温かいのだろう。

「隣の籠は、ヤマガラだな」

おけいは、ええと微笑んだ。少しばかり永瀬の様子がおかしい。いつもなら、雪駄を履くとすぐに立ち去る。

「懐かしいなぁ。よく神社で、ほらヤマガラの芸があっただろう？」

「ああ、小鳥のおみくじですね」

神社の縁日などがあると、床店《とこみせ》がたくさん出るが、ヤマガラの芸をさせる見世物がある。鳥籠から出てきたヤマガラが、神社を象《かたど》った小屋の中に入り、おみくじを持って来るというものだ。たわいもないものだが、おみくじを嘴にくわえて出て来るヤマガラが愛らしく、常に人だかりができる。

「当たるも八卦《はっけ》ってやつだが、鳥が運んでくるのが面白かった。ガキの頃は、すごいもんだと感心していたよ」

「ヤマガラはとても人慣れしやすくて、賢い子なんです」

鳥籠の中のヤマガラは、自分のことを話しているのがわかるのか、首を傾げて、おけいの顔を眺めていた。

ああ、そうなのか、賢いのか、とおけいの言葉をなぞりつつ、永瀬は息を吐く。やはり、変だ。どこかはっきりしない。口調も歯切れが悪い。

「ごめんなさい、あたしが余計なことをお頼みしたから。お役目に差し支えるようなら」

いやいや、そうじゃねえ、と永瀬は急に焦りだし、息を吸うと、

「あのな、おけいさん、実はな、結衣からの言伝《ことづて》なんだが」

そういった。

「――年の暮れと正月はどうしてるのかってな。訊いてきてくれといわれてな」

おけいは眼を丸くした。

「もし、よかったら屋敷へ来てくれねえかと。大晦日と正月を一緒に過ごせねえかと、結衣がそういっているんだ」

永瀬はおけいを見ずに、横を向き、ぽりぽりと鬢《びん》を掻く。

「結衣さまが」

「結衣がな、うん」

永瀬は、やっとお役目を果たし終えて安堵したように、大きく息を吐いた。その様子が可笑《おか》しくて、つい笑いそうになった。が、おけいの心は乱れていた。

素直に嬉しかった。永瀬と結衣と年を越すことができたらどんなに楽しいだろう。

でも、とおけいは躊躇《ちゅうちょ》した。嬉しかったが、甘えられないと思った。

結衣は素直な気持ちでおけいを招きたいと思ってくれたに違いない。それを叶えてあげたいとは思う。けれど——。

飼鳥屋のおかみが、お役人の屋敷で過ごすのは、決していいことじゃない。

やましい思いはなくたって、どこかにだれかの眼があるに違いない。永瀬の立場を思えば、承諾できかねた。

おけいは、返事を待っている永瀬を見ながら、かしこまった。

「永瀬さま。とてもありがたく思います」

「そ、それじゃあ」

おけいは首を横に振る。

「あたしは飼鳥屋の主《あるじ》です。生き物を扱っているお店です。ですから、店を空けることはできません。今はとても寒い時期でもありますから、たった一晩でも心配です」

永瀬はおけいを黙って見つめた。その眼は落胆したようにも安堵《あんど》したようにも思え、おけいの胸にちくりと刺さる。

「そうか。そうだよな。結衣にはそのように伝えておく。悪かったな」

「いいえ、とても嬉しゅうございましたと結衣さまにお伝えください」

おけいは、指をつき、頭を下げた。

「わかった。そのように伝える」

永瀬は深く頷くと、ことり屋の前を離れた。

おけいは、その場に座り込んだまま、吐息した。

これでいい。さ、お世話の続き、と勢いよく立ち上がった。

三

数日後、室町《むろまち》の雑穀屋増田屋へ向かった。鳥たちの餌がかなり減ってきていた。店番は隣の鳥籠屋のおとせに任せた。

「ゆっくりしておいで」

おとせに言われても、おけいは行く処などない。餌を頼み、店番のお礼に菓子を買う、それくらいのものだ。半刻《はんとき》（一時間）もかからない。

それでも、久しぶりの外出で少し気分がよかった。寒さは厳しいが、もうすっかり町は新しい年を迎える準備で忙しい。表店の店先には、門松、注連縄《しめなわ》が飾られていた。振り売りや床店の者たちは、年の瀬のせいか、いつもより一層、売り声を張り上げている。

おけいは店に出ている時と同じ小袖のまま、通りを歩いていた。

と、

「おけいちゃん、おけいちゃんじゃない？」

背中に声が飛んで来た。おけいは足を止めて、振り返る。どこかの女房が四つぐらいの女児の手を引き、立っていた。

「あたしよ、おしな。覚えていない？　水茶屋で一緒にいたじゃない」

あっと、おけいは声を上げた。

「おしなちゃん？　すっかりいいおかみさんになっていたからわからなかった」

「いやぁね。おけいちゃんより二つ上なだけよ」

女児が、握った手を揺らした。

「ねえ、おっ母さん、このおばちゃん、だあれ？」

おしなは子どもへ眼を向けて、

「昔々のおともだち」

と、笑って見せた。

「可愛いわね、おしなちゃん。お名前は？　お歳はいくつ？」

おけいが腰をかがめて訊ねると、女児は、さっと、おしなの背後に隠れた。

「ああ、ごめんんね。おけいちゃん、この子、人見知りでさ。ほら、おはる、おばちゃんに挨拶しなさい」

おはるという子は、おけいを見上げて、ちょっとだけ頭を振った。

「あらあ、よくできたわね」

おしなは甲高い声でいっておはるの頭を撫でるや、すぐに眼を移して、おけいを上から下まで、品定めするように見てきた。

おけいは、まだ十代の頃、水茶屋で働いていた。おしなはそのとき一緒に働いていた娘だ。派手な化粧で男に愛想を振りまき、随分と茶代を稼いでいた。茶代は四文だが、客が出したいと思えばいくらでも置いていく。余剰分の幾分かは茶屋娘たちの収入になった。

おしなはおけいによくいったものだ。

「あんたさ、笑い顔がわざとらしいのよ。それにさ、年寄りとか中年の冴えない奴に、陰でちょっと尻でも触らせれば、けっこうなお足を置いていくよ」

おしなは、あまり器量好しではない。だが、稼ぎがいいことで他の茶屋娘たちからは一目置かれる存在だった。が、

「おけいって娘《こ》、ちょっと器量がいいからって、つんと澄ましちゃってさ」

そんなふうにおしなが仲間内にいっていたのをおけいは知っている。

おけいは、自分を器量好しと思ったことはなかったが、男たちの眼を引くのは確かだった。だから、余計に化粧を濃くした。本当の自分を隠すように、わざと真っ白に白粉を塗っていた。

それが、気に食わなかったのか、おしなはあまりおけいとは口を利かなかったが、陰に回って、母親はぐうたら者だとか、吉原に売られそうになったとか、有ること無いこと口にしていた。

「あんたさ、結局、茶屋を辞めちゃったじゃない。みんな、噂していたのよ。玉の輿《こし》に乗ったに違いないって」

でも、そうじゃなさそうね、といった。

おけいは薄く笑う。この小袖では、そう思われても仕方ない。でも玉の輿でなかったことを安堵しているおしなの口振りが、可笑《おか》しかった。

「ねえ、ご亭主はなにをしている人なの？」

え？　とおけいは戸惑う。おしなはなにをいいたいのだ。と、

「ねえ、おっ母さん、このおばちゃん、変な匂いがする」

おはるがおけいを指差した。おしなが、こらと叱りつけたが、おけいをじろじろと見て、顔をしかめた。

「ああ、ごめんなさい。あたしね、いまことり屋を営んでいるの。きっと鳥たちの匂いね」

へえ、とおしなが眼を丸くする。

「飼鳥屋なの？　そうなの。頑張ってるのね。あたしは、腕のいい大工を捕まえたの。大名屋敷とかで仕事をしている棟梁《とうりょう》なのよ。子も四人もいるからてんてこ舞いだけど、暮らしには困らないし、今日はこれから料理屋へ御節《おせち》を頼みに行くの。うちに大勢集まるから、あたしの手料理だけじゃ足りなくて」

おはるが母親を見上げて、首を傾げた。

「そう、お幸せね」と、おけいは笑いかける。

「ええ。でもおけいちゃん、外へ出るときくらい鳥の匂いは消したほうがいいわよ」

香をたくとか。女はまだまだこれからよ、とおしなはおけいの肩に軽く触れた。

おしなは、おけいを蔑《さげす》むような視線を放ち、さあ、行くわよ、とおはるの手を取って、横をすり抜けていった。

おけいは、おしな母娘を見送りながら、娘時代とちっとも変わっていないと苦笑した。おけいを一目見れば、亭主がいるかいないかわかるはず。なのに、わざわざ、あんなふうに訊いてくるのだ。それからすかさず自慢話。

ただ、料理屋に行くといったおしなを見上げたときのおはるの眼が気になった。けれど、あたしにはかかわりない。それでも、子がいることは羨ましく思えた。おけいは、淀んだ気持ちを振り払うように、ふっと勢いよく息を吐いて、歩き出す。

年が穏やかに明け、おけいは月丸と小鳥たちと正月を祝った。返されたカナリヤの番はそのままにしてある。やはり戻してほしいとあのご夫婦がいってきたら、すぐ渡せるように――。

「さほどときはかからねえ」と請け合ってくれた永瀬は、一向に姿を見せない。最初の十日ほどは焦れた。カナリヤが不憫《ふびん》に思えた。が、おけいもそのことばかりにかまけてはいられない。

大型のキバタン（鸚鵡《おうむ》）や声のいい黒歌鳥などの注文があり、大童《おおわらわ》だった。鳥問屋に掛け合い、なんとかキバタンを長崎から仕入れてくれることになったが、おけいの手元にはあまり銭は入らない。これではただの仲介役だ。

けれど、こういう小さな積み重ねが客の信用を得る。店を続けていて、学んだことだ。

次第に温かくなり、鶯《うぐいす》の初音に江戸っ子が大喜びした弥生《やよい》月の終わり頃。

朝から風が吹いていた。北風だ。緩んだ気が再び張り詰めるような、そんな冷たさだった。土埃が舞い上がり、人々は襟元を合わせ、急ぎ足になる。

おけいは店座敷から、空を見上げた。ところどころに浮かぶ灰色の雲がとてつもない速さで流れていくのが見えた。

四ツ（午前九時半頃）の鐘を聞いてから、わずかに刻が経っていた。

豆腐屋や納豆売り、あさり売りなどの早朝の棒手振《ぼてふ》りはすでに仕事を終えて、いまは日用品を売る振り売り商いの者たちが売り声を上げながら通り過ぎて行く。遠くから半鐘の音が聞こえてきた。

半鐘の音に、皆一様に立ち止まり、ことり屋の前で鳥籠を覗いていた隠居や商家の内儀《ないぎ》、子ども連れの母親も、北の方へ向けた顔を強張らせた。

おけいは、揚げ縁の上の小鳥たちを見やる。文鳥が止まり木の上を落ち着きなく渡っていた。遠いはずの半鐘の音が、風に乗ってすぐ近くまで迫ってくるようにも思えた。

不安を覚え、おけいは腰を上げた。春の風はことさら強い。でも今日は、冬に逆戻りするような北風が吹いている。おけいは綿入れを着て、店座敷から下り、通りへ出た。

ああ、とおけいの口から息が洩れた。遠くに黒煙が立ち上っていた。その中に、ちろちろと赤い炎も見える。

籠屋のおとせも心配げな顔をして、やはり通りに出て来た。

「ああ、火が見えるじゃないか。おけいさん。大丈夫かね？　風がこっちに流れているよ」

「あの辺りは神田じゃないかしら」

自らそういったおけいの背がぞわりとした。

「ねえ、おばさん。長助ちゃんが」

おとせもはっとした顔をする。

長助父子は、雨の日以外は毎日、柳原土手まで古着の商いに行く。柳原土手は、神田川の南側沿いに延びる土手だ。

「無事だといいけれど」

「きっと、もう逃げたんじゃないのかい。あの煙じゃ、商いどころじゃないからね」

そういいつつも、おとせの顔からは血の気が失われている。

長助は八五郎を手伝い、大八車の後ろを押しながら、いつものように元気よく挨拶していった。

「神田川があるし、柳原通りも広いから。ここまで火が来るには、日本橋川だってあるんだ。飛び火さえしなければ、こっちまで燃え広がらないんじゃないかえ」

おとせは自分に言い聞かせるようにいったが、おけいは鳥たちを振り返る。

小鳥たちがいつもより騒ぐ。それが不安を一層掻き立てる。生き物たちには、危険を察知する能力が人より備わっている。身を守ることを考えている。人はそうじゃない。危機が間近に迫ってようやく気づかされることがある。

「オケイ、オケイ」と、月丸も叫び声を上げ、羽を広げた。首を傾け、竦め、と忙しなく動いている。

嫌な風――。おけいは呟き、空を見上げる。

江戸では、二、三年に一度大火に見舞われる。そのせいで多くの人々が命を落とし、よしんば無事に逃げられたとしても、着の身着のままで、焼け出される。

おけいは運がよかったと思っている。ことり屋はこれまで火災に遭っていない。けれど、もしも火が迫って来たら、この子たちをどうすればいいのか。火に巻き込まれるのを承知で、この子たちを置き去りにして、ひとり逃げ出すことができるだろうか。

小鳥たちの様子は、よくないことを知らせてくれている。ここを出なければ。逃げ出す算段をしなけりゃいけない。でも、どこへ？　どっちへ逃げる？　おけいの心の臓が急に速く脈打つ。

おけいは、おとせを振り返った。

「おばさん、小鳥たちが騒いでる。やはりすぐ逃げられるように支度を整えていたほうがいいかもしれないわ」

「そうだね。けど、おけいさん、その小鳥たちはどうするつもり？」

ああ、とおけいは呆然《ぼうぜん》とする。籠は今十五ほど。大八車が必要だ。籠をすべて載せられたとしても、自分が引くのは無理。ふと、おけいは羽吉を思った。羽吉なら、きっと迷わず小鳥たちを連れて逃げるに違いない。その力もある。こうしたときに力のある男が羨ましく思う。悔しい――。

「おけいさん、月丸はどうするの?」

おとせの声にはっとする。

月丸――。九官鳥の月丸の身体は一尺(約三十センチメートル)ほどある。羽を広げればもっと大きい。月丸の禽舎は、三和土に特別に誂《あつら》えた大きなものだ。

「ああ、そうだ」と、おとせが身を翻し、店に入って行く。

おけいが呆気にとられていると、すぐにとって返して来た。手に提げていたのは、異国から買い付けられているオオバタンなどの大型の鳥用の籠だった。

「それって」

おけいが眼を瞠ると、おとせが苦笑した。

「ほら、おけいさんが少し前にキバタンの注文を受けたろう。そのときに倅が間違ってちょっと大きいのを作ってしまったのよ。だからこれは、余ったものなの。これなら少しの間、月丸も我慢できるんじゃないかい」

鳥籠は、縦横一尺五寸(約四十五センチメートル)はありそうだ。おけいは鳥籠を受け取る。

「助かります。お代は?」

「水くさいねぇ、そんなもの要らないよ。おけいさんの店で小鳥が売れれば、鳥籠はいつもうちで買ってもらっているんだからさ」

さ、こうしちゃいられない、うちも支度をしなけりゃと、おとせは店の中で籠を編んでいる息子に向かって怒鳴り、おけいを振り返った。

「ねえ、男手が必要だろう？　倅でも亭主でも貸すよ」

「ありがとうございます。あの、それならば大八車をどこかから借りてきてはいただけないでしょうか？」

ひえっとおとせが頓狂《とんきょう》な声を上げた。

「なにをいってるんだい」

「この子たちを見捨ててはいけませんから」

「月丸一羽を連れて行くので精一杯だろう。他の小鳥は諦《あきら》めないと」

おとせはおけいを叱りつけるように声を荒らげた。

おけいは、北の空を見上げた。

火の勢いがさっきよりも増したような気がした。黒い煙が空を覆い隠すほど立ち昇っていく。陽の光も陰る。その煙の下に潜んだ妖《あやかし》がへらりへらりと赤く長い舌で町家を舐《な》め回しているのだ。粗末な長屋など、赤い舌でひと舐めされれば、たちまち炎に沈んでいく。

と、不意に、火の玉のようなものが飛んでいくのが眼に飛び込んで来た。あれは、なに？　とおけいは身を震わせる。

「いいかい、おけいさん。まず月丸を籠に入れるんだよ」

「はい」

煙がこちらに流れて来る。嫌な匂いが鼻をくすぐる。早く荷をまとめなければ。おけいは店座敷に戻り、鳥籠を置き月丸へ眼を向けた。月丸が、大きく羽を広げた。

「オケイィィ」と、喚《わめ》く。相変わらず羽吉の声音だ。おけいは無性に切なくなる。月丸、おとなしく入って、とおけいが三和土に下りようとしたとき、荷車の音がした。

「ことり屋のおばちゃあん」

あの声は、とおけいは首を回す。長助だ。大八車を引き、父親の八五郎とともに帰って来た。

「長助ちゃん、八五郎さん、ご無事で」

おけいはほっと胸を撫でおろす。

「大変だよ。もう火が神田川を越えちまってるんだ」

「火元はどこなの」

おけいが訊ねると、八五郎が応えた。

「神田佐久間町《さくまちよう》の二丁目の材木小屋だ」

さらに話を継ぐと、風に煽《あお》られ和泉《いずみ》橋に火がつき、それが古手屋の残していった古着に飛び火した。火のついた古着が風に乗って、あちらこちらに落ちたという。

「そのときはもう大騒ぎだった。火が見えたときには片付けを始めたんだが」

おけいが見た火の玉は、風に舞い上がった古着だったのだ。

「南へは広がっているのですか？」

「逃げるのに必死でよく見てねえが、飛び交っていた言葉だと、南は焼けていねえって話だよ」

ことり屋の常連である戯作者の曲亭馬琴の住まいは、神田明神近くだ。そちらには火がいっていないようで安堵する。

「ほれ、おけいさん、早いとこ荷をまとめるといい。あっという間に火が迫ってくるぜ」

ああ、とおけいは店を見回し、眉間に皺を寄せる。月丸だけを連れて、やはり、この子たちを置いてゆかねばならないのか。懸命に守ってきたこの飼鳥屋は跡形もなく燃えてしまうのだろうか。ここから送り出した幾羽もの小鳥。これまで出会った客たちの顔が浮かんでくる。

羽吉――との過ぎ去った暮らしも。とうに忘れたはずの思い出も。すべてが灰になる。

半鐘の音が近づいてきた。擦《す》り半鐘《ばんしょう》だ。もう神田川を越えて、堀にも近づいているのだろうか。怒鳴り声か悲鳴かもわからないどよめきが遠くから迫ってくる。薄い黒煙が通りを抜けて漂ってくる。おけいは思わずむせ返る。

おけいは締め付けられるような思いに堪え兼ねた。祈るような心で、

「あたしは、ここにいます」

そういい放つと、店座敷に膝をつき、かしこまった。八五郎が眼を剝《む》く。

「な、なにをいっているんだよ。あの騒ぎが聞こえねえはずはねえだろう? 皆こっちに逃げて来るかもしれねえんだ。火はもうすぐにでも来るぜ。うちもおっ母あやおっ父う、かみさんとガキどもを連れて、東に向かうつもりだ。永代橋《えいたいばし》を渡ればなんとかなるかもしれねえ。おけいさんも行こう」

「そうだよ、おばちゃん、おいらンちと一緒に逃げようよ」

おけいは、ありがとうといって首を横に振った。

「なんでだよ! 火が来たら、人でごった返すんだ。どこにも行けなくなっちまうよ。いま行かねえと、永代橋だって人が溢れちまう」

永代橋までは遠い。八丁堀《はっちょうぼり》を抜け、霊岸島《れいがんじま》を越えなければいけない。辿《たど》り着くまでには、三つの橋を渡る。そこにも火が襲ってこないとも限らない。それこそ、恐怖に駆られた人々が我先にと小さな橋に押し寄せる。自らの命を守るため、皆が必死なのだ。大八車などを引いて渡れば、邪魔になる。逃げ惑う人々の怒りを買い、車ごと堀に落とされることだってある。やはり、小鳥

たちはここに置いていくしかないのだろう。

籠から出られず、そのまま死んでいく。広げた羽に火がついて、哀しい声をあげながら。

おけいは思った。やはり月丸やこの子たちを置いて逃げることはできない。あたしは飼鳥屋の主人だもの。人の手が作る、何度でも作りだせる物を扱っているわけではないのだ。あたしが扱っているのは、小さな命だ。それを見捨てることなんて――できない。

「だって、途中で火の勢いが衰えるかもしれないでしょ。火消しもいるんですから」

八五郎が声を張り上げた。

「いいかい。こいつはでっかい火事になる。日本橋を渡ってきたら、小松町はあっという間に呑み込まれちまう」

ああ、ちくしょうめ、と八五郎は大八車の引き縄を置き、揚げ縁の鳥籠に手を伸ばした。籠の中の文鳥が騒ぐ。他の籠にいる十姉妹《じゅうしまつ》やカナリヤが驚いて、籠の隅に寄る。

「なにをなさるんです！」と、おけいが叫んで、身を乗り出した。

「鳥がいたら、おけいさんは逃げねえんだろう。籠から出しちまうんだよ。鳥は飛べるんだ。どこへなりとも行くだろうぜ」

八五郎が声を張り上げる。

駄目です、駄目、とおけいは八五郎の腕を摑《つか》んだ。

「鳥籠の鳥は外に出たら生きてはいけないんです。餌付けされたら、もう自ら餌を獲れないんです。八五郎さん、鳥籠を開けるのはやめてください」

「なにをいってるんだ」

八五郎がおけいの手を力任せに振りほどく。あっ、とおけいが揚げ縁の上に倒れ込む。ふたつの籠が横倒しになり、鳥がバタバタと羽ばたいた。その小さなつぶらな黒い眼がおけいを捉える。

「父ちゃん！　おばちゃんになにするんだ」

長助が大声を出し、鳥籠を開けようとする八五郎にかじりついた。

「馬鹿野郎。おめえも鳥を籠から出すんだ。鳥がここにいたんじゃ、おけいさんはこっから動かねえんだぞ。そしたら、この店共々焼け死ぬんだ」

長助の顔から血の気が引いた。

籠から出したなら、鳥たちは戸惑って黒炎の中へ飛び込んで行くかもしれない。炎の中に自ら身を投じるかもしれない。おけいの脳裏に次々と鳥たちが死んでいく姿が浮かぶ。

「駄目です。開けてはいけません！」

おけいは高い声を上げて、身を起こし、再び八五郎の腕を思い切り摑む。

「おばちゃん。落ち着いておくれよ。おいら、おいら、小鳥もかわいそうだけど、おばちゃんがいなくなるほうが嫌だ」

長助が十姉妹の籠に手を掛けた。

「やめて、長助ちゃん。開けないで」

おけいは声を限りに叫んだ。それが届いたのか、籠屋の一家が飛び出すように出てきた。

おとせも亭主も息子も、呆気にとられた顔をしていた。

「こんな大変なときに、どうしたんだい、おけいさん。おや、八五郎さん、よかった。心配してたんだよ。で、なにがあったのさ」

「おけいさんはここにいるというんだ。鳥たちを置いていけねえと。だから、空に放してやろうとしたんだが」

八五郎は舌打ちした。おけいは激しく息を吐く。

おとせが店座敷に上がり、おけいの両肩を摑んで、揺さぶった。

「おけいさん、ここにいたら危ないいんだってば。八五郎さんのいうことお聞きよ」

おとせが懸命に声を張った。

「おばちゃん、おばちゃんがいなくなったら、飼鳥屋だってできないいんだぜ。月丸だってどうすんだよ。もう、遊んでくれねえぞ」

長助は両の拳を握り締め、おけいに向かって叫んだ。でも、とおけいが首を横に振る。

「いい加減におし」

おとせの平手がおけいの頰に飛んだ。おけいが、はっとして眼をしばたたく。

「おい、嬶《かか》ぁ、なんてことしやがる」

おどおどと亭主がいった。おけいは張られた頰に手を当て、おとせへ大きな瞳を向けた。

「眼が覚めたかい。ここはあんたの店なんだよ。あんたが、羽吉さんと別れてから……いいや、羽吉さんの帰りを待ってた頃から懸命に守った店だ。あんたの店なんだよ」

おとせの瞳が潤んでいた。それはおけいのわがままゆえの悔し涙なのか、頰を打った心の痛さのせいなのか。おけいにはその両方だと思えた。

「ずっとあんたは飼鳥屋のおけいなんだ。わかるね。今、店を失くしても、命があればまた必ず始めることができる。そうだろう？　ことり屋のおけいさん！」

おばさん、と、おけいは俯《うつむ》いた。

あたし、気が動転して。あたしのせいで皆が。なんてこと。

小鳥たちは籠から出せば、生きていけない。でも、籠の中に置いたままでは、あまりにも残酷すぎる。胸がぎりぎりと絞られる。

皆、外に出そう。生きてくれると、生き続けてくれると信じて——。おけいは震える手を籠に伸ばす。シジュウカラがおけいを怯えたように見る。おけいは顔を上げた。

「八五郎さん、おばさん、鳥を放ちます。でも、月丸ともうひとつ、カナリヤの番だけは連れて行きたいの。長助ちゃん、手伝ってくれる？」

「あ、ああ、いいよ」

長助が眉をひそめて、唇を嚙み締めた。

「あのよ、おけいさん」

八五郎が鬢を掻きながら、

「うちの古着を少し捨てていかあ。そんで、鳥籠ん中に幾羽か詰めてくれ。そうすれば、籠の数が減るからな。おい、長助、急ぐぞ」

長助は父の顔を見上げるや、うん、と大きく頷いて、店座敷に子猿のように上がった。

「八五郎さん」

おけいが指をついたときだ、

「どいた、どいた。どきやがれ、こんちくしょう」

あたりに響くような怒鳴り声を撒き散らしながら、こちらに駆けて来る者がいた。がらがらと大八車の車輪の音を響かせながら、砂埃《すなぼこり》を上げて、疾駆して来る。

黒羽織がなびき、着流しの裾ははだけ、脛《すね》は丸出しだ。

おけいは、眼を見開く。

永瀬だ。

「おう、鳥たちは無事か。月丸はどうした。ああ、どうこういっていられねえ。ちょうどいいや、おめえら手伝え」

永瀬は、籠屋の亭主と息子、そして八五郎に顎をしゃくった。永瀬は、どかどかと店座敷に上がる。見れば、車の上には鳥籠を抱えた結衣がいた。

「結衣さま。ああ、チヨですね」

結衣がこくりと頷いた。チヨがおけいを見て、首をくいと回す。愛らしい仕草に思わず笑みが溢《あふ》れた。下男の権太が、荒い息を吐きながら追いついて来た。

「おかみさん、遅くなりやして」

おけいに頭を下げた。

「あの、永瀬さま」

「鳥籠をすべてその車に載せるんだよ。おけいさん、月丸が拗《す》ねた顔してやがるぜ。あんたじゃなきゃ捕らえられねえ」

「なぜ、そんなことを」

永瀬は口を開くのも惜しいとばかりに唇を歪《ゆが》めた。

「小鳥と心中されても困るからな」

おとせが、あれま、という顔をした。

「なんでえ、図星か。そんなこったろうと思ったぜ。ともかくここから逃げることだ。思ったよりも火の勢いが強い。火消しも大童だ」

いいかえ、と永瀬が皆に聞こえるように大声でいった。

「北風が強くてな、すでに堀も越えたと聞いている。このまま風が収まらなけりゃ、日本橋からこっちへもあっという間に回ってくる。八丁堀も無事じゃなさそうだ」

皆の顔が強張る。

「まずは、まだ火のない東へ逃げろ。永代橋まで逃げ果《おお》せたら、なるべく両国橋の方まで行け、いいな。それと、わかってるだろうが、火事のとき車で荷を運ぶのは極力避けるようにというのがお定めだ。夜具をかぶせて病人だといえ。それでも咎《とが》められたら、おれの名を出せ。許しを得ているとな」

早口で言うと、永瀬が踵を返した。

「でも、それでは」と、おけいがその背に声をかける。

「あ、しまった」

いきなり永瀬が振り返った。

「悪いが結衣を頼む。おれはこのあたりの裏店を巡って来なきゃならねえ。まだ呑気に逃げねえ者《もん》がいるかもしれねえからな」

永瀬は、火の中に飛び込んで行こうとしているのだろうか。おけいは不安にかられた。が、それを止める手立ても理由もない。

半鐘はさらに忙《せわ》しく鳴り響いた。

「じゃあな、結衣」

結衣は唇を引き結んでしっかりと頷く。声が出せれば、父を気遣う言葉を発せられただろうに、とおけいは不憫になる。けれど、この父娘は、心の中で会話をしているのだ。

「おけいさん、あとは月丸だけだよ」

おとせが大きな声を出す。

通りには、人が少しずつ出て来た。荷を背負う者、赤子を負ぶう若い女房。一様に不安な顔をして、空を仰ぐ。青い空にはすでに、黒い煙が広がっていた。

「どんどん、こっちに人が来るぜ」

八五郎が叫んだ。

「お父っつぁんは、家から皆を連れて来る。おめえは、おけいさんのそばにいて、車を押すのを手伝うんだ」

うん、と長助が力強く応えた。

月丸は、おけいの胸に抱かれ、静かにしていた。首を上げて、黄色い嘴をわずかに開いたり、閉じたりしている。おけいに何を告げたいのか。やはり不穏な状況を悟っているに違いない。

「車はうちの倅に引かせるからね」

「おばさん、ありがとう。あたし」

「なあーに、いいってことよ。そりゃあさ、鳥も生き物だからね。あたしもごめんよ。あんたのきれいな顔を張っちまってさ」

おけいは、ううん、と首を振って、月丸を籠に入れた。

「さ、いい子ね、月丸。少しの間、我慢してね」

言い聞かせるようにいうと、月丸が黒翡翠《くろひすい》のような瞳を向ける。

八五郎が家の者を連れ、ことり屋の前に戻って来た。年老いたふた親と、八五郎の女房と三人の子たちだ。末っ子は四つ。女房が負ぶっていた。

「おけいさん、あんたの荷も持ってこねえと」

八五郎がいった。

「ああ、忘れてた」

おけいは、急いで店座敷に上がり、財布と階段の下に置いてある小鳥の餌をいくつか抱えた。ふと、おけいは二階を見上げる。行李の中に小袖が幾枚かあるが、持ち出すほどの物でもない。銭でまかなえる物はわざわざ持って出ることはない。思い出は銭では買えないけれど、見切りをつけることも必要だ。羽吉は一切合切ここに置いていった。煙草盆も唐桟縞《とうざんじま》の一張羅もとり屋の半纏《はんてん》も。なぜあたしは捨てずに取っておいたのだろう。もうここに戻るはずもない男の物なのに。

おけいは鳥たちの餌と財布を抱え、「これだけで十分です。八五郎さん、お願いします」

そういって、餌の入った麻袋を車に積んだ。

永瀬にいわれた通り、鳥籠は夜具で覆い、周りからは見えないようにし、結衣と八五郎の子をふたり乗せた。八五郎の大八車には、古着と荷を積み、八五郎の母親を寝かせ、やはり夜具を掛けた。

「結衣さま、この子たちをお願いいたしますね」

結衣にそう告げると、おけいの眼を真っ直ぐに見て、深く頷いた。八五郎は結衣に「お嬢さま、うちのガキどもをお願えします。それと、煙が臭えから夜具を被っていた方がよろしいですよ」

そういって、背後に首を回す。

「ああ、人が増えてきやがった。早いとこ行かねえと」と皆をせかすように八五郎が声を張った。

二台の大八車が動き出す。

籠屋の息子が鳥籠と結衣、ふたりの子を乗せた大八車を引いた。その後ろを権太と籠屋の亭主が押す。八五郎一家がその後に続いてくる。おけいとおとせ、八五郎の女房はそれぞれの車の横についた。

江戸橋を渡って来た人がどんどんこちらに向かって来た。その人々に襲いかかるようにもくもく上がる黒い煙が追いかけてくる。

「思ったよりも、人が多いな」

八五郎が呟く。おけいは、あたしが店に留まったせいだと思っていた。でなければ、もっと早く逃げられたはずなのに。

火から逃れて来た人々に巻き込まれながら海賊橋《かいぞくばし》の袂に着く。向こう岸は坂本町、丹後田辺藩の上屋敷がある。橋に人が殺到する。すぐさま橋の上はいっぱいになった。

「もうすぐ伝馬町《てんまちょう》あたりが火の海になる。そうしたらあっという間にここも丸焼けだ。早く渡れっ。もたもたすんな」

後方から男の怒声が飛んできた。

「せっつかれたって動けねえんだ、こんちくしょう！」

「うるせえ、さっさと行きやがれってんだ」

「怒鳴り散らしても、先に進めるわけじゃねえ、黙ってろ！」

次々と尖《とが》った声が上がる。それがさらに、恐怖や苛立《いらだ》ちを人々の中に広げていく。

「やっぱり、ここらにも火が回るか。急がねえと」

八五郎が顔を上げて、舌打ちした。おけいの胸が締め付けられる。炎は何もかも呑み込んでいく。家屋ばかりではない。暮らしのすべてを、命をも奪う。悲しみよりも、悔しさが募る。それがわかっていながら、店に残ろうとした自分の愚かさに気づく。皆の優しさを、いまになって痛いほど感じる。こうして小鳥たちを連れて来てくれた。どれだけ感謝すればいいのか。

ようやく海賊橋の上にたどり着き、人波に押されつつ、無事に渡り終える。

南茅場町《かやばちょう》の通りを人々は必死に進んだ。急ぎたくても、急げない。風に乗って流れてくる煙が鼻孔をツンと刺してくる。木が燃えるだけでない、胸が悪くなるようなさまざまな臭いがした。皆、口元を手拭いで覆う。それでも、臭う。眼も痛む。

永代橋までは、小松町から十町強（約一キロメートル）だ。無事に辿りつかなければ。

永瀬はいまどこにいるのか。怪我などせず、結衣を迎えに来てほしい。あのはにかむような笑顔を見せてほしい。おけいは前を見つめながら懸命に祈った。

「おけいさん、助かったぜ。この辺りの者は南へ逃げているようだ。霊岸島橋の先で、これ以上人が増えなければ、佐賀町まで早く辿り着けそうだ」

八五郎の言葉に、ええ、とおけいは答える。

霊岸島橋を渡ったものの、やはりその後がいけなかった。八五郎が先へ進めぬことに苛立ちを隠さずにいい放った。

「くそっ。銀座の方から人が来ていやがる。湊橋《みなとばし》の上が人だらけだ」

ああ、とおけいもため息を洩らしながら、返した。

「じゃあ、その先の豊海橋《とよみばし》まで行けばどうでしょう。永代橋も目の前です」

霊岸島新堀には湊橋と豊海橋、ふたつの橋が架かっている。とくに豊海橋の北詰めは、永代橋の西詰めともなるため、火除《ひよ》け地が設けられている。

「そうしてえところですが、ちっとも動かねえ。豊海橋のほうは霊岸島の町人が押し寄せているんでしょう」

のろのろと進み、ようやく湊橋の中程まで来たときは、ほっとした。が、そこで再び止まってしまった。後ろからは押され、前も人で溢れている。橋の上にいても、一向に進めない。じりじりと焦れる人々の間から文句が上がり始める。それが次第に大きくなり、不穏な空気が橋上を覆う。

「おい、車で逃げるんじゃねえよ。邪魔なんだよ」

いきなり飛んだ声に、周りの眼が、おけいたちに注がれた。嫌悪をあらわにした中年の女が「皆、取るものも取り敢えず逃げてるっていうのにさ」と、おけいを睨《ね》めつけてきた。

「でかい荷を背負っている奴、いやいや、やっぱり車だ。おまえらがいるからこっちまで橋が渡れねえんだ」

「車ごと堀に落としちまえ！」

そうだ、そうだ、と騒然となる。人波をかき分けながら、禍々《まがまが》しい表情で男たちが迫って来た。

おけいの顔から血の気が引く。

「なにしやがる！」と、八五郎が叫んだ。

堀へ落とせと、男たちが二台の車に集まって来る。橋の上はさらに混乱する。かかわりのない者までが騒ぎ始める。

「やめてください！　子どもが乗っています、年寄りもいます。お願いですから」

おけいが叫びながら、ひとりの男を押し返す。邪魔すんじゃねえ、とその男がおけいの手を乱暴に振り払う。あ、とおけいがよろめいた。

「おばちゃん」と、長助が声を上げた。

「あんたたち、女子《おなご》になにすんだね」

おけいを支えたおとせが怒鳴った。

「腰の立たねえおっ母さんとガキを乗せているんだ」

八五郎が大声を出した。

「嘘にきまってらぁ。箪笥《たんす》だなんだと欲かいて持ち出して来たんだろうよ」

ひとりの男がそう返すと、さらに興奮した男たちは、被せてあった夜具に手を掛けようと腕を伸ばした。そのとき、結衣が夜具を払いのけ、顔を出した。

「結衣さま！」

おけいが結衣の身を守るようにその前に立つ。男たちが一瞬、ぎょっとして眼を剝いた。結衣は唇を真一文字に引き結び、静かに男たちを見返す。おけいは息を吞む。

結衣は声を失っている。だが、その代わりに真っ直ぐな瞳で男たちを見つめた。澄んだ瞳は力強い。怯えもなければ、媚《こ》びるでもない。男たちの間に動揺が広がる。結衣の身なりにも気づいたのだろう。長屋の子どもではないのは一目瞭然だ。

「おいおい、お武家の娘じゃねえか」

「なんで、こいつらと一緒にいるんだよ」

男たちの中から戸惑いの言葉が次々洩れる。

「お嬢さま、ご心配なさらずとも大丈夫ですよ」

権太が声を張り上げ、袖を捲《まく》った。

「やい、てめえら。お嬢さまを堀へ突き落とそうとしやがるなら、まずおれを落としてみやがれ」

「権太さん」

おけいが権太を制してさらに男たちの前に出る。

「あたしがあるお方からお預かりしたお嬢さまです。お守りできなければ、あたしはその方に顔向けができません。ご迷惑なのは重々承知しておりますが、どうぞお許しください。年寄りもおります。この場はどうか、お怒りを鎮めてくださいまし」

男たちが鼻に皺を寄せる。

おおーい、なにをしているんだ、と後方から怒声が上がった。その場にいた者たちが、はっとして首を回して、空を見る。煙と火は勢いを増し、いまにもこちらへ襲いかかってくるようだった。人波から半纏をまとった背丈のある男が、他の者を押しのけるように出て来た。おけいは身構えた。鳶《とび》か。それを見た男たちが肩を小突き合う。

「橋の上でいざこざ起こしてんじゃねえ。皆、急いで逃げてえんだ」

半纏を纏《まと》った男が一喝すると、いきり立っていた男たちが敵わぬと思ったか、一様に顔を歪ませ、すごすごと身を引いた。

半纏の男は視線をおけいに向ける。

「おれが手伝うぜ。ガキが交じってちゃ押すのもきつそうだからな」

「ガキじゃねえぞ」

長助がすかさず嚙みつくようにいった。

「おう、威勢がいいな。けど疲れただろう。おじさんが代わってやるよ」

「そんな」と、おけいがいうと、

「親切でいってるわけじゃねえ。邪魔な車を早く動かしてえだけだ」

男はふんと鼻を鳴らした。歳は二十五、六といったところか。

ほら、代われと長助は襟首を摑まれた。じたばたしても大人の男の力に敵うはずもなく、大八車から引き離された。

「長助ちゃん、大丈夫？」

「平気だよ。あいつ、変な奴だな」

ようやく人が動き始めた。男の印半纏《しるしばんてん》の背には丸に松の字が染め抜かれていた。

永代橋まで無事にたどり着いた。橋の上では再び往生したが、幾度も大火で焼け出されている江戸の庶民は、ここまで逃げられたという安堵の思いも手伝ってか、もはや騒ぐ者もなく大川に架かる長い橋を渡りきった。おけいが橋の上から振り向いたとき、眼前に広がっていたのは、赤々と燃える猛火の海だった。それが風に煽られ、波のようにうねっていた。その波に合わせ流れるように煙がたなびく。昼だというのに、薄暗かった。

すべてが燃える。焼け落ちていく。

おけいは、地獄の業火を思い浮かべていた。あたしたちが何をしたっていうの。なぜ、こんな仕打ちを受けなければならないのだろう。

ふっと、細かな火花が舞った。空へ高々と上がっていく。火の海から、飛び立つ幾羽もの鳥のようにも見えた。

神田川から南。江戸の中心地である日本橋の本町《ほんちょう》、石町《こくちょう》、大伝馬町《おおでんまちょう》、もちろんおけいの飼鳥屋があった小松町周辺、八丁堀。どれだけの町が被災し、どれだけの者が命を落としたのだろうか。

永瀬のことが頭を過った。

どこにいるのだろう。あの火の中で走り回っているのだろうか。おけいは痛む胸を押さえた。

半纏を着た男は、永代橋を渡りきると、すぐに車を離れた。八五郎やおけいが礼をいう間も無く、名も告げずに立ち去った。

第二章　お役人の鳥

一

火事は一昼夜燃え続け、翌日の朝にようやく鎮火した。

おけいと結衣、権太、そして籠屋一家、古手屋の八五郎一家は、両国橋の東詰めでまんじりともせずに夜を過ごした。東詰めには、三百から四百の人がいる。窮屈ではあったが文句はいえない。いまはただ命が助かるだろうという希望、それだけを噛《か》み締めている。風呂敷包みひとつ持って出た者、行李《こうり》を担いできた者とさまざまではあったが、皆、疲れ切って声も出ない。中には、煤《すす》で真っ黒な顔をしている家族や着物に焦げを作っている者もいた。

陽が落ち、夜の帳《とばり》が下りると、紅蓮《ぐれん》の炎が町を呑み込むさまを見せつけるように燃え盛った。真っ赤な火柱も上がっている。半鐘は鳴り止まず、消火に当たる火消したちの声なのか、あたりを揺るがすように響いていた。

おけいは橋の袂《たもと》に佇《たたず》み、火を見ていた。その横に八五郎が並んだ。

「長助ちゃんたちは、眠りました？」

「ああ、腹が減ったと騒いでいましたが、ようやく皆、眠りましたよ」

八五郎は積んできた古着のほとんどを地面に敷いて夜具代わりにしてしまった。すっかり土で汚れてしまった。もう売り物にはならない。

なのにあたしは、小鳥たちを連れてきた。皆が手伝ってくれたおかげで、助けてあげることができた。自分の無力さを思い知らされる。

「八五郎さん、あたし――お詫《わ》びをしなければ。あたしのせいで」

八五郎は首を横に振った。

「ああしたときは皆、気がおかしくなっちまう。でもよ、おけいさんらしいっていえばらしいよ。御番所の旦那もいってたじゃねえですか」

小鳥と心中――おけいは唇を軽く嚙み締めた。永瀬はどうしただろう、その思いが再び頭をもたげる。すぐにでも顔が見たい。声が聞きたい。

「けど、おれぁ感心したよ。さすがはお武家のお嬢さんだな。あんな乱暴な男たちなんざ屁《へ》の河童《かっぱ》だ。肝が据わっていやがる」

はっとして、おけいは八五郎へ顔を向け、微笑《ほほえ》んだ。確かに、結衣が見つめると男たちの方が動揺した。無垢《むく》な視線には、いくら腕っぷしが強くても勝てないのだろう。

「ああ、おけいさん、小松町のあたりだよ」

八五郎が指をさし、ため息を洩らした。

ええ、とおけいは小さく答える。ことり屋は燃えてしまっただろう。激しい炎に焼かれ、すでに跡形もないかもしれない。張り詰めていた気がふと途切れ、おけいは大きく息を吐く。ことり屋を続けていけるのか。たまらなく胸が掻き乱された。

八五郎が覆った古着の下で鳥たちが目覚めた。かまびすしいその鳴き声に、うつらうつらしていた籠屋の亭主が眼を覚ました。

「元気なものだなぁ、何が起きたかも知らねえで」と、亭主が古着をまくりあげた。

「おお、かわゆいなぁ」

「ああ、すみません、うるさかったでしょう」

おけいは朝の陽の眩しさに眼を細めた。夜具代わりの古着の上でチヨの籠を抱きしめたまま結衣は寝息を立てていた。

「やっぱりお武家のお嬢さんは違う。怖いと泣きつくこともねえ」

亭主の何気ない言葉におけいは顔をしかめる。どんなに恐怖が迫っても、喉が張り裂けるほど泣き叫びたくても、結衣は声が出ないのだ。

でも、それをわざわざ亭主に告げる気持ちにはならなかった。結衣とて本意ではない。

いつものようにおけいは鳥の餌をすり鉢と乳棒で作り始める。

餌は鳥によって、与えるものが異なるが、すべてを揃《そろ》えて持ち出すことは叶《かな》わなかった。ただ、食べさせてはいけないものだけには気をつけなければならない。

だとしても、いつまで家もなく過ごすことになるのか。今のところまったく見当がつかない。

周りの人々も目覚め始めた。すぐさま立ち上がり、橋から対岸を眺め、ただ息を洩らす者、泣き崩れる者、さまざまだった。どういう風であったのか、両国広小路周辺は焼けず、両国橋と新大橋の間の武家屋敷も罹災《りさい》を免れていた。

「ありゃあ、津軽と館林だなぁ。下屋敷が残っただけでも運がよかったな」

誰かがいった。

けれど、その向こうはただただ黒い焼け野原だった。その間から白い煙が立ち上っているのが見えた。かろうじて立っているのはいくつかの蔵だ。

「ははは、何もねえ。お城と富士がよく見えらあ」

冗談めかしていった若い男が、その家族であろう者から引っ叩《ぱた》かれていた。

すると、小僧がひとり、太鼓を鳴らしながら歩いてこちらに向かって歩いてきた。相生町《あいおいちょう》の商家が炊き出しを行ったらしい。

「握り飯、握り飯」

その声を耳にして、がばっと、起き上がったのは長助だ。

「握り飯だってよ。おいらが取ってくるよ」

「おめえは、飯だというと元気になりやがるな」

すると、結衣も起き上がる。おけいの眼をじっと見てくる。おけいは笑いかけた。結衣は皆の役に立ちたいと思っているようだ。その気持ちが嬉《うれ》しい。

「長助ちゃん、ひとりじゃみんなの分、持ってこられないでしょう？　結衣さまも一緒に行きたいそうよ」

え？　と長助が動揺して、結衣を見る。結衣も長助を見返す。

「おっとっと。御番所のお役人のお嬢さまにそんなことさせちゃあいけねえよ」と、八五郎が腰を上げた。結衣は少し残念そうな顔をして、長介と八五郎を見送っていた。

配られたのは、ひとりに塩むすびひとつだったが、昨日の昼も夕も何も食べられなかったせいか、炊きたての飯のいい香りが鼻に抜けて、口中に広がる塩味を想像して唾が湧いた。おけいは先に鳥たちに餌を与えてから、握り飯を頬張った。

「この様子だと、すぐにお救い小屋が建つだろうね」

おとせがいった。お上《かみ》は大きな災害に備えて、常に材木を用意し、米も備蓄してある。焼け野原の片付けを行う前に、すぐにお救い小屋を建てる。

「おけいさん、小松町のあたりも駄目そうだね」

おとせの口調は寂しげだった。

「ええ、遠目に見ても建物など残っていませんでした」

ことり屋は焼けた。羽吉の小袖も半纏《はんてん》も煙草盆《たばこぼん》も。何もかも失ったが、月丸と小鳥たちが無事でいてくれた。けれど、再び店を開けるだろうかと、不安に駆られた。

「オケーイ、ハラヘッタ」

月丸が鳴いた。

ああ、馬鹿ね。何もかも失ったわけじゃない。一番肝心な命は残っていると、おけいは思った。

おけいは、配られた塩むすびを嚙み締めるように食べ終える。腹が温かくなって、力が湧いてきたような気がした。たったひとつの握り飯が、こんなにも力を、安心をくれるのだ。小鳥たちもいつもと違う様子に戸惑っていたが、餌をついばむと落ち着いたようだ。人も鳥も食べることが肝心なのだ。

なにより火事から逃れて来た者たちを気遣い、早朝から何升もの米を炊き、何百もの握り飯を作ってくれた商家の主人や奉公人たちに頭が下がる。

こうしたとき、江戸の者たちの行動は素早い。災いの中で火事がもっとも多い江戸では、親から子へ、子から孫へ、逃げ方や、その対応の仕方も度々聞かされてきたからこそ取れる行動がある。そのとき、他人から受けた親切や恩も同時に伝わっていく。

与える側になるのも、受ける側になるのも、運次第。

それが当たり前にできるのが、江戸の町人たちでもある。

両国橋の東詰めに集まっていた人々は、皆不安な一夜を送ったせいか、ほとんどがくたびれ果てていた。大人たちは話をする気力もなく奇妙な静寂に包まれている。ときおり、乳飲み子の泣き声や子どもがはしゃぐ声が聞こえたが、それも長くは続かなかった。きっと親たちが、なだめすかしたり、たしなめているのだろう。

明るくなってから、さまざまなものが見えてきた。火傷《やけど》や怪我《けが》をしている者が大勢いた。頭に巻いた手拭いには血が滲《にじ》み、腕や肩をさらしでぐるぐる巻きにしている。それは、男女もなく、歳もかかわりない。呻《うめ》き声ひとつ上げないのは、苦しさを訴えたところで、救われないという諦めもあるのだろう。今はただじっと我慢をするしかないのだ。

橋の中程まで渡り、再び戻って来る男たちの顔は一様に曇っていた。古手屋の八五郎もそのひとりだった。

年老いた父母や女房は、肩を落として戻って来た八五郎に何も訊《たず》ねなかった。

「まあ、しょうがねえやな。安普請の長屋なんざ、燃えやすいようにできてると思えばよ。なあ、江戸に住んでりゃ火事で焼け出されるのは珍しいことじゃねえんだ」

八五郎は、自分の家族ばかりでなく、周囲の者たちを元気づけるように張りのある声でいった。たった一日で、暮らしが壊された。ささやかにつましく、貧しいのが当たり前でも、日々を懸命に生きてきた。町がどれだけ燃えてしまったのか。おけいは確かめるのが怖かった。

「ああ、そうだ。さっき橋に行ったとき、聞いたんだが、回向院《えこういん》と福山の殿様の下《しも》屋敷が開かれたようだよ。一旦、どちらかに行って休んじゃどうかな」

八五郎がいった。

「そうだねえ」と、八五郎の女房は末の子を抱きながら、父母を見る。古着を重ねた上とはいえ、地面に横になっていたのだ。その顔には疲労がくっきりと浮いていた。

社寺などもそうだが、災いのときは家屋をなくした人々に大名屋敷が門を開くことがあった。大川を越えた本所深川には、大名家の下屋敷が多くある。本邸である上屋敷に対して、住まいとして使用されている屋敷もあるが、たいていは国許から送られた物資の置き場や畑として、あるいは中間《ちゅうげん》などの宿舎としても利用されている。大名の暮らしの場ではないから、開放しやすく、「あすこの殿様は慈悲深い」という評判も上がる。

「ねえ、どっちがいいかねぇ、おけいさん」

おとせが不安げにいった。

陽はあるが、まだ春の暖かさには程遠い。このまま布を掛けたままでは鳥たちも戸惑う。なんとかどこかで落ち着いて、水を換え、籠の掃除もしてやらねばならない。水を手に入れるのも、ここでは難しい。

店に置かれていた鳥籠は減らしてきた。しかし、鳥によっては異なる種と一緒にすると敵意を持ったり、不安になったりして心身に負担がかかる。カナリヤやインコ、文鳥は雑居を嫌う。それも早くなんとかしてあげなければ。

「回向院のほうがここから歩いてすぐですけれど――」

おけいがいうと、八五郎の母親が顔をしかめて首を振った。

「ことり屋さん、あすこは明暦の大火のときに造られた寺だよ。焼け死んだ人たちが眠っている処《ところ》に生き残ったあたしたちが身を寄せるのはなんだか気がひけるよぉ」

「なにをいってんだよ、おっ母さん。むしろ、仏になった人たちがおれたちを守ってくれるんじゃねえか」

八五郎が母親をいなすようにいう。

「近いほうがいい。じゃ、車を引くか。おい、長助。行くぞ」

弟妹たちの世話を焼いていた長助が振り返った。

歩き始めてすぐに、おとせがおけいに話しかけて来た。

「お救い小屋ができたら、みんなと一緒がいいよねえ。そのほうが心強いしさ」

「きっと大丈夫よ。お救い小屋は町内で振り分けるだろうから」

それは、おけいも同じだ。

けれど、お救い小屋に小鳥たちをすべて連れていけるだろうか。おけいは考えあぐねた。

「オッカミ」

はっとして、おけいは、あたりを見回した。永瀬、さま?

「オケイ、オケイ」

ああ、月丸だ、と大八車に走り寄ったおけいは、被せた布を少しだけめくり上げて中を覗《のぞ》いた。

月丸が、きょろりとした眼をおけいに向け、翼を広げようとして首を傾《かし》げるような仕草をした。

「ごめんね。お前の家も燃えちまったのよ。狭いし、水浴びもさせてやれないけれど、しばらくの間、我慢してね」

おけいの声音がいつもとは違うと感じたのか、月丸は嘴《くちばし》を軽く開けて、なにかいいたそうにした。言葉が話せたら、きっと慰めてくれたに違いないとおけいは思ったが、月丸のことだ、しばらくっていつのことだと憎まれ口のほうが先に出ているかもしれない。

そう思ったら、つい口許が緩んだ。

不意に、おけいは気づいた。月丸は、たしかに「オカミ」といった。ちゃんとした物真似にも声色にもなっていなかったが、ことり屋でおけいをおかいみと呼んでいたのは永瀬しかいなかった。

「月丸、ありがとう。永瀬さまはきっとご無事でいらっしゃるわよね。大火事で忙しくしていらっしゃるはず」

クワッと月丸は小さく鳴いた。おけいは籠の扉を開けて手を入れた。月丸の美しい濡《ぬ》れ羽《ば》色の翼に触れ、後ろ首を指で搔《か》いてやると、月丸はうっとりして丸い目を細めた。

とんとん、とおけいは肩を叩かれた。籠の扉を閉め、首を回すと、結衣と長助が並んでいた。

長助は、結衣が口を利けないことに気づいたようだった。長男の長助は弟妹がいるせいか、そんな結衣を気遣って、代わりに訊ねてきた。

「ことり屋のおばちゃん、どこへ行くんだい？」

「回向院よ。そこで少し休ませてもらうの」

そうか、と答えた長助は結衣の顔を見た。結衣が小さく頷く。おけいは月丸の籠に再び布を掛け直すと、

「結衣さま。おそらくお父上はこの大火事で忙しく働いていらっしゃいます。チヨとともにあとしもう少し一緒にいてくださいませね。きっとお迎えに来てくださいますから」

結衣が微笑んだ。

「おけいさん、ありがとうございます。旦那さまもおけいさんといれば安心だと思ってお預けになったのでしょう」

権太が腰を折った。

「いいえ、そんなことは」と、おけいがいう隣で、長助は、もじもじしながら、

「おいらもいるからよ。お父っつぁんが来るまで辛《つれ》えかもしれねえけどよ。弟と妹がうるせえのは我慢してくれな」

結衣に向けて、そういった。

あたりにいた人々も行き先を決め、動き始めた。

敷いていた古着をたたみ、車に載せる。回向院までは近いが、その道はさほど広い通りではない。ぞろぞろと歩く人ですぐに一杯になった。二台の大八車もゆっくりと進んだ。けれどもう、後ろから火の手が迫ってくる恐怖はない。

回向院の山門を潜《くぐ》ったときに見えたのは、人で溢《あふ》れかえっている境内だ。諦《あきら》めて福山藩の下屋敷へ行く者もいたが、下屋敷も人で一杯だったため回向院に来たという者たちもいて、山門のあたりが騒然とした。

「こいつは東詰めに戻って、御番所の指図を待ったほうがいいかもしれませんぜ」

「でも、八五郎さん。外でまた夜明かしになれば、ご両親やお子さんが」

八五郎は少し考え込んだが、もう火に炙《あぶ》られることはねえ、お救い小屋ができるまでの辛抱ですよ、という。

そこへ、人波をかき分け、眼前を足早に横切った見慣れた顔の男がいた。

「先生。沢渡《さわたり》先生」

すぐさまおけいは周りの者が視線を寄せるほどの大声で呼び掛《か》けた。

その声に男が足を止めた。男は沢渡貢《みつぐ》という医者だ。沢渡は、戸惑いつつ人波を見渡し、あっ

と眼を見開いた。

「おけいさん。ご無事で」

おけいは沢渡のその声音にほっとしたものを感じずにいられなかった。

沢渡は、曲亭馬琴の息子、宗伯《そうはく》とともに医学を学び、互いの家にも行き来するような間柄だった。おけいのことり屋に、ホトトギスのことを聞きにきたのが縁で、時々、おけいはその知識を頼み、小鳥の病を相談し、治療をしてもらうこともあった。

月丸が異物を呑み込んだとき、助けてくれたのが沢渡だった。

「先生こそ、何事もなく」

「私は、昨日たまたま往診で本所《ほんじょ》の商家に赴いておりましてね。火の手が上がったとのことで、そのまま家には帰らずに、こちらで怪我人の手当をしているのですよ」

「ごくろうさまでございます。お宅は確か浅草の黒船町《くろふねちょう》でしたよね」

「ええ、確かではありませんが、耳にしたところによると、浅草での被害は出ておりませんので、助かりました」

そういってから、沢渡は、はっとして口を噤《つぐ》んだ。おけいのことり屋があった小松町周辺が焼けたことを知っていたのだろう。

おけいは首を横に振り、無理に笑顔を浮かべた。

「風の向きと火の回りの速さで、諦めてはおりましたから、お気になさらないでくださいまし。でも」

と、おけいが大八車の方へ眼を向けた。

ああ、と古着に覆われた車を見て沢渡が息を洩らした。

「月丸も、小鳥たちも運ばれたのですね」

はい、とおけいは気まずそうに頷《うなず》いた。

「それはよかった。小鳥も人も同じ命を持っておりますから。特に月丸はおけいさんの相棒ですしね」

「相棒にしては、少々お行儀が悪いですが」

おけいはくすりと笑う。

「それにしても、お怪我も火傷もなくよかった。そちらはご近所の方々ですか？」

「ええ」

沢渡は大八車で横たわる八五郎のふた親へ眼を向けた。

「ならば、本堂で休まれるといい。おや、赤子もいるではないですか。私が案内しましょう。そこには町役人も御番所の役人もおります。話を通してあげますよ」

「それはいけません。あたしたちより先に着いた方々もおります。ここで順番をお待ちしています」

おけいがいうと、八五郎が眉根を寄せた。

「おけいさんのいうこともわかるが、うちは年寄りと子が四人いる。このお方のお言葉に甘えてえ。あんただって、お嬢さまを預かっていなさる」

ああ、そうか。あたしだけじゃないのだ、結衣のこと、皆のことを考えれば――。

八五郎が沢渡の前に進み出て、「よろしく頼みまさあ」と、頭を下げる。

「いいえ。皆さまがおけいさんの月丸と小鳥を守って来られたのでしょう。私はいつもことり屋にお世話になっていますし、小鳥たちに和ませてもらっていますから」

そんなことは、とおけいがいう前に、沢渡が本堂まで案内をするといって、先に歩き出した。おけいたちが後に続くと周りの人々が怪訝《けげん》な眼を向けてきた。その視線が痛い。

と、人々の頭の上を越え、

「先生、早く来てくれ。あの爺《じい》さんがもう虫の息だ」

鋭い声が本堂の外廊下から飛んできた。

「まずいな。家族は側にいるか」

沢渡が応じると、声の主はすぐに「本堂にいるから呼んでくらぁ」と返してきた。ちらりと半纏が見えた。

「あれ？」と、長助が背伸びをした。

「あの半纏、湊橋《みなとばし》でおいらたちを助けてくれた人と同じだったよ」

そういっておけいを見上げた。湊橋の上で、大八車が落とされそうになったとき、間に入っておけいたちを救ってくれた若い男がいた。

もっとも、おけいたちに難癖をつけていた者たちは、御番所の役人の娘である結衣のひと睨《にら》みで、怯《ひる》んではいたのだが。確か、丸に松の字が染め抜かれていた半纏だった。

「もしあのときの人なら、お礼をいいたいわね」

「おいらをガキ扱いしたから、ちゃんとここまで来たぜっていってやりたいしな」

と、長助は鼻をうごめかせた。あの若い男に後ろ襟を猫の仔《こ》のように摑み上げられたのが、癪《しゃく》に障っているのだろう。

「申し訳ない。おけいさん。今私に声をかけてきた男に、私の名をいって本堂に入れてもらってください。私は患者の元にいかねばなりませんので」

沢渡が済まなそうに眉をひそめた。

「とんでもないことです。早く行ってください」

沢渡はおけいに背を押されて、すぐさま駆け出した。といっても人をかき分けかき分けで、そのもどかしさが後ろ姿に表れていた。

おけいは、皆と本堂へと進んだ。回向院の境内も火事から逃げて来た者たちで一杯だった。普段であれば、信濃国善光寺《しなののくにぜんこうじ》や下総国成田山《しもうさのくになりたさん》などの出開帳《でがいちょう》や勧進相撲《かんじんずもう》で賑《にぎ》わう回向院だが、今日は疲れた顔の人々ばかりで、晴れやかな賑わいなど微塵《みじん》もない。

地面に筵《むしろ》を敷いて寝ている者、怪我の痛みに呻く者、ひもじさに泣く赤子、ただ呆然《ぼうぜん》と佇む者――命からがら猛火を逃れては来たが、家は焼け落ちて戻ることもできない、どうしようもない現《うつつ》を前に皆が悲嘆に暮れている。

中には、先が見えない苛立《いらだ》ちがぶつかることもあり、そこここで喧嘩《けんか》騒ぎも起きていた。境内の左手に建ち並ぶ茶屋も、饅頭《まんじゅう》や団子を取り合う人々でごった返し、いつもはにこやかに応対する茶屋娘たちも困惑している。

本堂へと延びる石畳の途中には、阿弥陀如来の坐像がある。幾人《いくたり》もの人が手を合わせていた。途中ではぐれてしまった者や、別の世帯で暮らす身内や知り合いの者の無事を祈っているのだろう。おけいはわずかに身を竦《すく》ませた。人々の表情が皆、硬く強張り、気持ちが張り詰めている。その緊張に押しつぶされそうになるような気がした。けれど、きっとあたしも同じ顔をしているに違いない。

逃げるときには懸命だった。ただ、命を守るために必死だった。冷たい地面の上に横になって、朝が来たときには安堵《あんど》もした。だが、そんなものはほんの一瞬のことだ。

あらためて身の内から恐怖と絶望にも似た暗い思いが湧き上がる。

ああ、いけない――。

あたしには、守らなくてはいけない結衣がいる。月丸や小鳥たちもそうだ。この手でしっかりと抱きとめておかねばならないのだから。

でも、疲れた。

「おばちゃん、どうしたんだよ。顔色が悪いぞ」

長助がおけいの顔を見上げる。ううん、とおけいは首を横に振った。長助は古手屋の父親を手伝っている。客の応対もしているためだろうか、他人の様子を細やかに見て取れるのかもしれない。

「大丈夫。といっても昨日の今日だもの。長助ちゃんこそ平気？」

「はは。おいらは元気だよ。けどさ、小鳥たちが心配なんじゃないかい？　月丸がおとなしいのも気になるし」

「そうねぇ。月丸もわかっているのかもしれないわね。皆が大変そうだって」

「ふうん。あいつ、知恵があるんだな」

長助が感心するようにいう。知恵という大人びた言葉がおかしくて、おけいは微笑んだ。

と、そこに医者の沢渡貢に教えられた印半纏《しるしばんてん》の若い男が本堂のほうから走って来た。

「もし、すみません」

おけいが駆け寄り声をかけると、

「なんでえ、こちとら忙しいんでえ」

若い男が怒声をあげて振り返った。

おけいは眼を見開き、「ご、ごめんなさい、あの」と、口ごもった。追いかけて来た長助がおけいの隣に立つと、きっと男を睨《ね》めつけた。

ん？　と若い男が首を傾げた。

「あれ、あんたら、湊橋の上で」

「そうだよ。おいらたち、両国橋の東詰めまで行けたんだ」

と、長助が胸を張った。

「あの節はまことにありがとうございました。おかげさまで無事にこうしております」

「ああ、そうかい、そいつはよかったな。ともかく何事もなくなによりだ」

若い男はそういって手を伸ばすと長助の頭を撫《な》ぜた。

「何すんだよ、おいらガキじゃねえぞ」

「おう、そんな憎まれ口が叩けりゃ大丈夫だ。わざわざ礼なんていいのによ。じゃ、おれは急ぐんで」

あの実は、とおけいは立ち去ろうとする男を引き止めた。男は怪訝な表情を向けた。

「まことに心苦しいのですが、一緒にいる年寄りが疲れ切ってしまって。幼な子もおります。実は沢渡先生が、あなたさまを頼るようにおっしゃったものですから」

ほうっ、と男が眼をまるくして、

「なんだ。あんたらが沢渡先生の知り合いかよ。そうか」

と、考え込んでから、再び口を開いた。

「もう本堂もぎゅうぎゅう詰めでな。怪我人も多い。庫裡《くり》なら少しはいいかもしれねえな。おれはいま駆けずり回ってるんで、別の奴に案内させるよ」

「申し訳ございません」

おけいは深々と頭を下げる。若い男は手を口元に当て、声を張った。

「おい、次郎吉《じろきち》。ちょっとこっちへ来い。沢渡先生の知り合いだ。庫裡に連れてってやってくれ」

次郎吉と呼ばれた、まだ月代《さかやき》も青々している十五、六ほどの若者がおけいたちに走り寄って来た。

「じゃ、頼んだぜ」

次郎吉にそういうと、半纏の裾を翻して走り去った。

「お手間を取らせます」と、おけいは頭を下げた。

「いえ、どうってことねえですよ」

次郎吉が白い歯を見せた。気のいい若者のようだ。

「さ、どうぞ、こちらへ」

きびきびとした物言いをしておけいたちを促した。

八五郎の両親や子どもら、籠屋一家もようやくほっとした顔をした。

おけいは庫裡に着くまでに次郎吉に若い男のことを訊ねた。実は、昨晩、湊橋で助けられたことも口にした。すると次郎吉は「やっぱりなぁ」と、嬉しそうにいった。

名は左之助《さのすけ》といい、鳶《とび》を抱える松木屋の若頭《わかがしら》だという。

鳶たちは災害があれば駆けつけ、奉行所に従って支援をする。此度《こたび》のように、焼け野原の片付けをし、普請が始まればその足場を組む。鳶の役目は本当に多岐にわたる。だからこそ、町の顔役を担うこともある。揃いの印半纏を羽織って通りを闊歩《かっぽ》すれば、若い娘の視線を釘付けにするいなせな者たちだ。

「男振りもいいし、気《き》っ風《ぷ》もいい。おれは若頭に憧れて、鳶になったんです」

左之助のことを訊《き》かれたのが我が事のように誇らしかったのか、にこにこしていった。沢渡は、左之助の養父である頭《かしら》が病に倒れたとき診立てをしたらしい。いまは養生しているが、一時は生死をさまよったほどで、それを救ってくれた沢渡に深い恩義を感じているという。

「あの先生もたいしたお人です。鳶なんて気の荒い奴らばかりでしょ。皆に囲まれた中で、お頭を助けなきゃ、簀《す》巻《ま》きにして大川に流すと左之助兄《あに》ぃに凄まれてもへっちゃらでした」

人はいつか必ず死ぬ、とあっさりいったという。

「左之助兄ぃもそんときは怒るより、呆気にとられちまって」と、次郎吉は笑う。

沢渡らしいとおけいは思った。

他の医者が匙《さじ》を投げた、先が幾ばくもない患者に寄り添い、その最期を看取っている。そんな沢渡だからこそいえるのだろう。決して冷たい言葉だとも投げやりな言葉だとも思わない。医者として手を尽くしても助けられないことがある。その限界に憤り、絶望すら感じながら、患者と向き合っているのだ。

けど、と次郎吉が不思議そうにいった。

「うちの頭を助けてくれたのに、なんで、先生は死神医者なんていわれてんですかね。左之助兄ぃは世間の噂《うわさ》なんぞあてにはならねえといってますが」

「ええ、ほんとうにその通りですよ」

此度の大火事で幾人の人が亡くなったのか。それを思うだけで辛くなる。大きな災害になればなるほど、わずかなことが生死を分ける。それを不運と片付けるのはあまりにも哀しく、辛い。

本堂より奥、少し離れたところに庫裡があった。庫裡は僧たちの台所だ。

次郎吉は町役人と話をすませると、おけいたちを手招いた。

「荷を中に入れましょう。おれが運び入れます」と、次郎吉は小鳥たちの籠が載せてある大八車を見やる。

「いや、あれはてえしたものじゃねえんで、車ごと表に止めておきまさ」

八五郎がすかさずいった。

「でも、こんなときですから、どさくさに紛れて悪いことをしでかす輩《やから》もおります。荷が狙われぬとも限らねえですよ」

「それなら、順繰りに大人が表に出て見張っておりますよ」

次郎吉は少しばかり怪訝な表情をしたが、ではお休みください、といって急ぎ足で立ち去った。

八五郎が次郎吉の後ろ姿を見送りつつ、おけいに向けて口を開いた。

「すまねえ、おけいさん。小鳥の籠だってことはやたらいわねえほうがいいと思ってよ」

「謝らないでくださいましな。ご迷惑をおかけしているのはあたしのほうですから。わがままを通して小鳥たちを連れて来たのですから。お気遣いありがとうございます」

八五郎はぽりぽりと鬢《びん》を掻いた。

「わがままなのはおれも一緒だ。おけいさんはさっきのお医者の申し出を断わろうとしたのに、おれは渡りに船とばかりに。てめえらのことしか考えられなかった」

「それは、当然のことです」

「鳥籠は、あっしが見張っておりますよ」

八五郎がいう。おけいは慌てて首を横に振った。

「あたしが残ります。小鳥や月丸が心配ですから」

けどよ、と八五郎が額に皺《しわ》を寄せた。

「なにしてるんだよ、お父っつぁん、おばちゃん、早く入んなよ」

長助が庫裡の出入り口から顔を覗かせた。

「あたしは外で荷物を見ているからいいの。長助ちゃんたちは中に入って休んでちょうだい。ほら、八五郎さんも」

おけいは八五郎の背を押した。

「おばちゃんだって疲れてるだろう?」

「大丈夫よ。長助ちゃんのお父っつぁんが古着を地面に敷いてくれたから、横になっているのも楽だったもの」

陽も暖かだから、と長助へ笑いかけた。

「ああ、結衣さまをお願いね」

すると、長助がはにかんだように顔を伏せて、小さく頷いた。その様子がいかにもというようで、おけいは、ふと微笑む。

八五郎は幾枚もの古着を地面に重ね置き、おけいに座るよういい、すまなそうな顔をして長助とともに中へ入って行った。

おけいは二台の大八車の横に敷かれた古着の上にかしこまった。籠の中の小鳥たちが小さくさえずっている。

本当にいい天気だと、おけいは空を見上げた。早朝は幾分肌寒さがあったが、いまは穏やかな陽が境内に降り注いでいる。こんなにも、光は柔らかで、風も心地がよい。境内に植えられた松の緑が一層色鮮やかだ。鳥のさえずりも耳に優しく響く。

すべてが夢であったらいいのに、とおけいは詮無いことを考えた。

悪夢を見ているのだと、そう思いたかった。けれど、時々怪我人が眼前を通り、焼け焦げた衣のままで歩いている者を眼にして、現に引き戻される。

「オケイ、オケイ」

月丸がか細い声を出した。

おけいはすぐさま立ち上がり、覆いをわずかにめくって、籠を覗く。

急に光が差し込んだためか、動揺した月丸は羽を広げようとした。だが、身が一尺もある月丸には狭い籠だ。すぐに広げるのを諦めて、おけいに黒い瞳を向けた。

「月丸。水遊びはさせてあげられないの。辛抱してね。あたしだって湯屋に行きたいけれど無理なんだから」

そう話しかけると、月丸が首を傾げて橙《だいだい》色の嘴を開けてクワッと鳴いた。その表情は少し哀しげにおけいの眼に映った。

「わかってくれたの？　お前の辛さもわかってるから」

月丸は、とっととっと窮屈そうに止まり木を行き来した。やはり小鳥たちを連れ出してきたのは間違いだったのだろうか。優しい人たちを頼り、好意に甘えて。ひとりで店をやってきたなんて、とんだ思い上がり——ふと、視線を感じたおけいはすぐに覆いを元に戻して、振り返った。

結衣が立っていた。

「結衣さま、どうなさったのですか？」

おけいが問うと、結衣が指で荷を指し示した。

「チヨのことがご心配なのですね。少しお待ちください」

おけいは腰を上げて、大八車に載せられているチヨの籠を覗いた。チヨは餌をついばんでいた。

「大丈夫ですよ。いま、餌を食べています」

結衣がにこりとして、履き物を脱ぐと古着の上に座った。

「駄目ですよ。中でお休みください。あたしがちゃんと見ておりますから」

そういっても結衣は座ったまま、また指差すと、口を動かした。唇を尖らせてから、すぐに横に引いた。結衣がなにか告げようとしている。けれど、唇の動きだけではわからない。結衣は幾度も同じように唇を動かす。権太だったら気づくだろうか。

すると結衣がもどかしげな顔をして、敷いた古着を掌で叩いた。

「あたしに座れということですか？」

結衣はこくりと頷いた。おけいが座ると、次は背を向けるよう身振りで示した。なぜなのかさっぱり見当がつかなかったが、おけいは結衣が示す通り、身を返した。

すると、結衣の指先が後ろ髪に触れた。驚いたおけいは自分の手を後ろに回す。

ああ――。手触りが変だ。髪が焦げていたのだ。火の粉に焼かれたのだ。

結衣が自分の櫛《くし》を取って、焼けたあたりの髪を撫で付けるように上に梳《す》き上げた。

丁寧に優しく、髪を梳く。結衣が手を止めて、背後からおけいの顔を覗き込んで来た。

再び同じところに触れるときれいに整えられていた。焼けてちりちりになった髪を内に隠してくれたのだ。

「かたじけのうございます、結衣さま」

いつ髪が焼け焦げていたことに気づいてくれたのか。結衣の優しさが、胸にしみ込んでくる。

「今度はあたし。結衣さまのお髪《ぐし》を結い上げましょうね」

結衣は驚いたように眼を見開いたが、すぐにくるりと背を向けた。おけいは自分の櫛を抜き、結衣の髪に触れた。艶やかな黒髪はしっとりとして柔らかい。もし、子がいたら、母娘でこんな時を過ごせたのかしら、とおけいは思った。けれど、それもつまらぬ夢物語だと、すぐに思い直した。

「きれいなお髪ですね。まるで月丸の羽のよう」

おけいがいうと、結衣が恥ずかしそうに身を捩《よじ》った。

「あら、月丸の羽なんて、変だったかしら」

結衣がかぶりを振る。

おけいは、結衣の髪を結い直しながら、永瀬の無事を心の底から願った。

二

陽が落ちかかる頃、

「おおい、御番所のお役人がお見えになったぞ。皆の衆、本堂の前に集まってくれ」

左之助が印半纏を翻し、声を張り上げながら走り回っていた。

八五郎が庫裡から飛び出してくる。

おけいと八五郎はすでに人だかりのでき始めた本堂まで、早足で進んだ。

不安のためか集まった者たちはざわめいている。役人らに向かって文句を叫ぶ者もいた。

役人は本堂の階段上に立っていた。おけいは懸命に背伸びをする。もしかしたら、永瀬の姿があるかもしれないと思ったからだ。だが、背丈のある男たちに阻まれ、頭くらいしか見えない。八五郎に頼んでも詮無い。逃げる間際、鳥たちの籠を載せてくれた永瀬の姿は見ていても、あの騒ぎの中では顔など見覚えていないに違いない。

おけいは身悶《みもだ》えするくらいに悔しかった。早く結衣に永瀬の無事を報せてあげたい――そう思いながら、自分に問う。

あたしも、永瀬さまの無事を知りたい。ずきん、と疼《うず》くような胸の痛みを感じた。

あたし――。

自分の胸に問うのが怖い。問うてはいけない。おけいは懸命に溢れ出る気持ちを抑えた。

「これ、静まれ。静まらんか」

役人の厳しい声が飛んだが、一向に騒がしさは治まらない。お救い小屋がどれだけ建てられるのか、そこへ入ることができるのかどうかわからないからだ。一刻も早く落ち着き先を知りたいのだ。そんな不安が充満して、今にも爆発しそうなほど、ぴりぴりしていた。群衆が波のように揺れる。

「お役人さまの声が届かねえぞ。てめえがどこに行くかわからねえんじゃ困るだろうが」

左之助の声が響いた。

騒然としていた者たちがそのひと声で鎮まった。

役人のあからさまな舌打ちが聞こえた。が、気を取り直したように再び声を張った。

市中に設置されるお救い小屋は、筋違橋《すじかいばし》御門外、数寄屋橋《すきやばし》御門外、築地《つきじ》広小路《ひろこうじ》、両国《りょうごく》広小路など全部で十一、と告げられた。

「しかし、すべての者が収まるとも限らん。火元より北の方角、上野、浅草、下谷《したや》、南西の芝、高輪《たかなわ》一円。そして大川を挟んだ東、つまり今、お主らがいる本所や深川は燃えておらぬ。身を寄せる処がある者は、すみやかにそちらへ移るようにいたせ」

馬琴の住まう神田明神が無事だったことにほっとした。

群衆の中から叫ぶ者があった。

「お役人さま、火事はどこまで広がったんですか？　風聞だらけで、ほんとのところがわからねえんでさ」

むっと、役人が顔をしかめた。かなり広範囲に燃えたのはたしかなようだ。

「火元は、神田佐久間町《さくまちよう》であったが、神田川を越え、本町《ほんちよう》、石町《こくちよう》、大伝馬町《おおでんまちよう》——」

と、次々町名が挙がる度、ため息があちらこちらから洩れた。大店が建ち並ぶ日本橋周辺などの繁華な町が焼けたのだ。その悲嘆は大きい。

「我らの屋敷も燃えた。八丁堀《はつちようぼり》も丸焼けだ。ほとんど何も残っておらん」

と、悔しげに口元を引き結んだ。

八丁堀も、とざわついた。御番所の役人も宿無しとなったのだ。役人たちも罹災者なのだと、集まった者たちの間に相憐れむといった感が広がった。どこか殺伐としていた気が和らぎ始める。

「お救い小屋は十一か所。各小屋の割り振りは、本堂の外に貼り出す」

役人はお救い小屋をまず告げてから、町名をいった。ただし、すべてが同時にできる訳はなく、出来上がり次第、順次知らせがあると、続けた。

それには落胆したような声が洩れた。

「お救い小屋には町役人がおる。住まいと名を必ず告げること。人別帳と照らし合わせ、それが確かめられた者は入所ができる。よいな、決められたお救い小屋に行くのだぞ」

念を押すようにいった。

ことり屋があった小松町周辺は両国広小路のお救い小屋だった。

「ここから近くてよござんした。皆も一緒です」

八五郎がいい、おけいもほっと胸をなでおろした。年寄りをふたり移動させるのはどうしても骨が折れる。数寄屋橋御門外のお救い小屋のほうが住まいからは近いが、そこへ歩いて行くまでに惨状を眼にすることになる。しかし両国であれば、それを見なくてすむ。

店が焼け落ちたことがわかっていてもきっと探してしまう。思い出がないといえば嘘になる。羽吉と暮らした短い年月。旅から戻らない羽吉を待ち続けた年月。再び戻った羽吉ときっぱり別れてからの年月。焼けた柱に、崩れた屋根に、記憶の欠片《かけら》を見つけ出すのは悲しい。けれど、飼鳥屋を営む自分は確かにそこにいた。籠屋一家や八五郎一家、馬琴や沢渡に支えられ、あらたな暮らしを始めていた。そして、永瀬にも——。

「早いとこ、嬶《かか》ぁや籠屋さんに知らせなきゃいけねえ」

「ええ、そうですね」

おけいは生返事をして、「八五郎さん、先に戻っていて」と、身を翻した。


山門に向かう石畳を役人が三人、そしてその後ろを町役人と左之助が歩いていた。役人の内《うち》、真ん中を歩く者は陣笠を着け、手には指揮十手《じって》を持っている。与力《よりき》であろう。

「お役人さま、お待ちくださいませ」

おけいは駆け寄りながら、叫んだ。

何事かと振り向いた左之助が、役人たちを留めた。

左之助に会釈だけすると、役人たちの前に回り込んで、膝をつき頭を下げた。

「御用繁多と承知しております。お許しください。あたしは小松町で飼鳥屋を営んでおります、けいと申します」

「飼鳥屋が何用だ」

おけいの頭上に与力の険しい声が降ってきた。

「申し訳ございません。お伺いしたいことがございます。北町奉行所の定町廻《じょうまちまわ》り同心、永瀬八重蔵さまは、いまどちらにいらっしゃいますでしょうか？　ご存じであればお教え頂きたいのです」

「永瀬、だと？」

右にいた役人が応えた。その返答はおけいの不安をあおった。

「お前は、永瀬の知り合いか？」

おけいは顔を上げた。

「そうでございます」と、ためらいがちにいった。結衣を預かっていることはいうべきではないと、咄嗟《とっさ》に思ったのだ。そうか、と右側の役人が続けた。

「永瀬は、いまだ奉行所に姿を見せておらぬ」

まさか、とおけいは耳を疑った。

「そんなはずは――火が小松町に迫っていたとき、永瀬さまがおいでになったのですが」

「なんだと？　その後、永瀬はいかがいたした」

役人が突然声を荒らげた。

おけいは愕然《がくぜん》とした。この役人も永瀬の行方を知らないのだ。もう火事は収まっている。奉行所に戻っていないなどあり得ない。身に震えが走る。

「答えぬか！　永瀬は、小松町からどこへ行くと申したのだ」

「それが――まだ留まっている者がいるかもしれないから裏店《うらだな》を巡るといって」

声が震えているのが自分でもわかる。得体の知れない恐怖がこみ上げてくる。

永瀬さまが――そんな。違う違う。激しくなる胸の鼓動に戸惑う。

鎮まって、お願いだから。でも、息が苦しい。

「小松町界隈《かいわい》ということだな。わかった」

役人が悔しげに唇を嚙み締めてから、口を開いた。

「おけい、といったな。私は、岬清右衛門《みさきせいえもん》だ。永瀬と同じ北町の定町廻りだ」

「岬、さま」

なんの抑揚もなく、おけいは岬の名を呟《つぶや》く。

「おい、岬。我らは先に行くぞ」

与力はそういうと、もうひとりの同心と歩いて行った。左之助と町役人もその後を追う。

与力に一礼すると、岬は片膝をつき、訊ねてきた。

「我らも心配しているのだ。たしか永瀬には娘がいたはずだが。お前はそのことを知っておるか？」

おけいは岬を見やる。永瀬と同じくらいの歳だろうか。整った顔立ちだが、役目柄か眼が鋭い。

「娘と下男の姿も確かめられずにいるのだ。どうなのだ？　知っておるのか？」

それは詰問に近かった。おけいは身を竦ませた。余計に震えを感じる。

「――結衣、さまは、あたしが、お預かりしております。権太さんもともに」

なんと、と岬が言葉に詰まった。

「娘は口が利けぬ。それもお前は知っているのだな」

はい、とおけいは頷いた。

「小松町であれば、小屋は両国か。なにかわかれば、誰か遣わす」

岬が立ち上がる。「お願いいたします」と、おけいは懇願するようにいって頭を下げた。

「おけいとやら。永瀬はお前を頼り娘を託したのだ。きっと無事でおる。あいつのことだ。人助けをしているうちに、のっぴきならぬ事態になり、動けなかっただけであろう。そういう奴だ。いまごろ慌てふためいて奉行所に向かっているかもしれん」

「では、永瀬さまにお会いしたら、結衣さまはご無事だとお伝え願いますか」

承った。お前も信じて待つことだ、娘にもそう伝えてやれ、と岬はそういって、急ぎ足で与力たちを追いかけた。

おけいはその場にかしこまったまま動けず、ため息を吐《つ》いた。

きっと、岬さまというお方がいった通りに違いない。あれだけ火の回りが早かったのだ。逃げ遅れた人も大勢いたはず。怪我や火傷を負った人もいたかも知れない。幼い子を抱えた女かもしれない、年寄りということもある。その面倒を見ているうちに夜が明けてしまったのだ。でも、永瀬さまが怪我をしていることだってあり得る――。

いいえ、まだたった一日。

大丈夫。無事を強く念じていれば、永瀬さまにもきっと届く。おけいは、心の内で永瀬に呼び掛けた。

二晩を回向院で過ごし、三日目の昼を迎えた。永瀬の安否はまだわからない。

本所、深川の商家や長屋、寺院の僧らが朝夕と炊き出しを行った。味噌汁や塩むすびに人々の温もりを感じた。先頭を切って群衆を捌《さば》いているのは左之助だった。

庫裡の外に置いた鳥籠の側にいるおけいのもとに沢渡が顔を出した。入り用なものはないかと、気遣ってくれたが、その顔には疲労が色濃く出ている。慈姑髷《くわいまげ》も乱れ、眼の下には黒いくまが浮き、幾分痩せたようにも見える。

「お気持ちだけで十分です。先生こそお休みになられては？」

おけいがいうと、沢渡はかすかに頬を緩めた。

「では月丸や小鳥たちに会わせてください」

おけいは、あたりを見回してから、そっと覆いを取る。沢渡は籠の小鳥たちを覗き込む。

「ああ、可愛いなぁ。止まり木を渡っていますよ。やはり、鳥たちの仕草を見ていると、気持ちが楽になるなぁ」

覆いを頭に被ったまま話をしている沢渡の姿は滑稽だ。まるで覗きからくりに夢中になっている童《わらべ》のようだ。

「よう、月丸。狭い籠で辛そうだなぁ。おいおい、嘴を向けるなよ。私の顔を忘れたのかい——ははは」

ねえ、おけいさん、と沢渡が籠を覗きながら、いった。

「人が次々と死んで行くのですよ。たまらないですよぉ」

おけいは、眉根を寄せる。

「火傷を負った者が、水を欲するんです。喉も焼けただれて飲めやしないんですけどね。布に水を含ませて、唇を湿らせてやることしかできない。かと思えば、全身が火脹《ひぶく》れで。痛みなんてものじゃないでしょう、軟膏《なんこう》を塗るどころか、冷やすだけでも悲鳴をあげるんですから。治療が苦痛になるんですよ。私はね、医者として、こんなに力がないのかと思いましたよ」

　おけいは黙って、沢渡の隣に立つ。

　火傷だけではない。崩れた家の下敷きになったり、逃げる途中で転倒したり、そうした怪我人も多くいるのだという。

「大川にも沢山の亡骸《なきがら》が浮いているそうです。着ているものに火が移ったのでしょうかね。熱さに耐えきれず、飛び込んだのかもしれません。ついさっき逝ったのは、十四、五の娘でした。顔の半分が焼けていました。こんな顔ではもう生きていけない、死なせてくれと焼けただれて開けなくなっている唇を懸命に動かして事切れたんですよ。参りました。医者は何のためにいるのか――考えてしまいます。それでも、苦しんでいる者がいる限り私は……」

　沢渡の言葉が途切れた。

　ややあって、嗚咽《おえつ》が洩れ聞こえてきた。沢渡は、ここに泣きに来たのだ。背中が震えていた。

　おけいはその背に手を伸ばしたが、すぐに引いた。

　かける言葉など、見つからない。小鳥たちが少しでも沢渡の心を癒やせればいい。おけいは黙って、その場を離れた。

　でも、この小鳥たちをどうしたら良いものか。とてもお救い小屋には連れてはいけないだろう。あたしはここにとどまっている方が良いのかもしれない。だとしたら、結衣もともに残したほうが良いのかもしれない。思いを巡らせながら、庫裡へ入ったおけいの眼に映ったのは結衣の姿だった。長助の弟妹たちと楽しそうに遊んでいる。もう皆、口が利けないことを不思議がったりしていない。子どもたちは、自分と異なる部分があると時に残酷になるが、ここでは大人のほうが醜態を晒《さら》していた。

庫裡の中を走り回って歓声をあげるどこかの子らに向かって、

「あすこにいらっしゃるお武家のお嬢さまのように静かにしていられねえのか」

と怒鳴った。結衣が話せないことに気づいた者がいい放ったのだ。

「おじさんだって、いびきがうるせえんだよ。寝られやしねえ」

長助がそういい返す。さすがに、その者はぐうの音も出ず黙り込んだ。

結衣の笑顔が悲しくおけいの眼に映る。笑っているが、父親が現れないことでどれだけ胸を痛めているだろう。三日が経ち、お救い小屋の普請が始まった。岬という同輩からは未だ何の報せもない。焦慮が募る。無事であるなら、それだけでも伝えてほしい。

おけいの中に、羽吉を待ち続けた日々がまざまざと甦《よみがえ》ってくる。結衣と自分の姿を重ねるのは、おかしなことかもしれないが、待つ辛さ、不安は痛いほどわかる。

結衣は折り紙が得意なようで、長助の弟妹たちに教えてやっている。おそらく亡くなった母親の手ほどきだろう。その光景を思い描いたとき、なぜだか息苦しくなった。

永瀬の妻女がどんな女《ひと》かも知らないのに――妬心？　こんなときに、愚かなのだろう。自分がとても醜い姿をしているように思えた。

幾日かが過ぎ、神田の筋違御門外、江戸橋広小路などのお救い小屋ができ、人の流れが激しくなる。

「おおい、皆の衆」

と、八五郎が荒い息を吐きながら、駆け込んで来た。

「両国のお救い小屋がようやくできたぞ。もう荷をまとめて向かっている奴らもいる。今からすぐに移るぜ。支度を整えな」

興奮しながらいう八五郎を見て、長助が笑った。

「お父っつぁん、支度なんてするほどのことはねえよ。みんな着た切り雀《すずめ》だ」

「あ、そうか。違《ちげ》ぇねえな」

わはは、と笑い声をあげた八五郎に、

「ともかくほっといたしました」

おけいがいうと、

「お救い小屋に移ったとしても、こことたいして変わらねえですからね。ただ、坊さんたちにはもう迷惑かけたかねえし。なんつっても早《はえ》えとこ、大家に長屋を建て直してもらわねえことには、元の暮らしに戻れねえですからね」

それもいつになることやら、と八五郎はため息を吐いて腕を組んだ。

「とはいえ、四の五のいっちゃあいられねえ。さあ、籠屋さん、行きましょうかね」

すると、おとせがおけいを手招いた。おけいが側に行って膝をつくと、

「おけいさん、鳥籠はどうするつもりだい？」

耳元で囁《ささや》いてきた。

「どうするって、おばさん。あの子たちを連れて逃げて来たのよ。あたしはここに残ったほうがいいのかもと思うの」

おとせが、ちょっとお待ちよ、と額に皺を寄せた。

「今は炊き出しがあるけれど、お救い小屋ができたら、寺だっていつまでも面倒見てくれるかどうかわからないよ。それに、お武家のお嬢さんだっているんだからさ」

ええ、それは、とおけいは考えあぐねた。

「寺にはまだ大勢の怪我人もいるんだ。そっちが優先だよ。行き場を失って、これからこの寺に流れて来る人もいるだろうさ。あたしたちがいれば、順繰りに面倒も見られるさ。あのお嬢さんの世話も長助がよく見ているし」

おけいは唇を噛み締めた。誰もが気持ちに余裕などない。それもわかっている。

やはり、あたしが短慮だったのだ。後先も考えず、ただ鳥たちを守るのだと。その思いが裏目に出て、結局、こうして悩んでいる。水浴びも籠の掃除もままならない。鳥たちも辛い目に遭わせて、申し訳なく思う。

「おけいさん、どうすんだい」

「あたし、やっぱり鳥たちを見捨てられない」

おけいは首を横に振る。それならどうするか、答えを出さねばならない。

「そりゃあさ、せっかく連れて来たんだ。それとも、このまま誰かに譲るって手もあるよ」

ああ、そうだ。店でぐずぐずしていたあたしをよそに、永瀬さまがこの鳥たちを救ってくれたのではなかったか。その気持ちをあたしはきちんと受け止めなければ。いいえ、あたしの気持ちを汲んでくれたのだ。覚悟のつかないあたしの背を押してくれたのだ。連れてきた以上、覚悟をしなければいけないのだ。あたしにはその責がある。お救い小屋は両国の広小路だ。両国橋を渡れば、回向院まですぐではないか。おけいは、強く頷いた。

「回向院に預かってもらうわ、おばさん」

「はあ、何をいっているんだい」

「お坊さんだったら、生き物を粗末には扱わないかもしれない。あたしが朝と夕と世話に通えばいいのよ。今から頼んできます」

「朝夕って、毎日じゃくたびれちまうよ」

大丈夫です、とおけいはすぐさま立ち上がった。

けれど、月丸だけは側に置きたい。結衣のチヨも。

そういえば、カナリヤの番。岡っ引きの善次もあの夫婦も深川に暮らしている。ここにいれば、会いに行ける。夫婦のことも何かわかるかもしれない。

色々なことが頭を巡る。最善のことを今、考えなければならない。ここで小鳥たちを預かってもらえれば、深川にも行きやすい。


その日の午後早く、回向院を出て、おけいたちは両国広小路に設置されたお救い小屋へと向かった。

おけいは、回向院の僧に鳥たちのことを頼んだ。初めは難色を示していたが、自分がすべて世話をすること、迷惑にならないようにすると食い下がり、ようやく許可してくれた。

しかし、月丸とチヨだけは、連れて来た。お救い小屋に入れてもらえるかどうかはわからないが、町役人に訊くしかない。

両国橋を渡るとき、大川には幾艘《いくそう》もの舟が浮いているのが見えた。亡骸を引き上げているのだ。

沢渡のいう通り、ここでも大勢の人々が死んだ。

「なんてまあ、酷《ひど》いもんだねぇ」

おとせが眉をひそめる。華やかな衣装が眼に入った。まだ若い娘だ。

思わずおけいは眼をそむけた。

橋を渡り終えたが、おけいや八五郎、皆の眼が困惑に変わった。両国の風景がいつものそれではなかったからだ。

広小路と付く場所は市中にいくつもある。火事の際、延焼を防ぐために設けられた空き地だ。建物を建ててはいけないが、その代わり、屋台や床店、葦簀《よしず》張りの芝居小屋など、すぐに移動できる物であれば許されている。

下谷の広小路や、ここ両国は、いつもびっしりと床店が並び、売り声も賑やかで、見世物小屋、小屋掛け芝居、大道芸などがひっきり無しに行われている。いつもお祭りのような賑やかさなのだ。それらがまったく影を潜め、森閑としている。もちろん、大火事の後というのもあろうが、こんな両国は初めてだ。

見渡せば、その周りは黒く沈んだ焼け野原だ。

おけいもおとせも、八五郎の女房も涙ぐんだ。

「めそめそするんじゃねえよ。まだこっからだ。この先のほうが辛えぞ」

籠屋の亭主がぼそりといった。

『御用』と記された大提灯が提げられたお救い小屋の前にはすでに行列ができていた。町役人がひとりひとりを人別帳で確認しているため、時がかかる。

おけいは列の先に見えるお救い小屋を眺めた。小屋といっても、材木を縄で縛って組んで、その周りを葦簀で囲っただけの、簡易なものだ。雨風がかろうじて凌《しの》げるという程度でしかない。芝居小屋と作りは大差がない。

ただ、この小屋にいれば、お上から出される備蓄米が必ず口にできる。それだけでも救われる。

「おけいさん。おけいさん」

名を呼ばれて振り返ると、雑穀屋増田屋の手代だった。おけいが鳥たちの餌を購《あがな》っている店だ。

「お店《たな》の方は？」

「旦那さまも、奉公人もみんな無事です。お店はもちろん燃えてしまいましたが、いまは根津《ねづ》の寮（別荘）で過ごしております。おけいさんも、怪我もなく。ようございました」

そういった手代の視線が大八車に注がれた。

おけいは、小声でいった。

「月丸を連れて来ました。それと、もう一羽。文鳥を」

え？　と、手代がおけいをまじまじと見つめた。

「だって、月丸はあたしの家の者同然ですから。文鳥のチヨも」

おけいは大八車に乗っている結衣に微笑みかけた。

「そんなことといっても町役人には得心いただけませんよ。いくらなんでもお救い小屋に生き物は。大きな鳥や犬を置いて逃げた方もいるのですよ」

手代は額に手を当て、首を横に振った。

「とはいえ、そのお気持ちは十分わかります。お許しが出るようにお祈りしています」

頭を下げた手代が踵《きびす》を返した。

「あの」と、おけいは手代の背に声を掛ける。

「実は、回向院に他の鳥たちを置いてきているのです。少しだけ餌は持ち出しましたが、足りなくなったときには」

手代は眼を見開いた。

「他の鳥って、売り物の小鳥も連れて出たのですか？　そんな無茶を、いやいや」

「無茶は承知です。連れてきたからには、一羽も可哀想なことにしたくないのです」

大きくため息をついた手代が、

「うちでさえ商売物と大福帳を持ち出すのが精一杯でしたのに。小鳥を連れて逃げるなどよく決断なさったものだ。仮店が三日後ぐらいには出来ますので、それからでしたらお譲りできますよ」

笑みを浮かべた。


長い行列が少しずつはけていく。じっと順番を待つだけの者たちは、時折、首を伸ばして、出入り口をどんな様子か眺めては息を吐いていた。

増田屋の手代に会えてよかった。餌はなんとかなりそうだ。

ただ、月丸とチヨとともにお救い小屋に入れなければ、おけいは回向院に戻るつもりでいた。そのときは結衣も連れて行くと考えていた。

行列の順番はなかなか回ってこない。八五郎が焦れていた。おけいも行列の先を見る。まだ百はいそうだ。

「おお、先日の飼鳥屋のおかみではないか」

おけいが振り返ると、永瀬の同輩である岬清右衛門がこちらに歩いて来た。おけいの側に来るや、すまぬ、と岬がいきなり詫びた。

「永瀬は未だ奉行所に姿を見せぬ。行方は今もわからぬ。我らも気には留めているのだが、永瀬ひとりを捜す人員は割けぬのだ。わかってくれ。ともかく奴が奉行所に来たなら、すぐに報せる」

おけいは、眉根をひそめ、大八車の荷台に座る結衣をちらりと窺《うかが》った。岬はその様子で気づいたのだろう。おけいに近づくと、囁《ささや》くようにいった。

「あの娘が永瀬の」

「そうでございます」

「永瀬のことはまだ伝えていないのか？」

「はい。あたしも永瀬さまはご無事でいらっしゃると信じておりますので、結衣さまにいい加減なことはいえません」

岬は、そうだな、と肯いた。

「ともかく永瀬のことは、我らに任せてくれ。おかみは娘を守ってやってほしい」

「もちろんでございます」

すると、布をかぶせた鳥籠の中から、チチッとチヨの鳴き声がした。八五郎とおとせの顔色が変わった。大八車に乗っていた結衣が慌てて両腕で抱え込む。

「鳥、か」と、岬の顔が険しくなる。おけいは、

「勝手は重々承知しております。ですが、文鳥のチヨは結衣さまにとって家族同然」

言葉を発することができない結衣は、チヨのさえずりに心癒やされている。そして、チヨの名を呼ぶために努力もしている。この大火事で父親と離れても気丈に耐えていられるのも文鳥がいるからだと、おけいは懸命にいい募った。

「どうかご慈悲をもって、ともに居させていただけませんでしょうか？」

岬が顔を強張らせ、永瀬の娘かと呟いた。

「もうひとつあるように見えるがな。古着を被せたそちらも鳥籠ではあるまいな」

「これは――あたしの飼鳥でございます」

岬は、息をひとつ吐き、結衣に視線を向けた。永瀬の娘御の飼鳥とお前のか、と呟いた。

「岬、入所は滞りなく進んでおるか。なんだ、知り合いでもおったのか」

低く太い声がした。陣笠に、羽織、裁着袴《たつつけばかま》に草鞋《わらじ》履きという捕物装束から見て与力だ。

「与力さま」

と、岬が振り向きざま、いった。おけいはすぐに頭を下げた。

「この者は、飼鳥屋を営んでおりまして――」

岬は、その与力の耳元で何事かを囁いた。きっと、鳥のこと、結衣のことを伝えているのであろう。

与力は、うむうむと首肯していたが、おけいに眼を向けいきなりいった。

「飼鳥屋、ちと訊《たず》ねるが、火事の後、屋敷のオオバタンが騒がしくてならん。屋敷も半分焼けてしまい臭いがすごいのだ。それを嫌がっておるのかとも思うのだが。いかがしたものか」

おけいは唐突な問いかけに面食らいつつも、口を開いた。

「それはご安心くださいませ。鳥は匂いをあまり感じておりません。オオバタンは元々鳴き声が大きな鳥でございます。それが、いつも以上に鳴き喚《わめ》くということでしたら……伺いますが、お世話はいつもどなたがしていらっしゃるのでしょうか」

「ああ、一番懐いているのは、奥だな。だが、この火事で今は実家《さと》に帰しておるので、家士が餌やりなどをしている」

そうですか、とおけいは笑みを浮かべた。与力がむむと唇を曲げた。

「奥方さまのお姿が見えないからでしょう。オオバタンは寂しがり屋なんですよ」

与力と岬が顔を見合わせた。

「寂しいとな？　あの図体でか？」

「身体の大きさはかかわりありませんよ。鳥だって大好きな人が近くにいなければ不安に感じます。懐いているならなおのこと。水浴びはさせてあげていますか？」

与力が考え込み、「どうかな」と首を傾げた。

「それはいけません。奥さまもいらっしゃらないのです。オオバタンは三日に一度は水浴びをさせませんと、機嫌が悪くなります。大きな声で鳴くのはそのせいもありましょう」

なるほど、と与力は感じ入るように呟き、ふと気づいたように口を開いた。

「そうだ、禽舎《きんしゃ》の下に白い粘る粉のような物が多量に落ちているのだが病ではなかろうか？」

与力は心配そうに口元を曲げた。

「それは脂の粉です。バタンやインコは身から出る脂を羽繕いの際に羽に付けるのです。汚れや濡れるのを防ぐために。それが固まってはがれ落ちた物ですので、ご安心ください」

「そうか。さすがにくわしいの。助かった。して、飼鳥屋の鳥はどのような鳥かな？」

「あの、それはあちらに」

おけいが指差すと、与力が車の荷台に眼を止めた。布で覆った籠に気づいたのだろう。気の毒になぁ。布をかけたままか、そういいながら、真っ直ぐそちらに歩いて行くと、布を捲《めく》り上げた。

「ほう」

と、籠を覗き感嘆した。

「これは、九官鳥ではないか。おお、こちらを見て首を傾げておるぞ。可愛い奴だな」

与力は布を上げたままいった。

「それが、あたしの飼鳥でございます。名は月丸と」

「月丸か。なるほど。羽毛のない黄色の部分が三日月形をしているからかな」

そうでございます、とおけいは応えた。

「なんとも美しい羽色をしておる。照りのある墨黒もよいものだ。九官鳥は人語を話すというが、直《じか》に聞いてみたいものだ」

与力の言葉に、おけいはふと思った。火事の日から、あまり月丸が騒がなくなった。大きな声を出すこともなく、水浴びをせがんで羽をバタつかせることも少ない。もちろん最初、籠に押し込めたときは暴れたが、いまは落ち着いて、餌はきちんと食べ、糞《ふん》の様子もいつもと変わりない。自分が置かれている状況を把握しているのだとしたら、と切なくなった。

猛禽《もうきん》や、大型で色鮮やかな異国渡りの鳥、あるいは九官鳥や烏《からす》には、知恵があるといわれている。それは生きるために身につけたものであろうが、月丸は悪戯者《いたずらもの》でわがままだ。おけいが困って、たしなめるのを楽しんでいるようにも思える。いまはいつもと勝手が違うと、よくわかっているのかもしれない。

「おいおい、なにか話してみろ」

と、与力が籠を指で突《つつ》く。

月丸は与力をじっと見つめてから、ぷいと首を回した。

「こやつそっぽを向きおった。わしを嫌っておるのか。ははは、面白い、面白い」

「申し訳ございません」

おけいは恐縮し、慌てて頭を下げた。

「構わん。気にすることはない」

すると、与力は荷台に座る結衣に視線を移した。車の横にいた長助が結衣を守るように与力を睨みつける。

「これ小僧。そのような眼をするな。わしは、娘御に訊ねたいことがあるだけだ。この籠の文鳥は、そなたのかな？」

与力が結衣に訊ねた。結衣がこくりと首を縦に振った。

すぐさま与力が首を回しておけいにいった。

「永瀬八重蔵の娘だそうだな。よく守ってくれた。そちらの小僧にも礼をいわねばな」

長助を振り返り、そういった。

「えへへ。まあ、火は熱かったけどな」

と、長助は鼻の下を擦り上げた。これ、と八五郎が長助の口を手で覆った。

「構わん。気にするな。わかった。お主の飼い鳥も、永瀬の娘の鳥も同じだな。寂しゅうなってはよくなかろう。岬、許可してやれ」

「しかし、他の者と扱いが違うとなれば不満も出ましょう」

岬が慌てる。おけいもにわかに信じられなかった。

「岬。この者らは出入り口近くの隅に居させるのがよいな。飼鳥屋、くれぐれも周囲に気配りを忘れずにな。何か出来《しゆつたい》したときには、すぐに小屋を出ろ。その心づもりでな」

「まことに、まことにありがとうございます」

「オオバタンの礼だ。わしも世話をしてやらねばな」

与力が身を翻した。

おけいと結衣、八五郎一家、籠屋一家は、岬に促され、歩き始めた。おけいたちより先に並んでいた者たちが眼を向けてくる。

「岬さま、あたしたちも皆さまと一緒に並んで順番を待ちます」

おけいがいった。

「いや、行列の順番を待っていては時がかかる。それに出入り口の隅に落ち着くことが叶わぬかもしれんのでな。鳥籠を持って、小屋の真ん中にいては都合が悪かろう。表ではなく裏の出入り口に案内する。そちらから入ろう」

岬が応えた。おけいたちが格別の待遇を受けていると思われるのを懸念してのことなのだろう。けれど、すでにこうして役人たちと話しているところを何事かと見ている者もいたし、役人の岬に伴われているのを妙に思う者もいるはずだ。先ほど向けられたいくつかの眼つきからもそれが感じられた。

岬が葭簀を上げ、お救い小屋へと入った。おけいたちも、その後に続く。

「うわあ、広《ひれ》えなあ」と長助が声を上げげた。岬が振り返り、笑った。

「おおよそ二十間四方。畳敷きなら四百というところだ」

小屋の中はもう半分以上が人で埋まっていた。

話し声がざわざわと漣《さざなみ》のようだ。皆、しばしの落ち着き先ができ、ほっとしているに違いない。けれど、幾人がこのお救い小屋に入ることができるのだろうか。まだまだ長い行列が続いていた。

おけいの表情を見て取ったのか、岬がまだ人のいない一角を示した。

「筵はひとり者なら一枚。家族であれば、四枚でなんとかしてくれ。このお救い小屋には四百から五百名を収容することになっている。ひとり畳一枚分もない。眠るにも身体を丸めなければならん。かなり狭いが辛抱してくれ」

「とんでもねえことでございます」

八五郎が礼をいうと、

「では、私はこれで。別の仕事もあるのでな。ともかく与力さまの許しを得たとはいえ、騒ぎだけは起こすな。わかったな」

岬は厳しい口調で言い放ち、足早に去って行った。

おけいは、荷を運び入れつつ、小屋を見渡した。棟木《むなぎ》も垂木《たるき》も梁《はり》も縄で縛って簡易に組んだだけで、周りも葭簀や荒筵で囲われているだけだ。

筵が敷かれてはいるが、座ればきっと地面の冷たさが身に伝わってくるだろう。でも贅沢《ぜいたく》はいってられない。

月丸とチヨの籠は、小屋の隅に置いた。

「月丸、チヨ。おとなしくしていてね。結衣さま、こちらへ」

おけいが手招くと、結衣はチヨの籠の側に座って、籠の中を覗き見た。

チチッとチヨが小さく鳴いた。結衣はにこりと笑って、籠の戸を開けて手を差し入れた。

チヨが結衣の指にとまる。おけいは結衣の横に膝をついて、その様子を、眼を細め眺める。

「よく馴れていますね。結衣さまが大切に育てたからでしょう。チヨも嬉しそう。餌はちゃんと食べていますか？　お水は汚れていませんか？」

結衣は、こくりと頷き、傍らの布袋を見る。権太が屋敷から餌を持って出たのだ。

あ、すげえ、と長助が声を上げて、籠の側にやって来た。チヨが驚いて結衣の指から離れた。

結衣が唇をぎゅっと結んで長助を見た。

「ごめんよ、結衣ちゃん。あんまり、馴れているから、つい」

「長助ちゃん、小鳥は急な物音や声を怖がるから、気をつけてね」

「わかったよ、ことり屋のおばちゃん」

長助は拗《す》ねたようにいうと、あとは口を閉じてチヨを覗き見た。

おけいは、隣に置いた月丸の籠の布を半分だけ、捲る。

「ごめんね、ずっと布を被せたままじゃ、昼も夜もわからなくなっちゃうわね。あと少し辛抱してね。元に戻ったら、たくさん水浴びさせてあげるから」

そう話しかけたものの、あと少しの辛抱がどのくらいなのか、おけいにも見当がつかない。お救い小屋でどれだけの間過ごすことになるのか、ぜんたい元に戻ることができるのか、先の見通しがまったく立たない。

それでも、元通りの暮らしを取り戻せる、その希望だけは持ち続けていなければ、と強く思った。でないと……。

月丸がじっとおけいの顔を見ながら、嘴を動かした。

オカミ――。

おけいは心の内で、嘆息する。永瀬の声真似だ。と、結衣が眼を丸く見開いてこちらを見ていた。月丸の鳴き声が聞こえたのだ。

「結衣さま、お父上は必ずお迎えにいらっしゃいます。先ほどの岬さまというお役人が、無事にここにいることを伝えてくださいますから」

一瞬、不安げな眼を向けた結衣だったがすぐに強く頷いた。その気丈さが悲しい。けれど、お武家のお嬢さまというのは幼子の頃から、こうして躾《しつけ》られているのだろうか。

「ねえ、結衣ちゃん、この文鳥に名はあるんだろう？　教えてくれよ」

おけいはどきりとした。結衣が言葉を話せないのを長助は知っているはずであるのに。

けれど、長助はまったく意に介さず、結衣の顔を見ている。結衣がゆっくりと唇を動かした。

「え？　なんだよ。い、お？」

長助が首を傾げる。結衣は、笑いながらかぶりを振る。

「笑うなよぉ。もう一度、もう一度、やってくれよ。今度は当てるからな」

結衣は、長助の懸命な顔を見ると、笑みを引いて、唇を動かす。

「ん、なんだろう。ち、と？　おかしな名だな。あ、チヨだ。チヨだろう」

結衣は大きく肯いた。

「そうか。チヨ、か。ちよちよ鳴くからだろう？　可愛いなぁ」

長助は夢中になって、籠を覗き込み、チヨ、と呼び掛けた。結衣は、長助の手を取った。長助が照れ笑いしながら、結衣を見る。結衣は籠の中に手を入れるように促した。

「いいのかい？」と、長助が訊ねた。結衣が笑みを浮かべる。

おけいは、子ども同士の繋《つな》がりに感心する。子どもはときに、ひどい仕打ちを平気でする。けれど、こうして負の部分を遊びに変えてしまうこともできるのだ。結衣も長助も互いに知ってもらいたい、知りたいという一途な思いで繋がりあえる。

おけいはふたりを微笑ましく眺めた。

「おけいさん。その鳥籠なんだが、衝立《ついたて》か何かで隠したらどうだね？　そうすれば人目につきにくい」

八五郎が母親の世話をしつつ、顔を向けてきた。

「いいお考えですけれど、その衝立がありませんよ」

おけいが応えると、八五郎が首を横に振った。

「いやいや、この焼け跡だ。なにか焼け残っているものがあれば、ちょいと拝借してきましょう。おい、長助。外へ出るぞ」

八五郎は長助を呼んだ。長助が不機嫌な顔をする。

「おめえ、お武家のお嬢さまに失礼なことをしてねえだろうな」

「してねえよ」

長助が怒ったように立ち上がる。

「これから、使える物をちょいと見繕ってきます。代わりにおっ母のことお願いします。そら、行くぞ」

八五郎にいわれ、長助は舌打ちしながら、草履を履いた。結衣は八五郎を追いかける長助を眼で追っていた。

三

「おかみさん、ちょっといいですか」

永瀬家の下男の権太が小声でいうと、指で外を指し示した。おけいはすぐさま立ち上がり、ふたりで表に出た。

遠目に焼け野原になった町が広がる。鳶や火消したちが、威勢のいい声を上げながら、焼け跡の片付けをしているが、その間をふらふらと歩く者たちが多くいた。家屋の下敷きになった者や、火事の最中、はぐれた身内を探しているのだろう。中には、子どもの名を叫びながら歩いている若い母親もいれば、呆然とその場に佇む者もいた。

張り裂けそうになるほどの痛みが胸に走る。

火事から逃げおおせたことにほっとしても、また次の困難が待ち受ける。

「おかみさん、結衣さまにはお聞かせできないことなので、申し訳ありません」

「何をおっしゃっているのです。永瀬さまのことでしょう？」

はい、と応えた権太は落ち着きなく身体を揺する。

「旦那さまがいまだにお迎えにいらっしゃいません。お仲間の同心さんから、おかみさんは何か聞いておられますか？」

おけいは、首を横に振った。

やっぱり、と権太がため息を吐いた。

どうも様子がおかしい。永瀬の行方について、これまであまり気にしたふうではなかったことも、おけいは少しばかり疑問に感じていた。

「ねえ、権太さん、永瀬さまはもしや何かいい置いていらしたの？」

権太が唇をギュッと結ぶ。

「ねえ、お願いします。何か永瀬さまから聞かされているなら教えてください」

実は、と苦しげに口を開いた。

「旦那さまは、奥方さまの下手人の手掛かりを摑んでおいででした」

え、とおけいは眼を見開いた。下手人の手掛かり。

「それが、三十間堀《さんじっけんぼり》のほうで。結構、火の回りが早い方でした」

権太が色黒の顔をしわくちゃにして悔しそうに首を振る。

「あんな先まで、燃えたの？」

権太が襟元に手を差し入れ、瓦版を出し、おけいに広げて見せた。それを見て、おけいは身震いした。

瓦版一杯に描かれた江戸の図絵。

火元になった佐久間町から南のほとんどが被災している。八丁堀、数寄屋橋御門外、京橋南、築地鉄砲洲《てっぽうず》に至るまで、燃えていた。三十間堀町ももちろんその中に入っている。

家屋を呑み込むように火は広がっていったのだ。

「なぜ、すぐに教えてくださらなかったのですか？　どうして？」

権太が呻いた。

「――旦那さまにきつくいわれていたんです。八日はいうなと。おそらくお救い小屋がその頃には建っているだろうから、必ずそこに落ち着け、と」

ただし、八日以上経ってもおれが戻らなかったら、おかみに話せ、そう永瀬がいったと権太の顔が歪《ゆが》んだ。今日がその八日目だ。

「でも、行き先がわかっていたなら、お仲間の岬さまにお伝えできたじゃありませんか。あたしから捜していただくようお願いできたのに」

おけいは声を張った。自分の足が震える。立っているのも辛いくらいだ。

「申し訳ございません。わたしが悪いんです。もっと早くお話ししていれば」

権太が俯《うつむ》いた。

ああ、とおけいは嘆息した。権太を責めても仕方がない。岬も、永瀬ひとりを捜すために人員は割けないといっていたではないか。

「ごめんなさい、あたし」

いいえ、あたしの気が回らなかったんです、と小声でいった。

「飼鳥屋のおかみがきっと結衣を守ってくれる。お前はそれを助けてやってくれと旦那さまからいわれて。それに、旦那さまはきっと戻ると信じて疑わなかったもので」

それはあたしも同じ、とおけいは思った。

「もし岬さまがいらしたら、今のことをあたしからお話しいたします。ともかく無事でいらっしゃると信じて、あたしたちは結衣さまとチヨを守りましょう」

はい、と権太は苦しさを噛みしめるように応えた。


お救い小屋で過ごし始めてから、十日が経った。

市中に設けられたお救い小屋はすべて被災者で満杯になった。社寺などにも小屋が造られたが、それでも、入れなかった人々がかなりいて、通りには焼け焦げた衝立や屏風《びょうぶ》、葭簀などを掛け回しただけの仮住まいがいくつも並んでいた。

けれど、火事のあとは穏やかな日が続いていた。季節が春で幸いだった。これが冬に向かう時季ならば、きっと凍えてしまうだろう。もしかしたら、寒さで死んでしまう者も出たかもしれない。

炊き出しは、朝夕に粥《かゆ》や握り飯が二度出され、お救い小屋に入れなかった者たちも並び、時には足りなくなることもあった。その度に、喧嘩騒ぎになる。粥や握り飯だけでは、食べ盛りの子どもはとても我慢できるはずもなく、腹を減らす子には母親が自分の分を分けたりしていた。

けれどそれも三日ほどのことで、罹災を免れた上野や浅草周辺の富商からの施行《せぎょう》（寄付）が次々もたらされた。銭も配られたが、菓子や薬、野菜、古着などが大八車に載せられ、お救い小屋に運ばれて来る。七輪や鍋も届けられると、女たちが集まり、煮炊きができるようにもなった。

おけいたちがいる両国のお救い小屋は広く、どのくらいの人がいるのか数えきれないくらいだ。

不便さや居心地の悪さは否めないが、命あっての物種と、飯も少しであっても食べられ、雨露を凌げる安堵の思いは大きい。小さなイザコザはありながらも、知らぬ者同士互いに気遣いもしていた。

しかし、五日が過ぎ、七日が過ぎと日数を重ねるうち、次第に不満が募り出した。

湯屋にも床屋にも行けないせいで、妙な臭いが小屋の中に充満している。

ほとんどの者がこれまでも安普請の長屋暮らしではあるが、薄い壁でも仕切られているのといないのとでは、まったく勝手が違う。話は筒抜け、笑い声を上げれば、顰蹙《ひんしゅく》を買う。

わざわざ、ひそひそ話せば、偏屈な者が自分に文句を言っているのかと詰め寄る。

病人を抱えている家族は薬湯の匂いに気を遣い、若い女子は着替えすらままならない。

自分のいる場所が狭すぎる、赤ん坊の泣き声やいびきがうるさい、とあちらこちらから不満の声が上がり、役人や町役人を責め立てる。

夜な夜な独り者の男たち同士で禁じられている酒盛りを始め、その騒ぎでようやく寝ついた赤ん坊が泣き喚き、あやす母親は夜中でも表に出て行く。馴れない場所で乳が出なくなった母親は、もらい乳を求めて、小屋の中をうろうろ歩く。

おけいは毎朝、結衣とともに、月丸とチヨの籠の掃除をして、水と新たな餌を与えると、両国橋を渡り、回向院へと向かった。鳥籠は僧たちの好意もあって、庫裡の隅を与えられていた。それに、手隙の時には若い僧が、餌やり、水替えを手伝ってくれる。夕になると、再び回向院へ行き、鳥たちの様子を見る。橋ひとつ渡るだけの距離でも一日二度の行き来は疲れる。それに店とは勝手が違う。しじゅう見てやることができない。

五日目にシジュウカラが、八日目には紅すずめが死んだ。晩春とはいえ、夜はまだ冷える。朝必ず鳥たちの様子を見るが、なにより、おけいがずっといてやれるわけではない。結衣が、おけいの手の中の紅雀の亡骸を悲しそうな眼で見つめる。見ると、紅雀の羽がまだらに抜けていた。羽の抜け替わりの換羽のときは、体力が落ちてしまう。おそらくこの子は力尽きてしまったのかもしれない。

橋を渡る都度、おけいの胸が痛んだ。大川には幾艘もの舟が浮かび、水面に竿をさして、いまだに浮いている亡骸を引き上げていた。

もう幾日も経っている骸《むくろ》は酷いありさまだ。おけいはただ正面を見据えて、小走りに橋を渡り切る。耳にしたところによれば、死んだ者は二千人をはるかに超え、家屋を失った者は数えきれない。
二、三日前の瓦版によれば、佐久間町の材木屋の奉公人が服《の》んでいた煙草の火が木屑《きくず》に落ち、それが風に煽《あお》られ、あれよあれよと燃え広がったらしい。
煙草の火——。ほんのわずかな火が、町を無惨な焼け野へと変えたのだ。

材木屋の奉公人なら、火がどれだけ危ないか、扱いを躾られているだろうに。不注意や不運だったと片付けられたら、家屋を失った者も死んだ者も報われない。

すでに奉公人は御番所が捕縛したらしい。どのようなお裁きが出るのか、皆が噂をしていた。そんな中、お偉い方が、火事の最中に自分たちの前を行く町人たちを邪魔だと斬り殺して逃げたという話も伝わってきて、小屋中の人々が憤った。

月丸とチヨの籠は、八五郎が焼け跡から調達して来た障子で囲われていた。が、その存在は、当然、いつの間にか広まっていた。中には、見せて欲しいとおけいたちのそばに来る人たちもいて、月丸やチヨの姿に頰を緩めた。

「これはお役人さまから預かった鳥だ」

と、八五郎が説明したことで、得心する者がほとんどだった。

もちろん、不快を示す者もいたし、役人の飼い鳥は、人の命より大事かと聞こえよがしにいい捨てる者もいた。けれど、そうした人はごく一部で、ほとんどの人たちは意外にも二羽を歓迎してくれていた。おけいにとっては、とてもありがたいことだった。

二羽の見物にしょっちゅう集まるのは困りものではあるが、チヨのさえずりに心が和らぎ、珍しい九官鳥を見る子どもや大人らの眼は輝く。ほんのわずかでも、刺々《とげとげ》しい人々の気持ちが柔らかくなる。二羽の鳥は、不安や不満ばかりを口にしていた人々に笑顔を取り戻させていた。

ただ人目にさらされたせいか月丸は普通の鳴き声は上げても人真似声は出さなかった。

施行があると、わっと人が殺到する。おけいは八五郎や長助とともに、周囲にいる年寄りたちの代わりに受け取りに行ってやり、赤子のいる女房たちの洗い物の手伝いをした。怪我人や病人もいる。小屋にいる者たち皆が皆のために動いている。優しさや親切などという簡単な言葉ではない。焼け出された者たちは生きるために互いに思いやっている。ただ、感謝されるたび、自分が特別な扱いを受けているという呵責の念が頭をもたげる。

「こういうときは助け合いだろ」と笑顔でいう長助に心が和らぐ。

いつものように、おけいと結衣がお救い小屋から出て、籠の掃除をしていると、背後から、

「やっぱり、おけいちゃんだったのね」

そう声を掛けられた。振り返ると、おしなだった。

昨年の暮れ、室町《むろまち》の増田屋へ餌を頼みにいく途中で、ばったり出会って以来だ。やはり火事で焼け出されたのだ。

「小屋の中に鳥を連れてきている女がいるっていうからさ、もしやって思ったんだけどね。ほら、前に会ったとき、飼鳥屋っていってたじゃない？」

「ええ、そうね」

結衣が不思議そうに、おしなを見ていた。おしなが、あらという顔をする。

「いやだ。子持ちだったの？　ご亭主が飼鳥屋なのね。隠すこともないじゃないの」

おけいは首を横に振った。

「違うわ。預かったお子さんなのよ」

おしなが、へえとおけいに探るような眼を向けた。

「子どもを預かるなんて、こんな大変なときに？　そういわれてみれば、おけいちゃんには似てないし、町人の子じゃなさそう。そうか、訳ありなのね」

「やめてよ、そんなんじゃないわよ」

おしなは、くすくす笑って、おけいに近づいてくると、

「お役人の飼い鳥なんですってね。つまり、そのお役人さまの鳥と子どももってわけか」

とん、と肩を当ててきた。

勝手なことばかりいって、とおけいは苛立ちながらも、苦笑するに留めた。

結衣は、チヨの籠の掃除を終えると、おけいを見上げた。

おしなが怪訝な顔をする。

「結衣ちゃん」

長助とその弟妹が表に出て来た。

「籠の掃除終わったのかい？　チヨに日向《ひなた》ぼっこさせながら、近くで遊ぼうよ」

結衣は、再びおけいを見る。おけいは黙って頷きかけた。結衣はすぐさま籠を手に提げて、長助たちのもとへと走り寄る。

「ねえ、あの娘、口が利けないのね」

おしなが結衣の姿を見送りつつ、いった。

「ほんと、訳ありなのねぇ。ちょっと教えてよ」

哀れと言わんばかりの眼つきをおけいに向けた。おしなに何かを語るつもりはさらさらない。

「なによ、水くさいわね。話くらい聞いてあげるのに、同じ水茶屋勤めの昔のよしみ」

おけいは水茶屋勤めの頃、おしなに何かと悪口をいわれていたのを知っている。今更、昔のよしみといわれたところで、信じられるはずもない。

おけいが口を噤んでいると、

「まあ、いいわ。困ったことがあったら何でも相談に乗るわよ。そうそう、あたしもね、大変よ」

おしなが話を変えた。

「ほら、うちは大工だからさ、仕事が多くて引っ張りだこで、休む暇もないの。身体を壊しゃしないかと心配で」

うちの亭主は大名家とかにもお出入りが叶う腕だからさ、この火事はお武家屋敷がたくさん燃えたから、もう忙しくて。お救い小屋にも帰ってこないんだから、とわざとらしくため息を吐いた。大変だというわりには、それほどでもない顔をしていた。要は自慢だ。

「でも仕事があるのは結構なことよ。お足があれば、すぐにここを出られるわよ」

こうした災害のとき、大工などの普請にかかわる職人たちは引く手数多《あまた》だ。特にお武家や富商はすぐにでも屋敷やお店を建て直したい。

商家は、少しでも早く普請に取り掛かって欲しいがために、職人の手間賃を引き上げる。すると、他の商家でも同じようにする。どんどん手間賃が上がるのだ。普段得られる賃金よりもずっと多くなる。すると大工たちも仕事を選び始める。

居職《いじよく》の職人や棒手振《ぼてふ》りなどは、人の不幸で儲ける大工たちへ冷たい眼を向ける。逃げたときに持ち出した銭が尽きてくると、なおさらだ。

「おしなちゃん、気をつけてね。大工さんはこうしたとき、あまりよく思われないから」

「わかってるわよ。けどさ、銭が入ってきちゃうのは仕方ないことだものねぇ。羨ましがられても、困るのよね」

と、おしなは悪びれることなくいう。

月丸が、ガァと鳴いた。

「あらやだ。この鳥、あたしを見て鳴いたわよ。なんで烏《からす》なんか飼ってるの」

おしなは恐る恐る籠を覗き込んだ。

「烏じゃないわ。九官鳥よ」

「あらそう、変な鳥ね。こんなの飛んでるの見たことないわ」

「異国渡りの鳥だから。見かけることはないと思うわ」

え？　とおしなが眼をしばたたいた。

「異国渡りの鳥って、すごいじゃないの。へえ、九官鳥ね」

「オカミ、オカミ、ゲンキカ」

きゃあ、とおしなが飛び退いて、おけいに抱きついて来た。

「鳥が喋《しゃべ》ったわよ。嘘でしょ。男の声出したわよ。おかみっておけいちゃんのことでしょ。元気かって訊いてきたわよ。人の言葉がわかるの？　薄気味悪い。どこかへやってよ」

おしなが喚いた。

「落ち着いてよ、おしなちゃん。九官鳥は人の声真似ができる、賢い鳥なの。この声はうちのお店の常連さんなのよ」

おけいはおしなの腕を優しく撫でた。ようやくいつもの月丸に戻ったと、ほっとしたのも束の間、おしなが疑念の眼を向けてきた。

「この鳥はあんたの鳥なの？　あたしは二羽ともお役人から預かった物だって聞いたわよ」

おしなの顔が疑念に変わった。おけいはうっかり口を滑らせたことを後悔したが、遅かった。

「へえ、そうなんだ」

と、おしなはおけいから離れると、途端に底意地の悪い表情で、おけいを上目遣いに見た。

「そうよねぇ、お役人の鳥だなんてさ、嘘ついちゃって。ここにいた子どもの父親といい仲なんでしょう？　それで取り入って、自分の鳥も連れてきたってわけよね。あんたって若い頃からそうよね。小金持ちから茶代をずいぶんふんだくっていたでしょ？　それでいい暮らしをしていたんだものね」

聞こえよがしなその口振りに、あたりの者が耳をそば立てているのをおけいは感じながら、おしなに腹を立てていた。

いい暮らしだなんて、あるはずがない。茶代だって自らせびったことなど一度だってなかった。お父っつぁんに逃げられたおっ母さんは、銭をもらってくる都度、怒り狂った。お父っつぁんが、あの頃のあたしと同じくらいの歳の子に惚れて、家を出て行ってしまったからだ。そのせいで、幾度、おっ母さんに詰《なじ》られ、殴られたか。勝手にお父っつぁんの相手と重ねられていたのだ。それで、あたしは水茶屋をやめて家を出た。そうして煮豆屋で奉公していて、水茶屋にいたあたしを覚えてくれていた羽吉と会ったのだ。

ふふ、とおしなが意味ありげに笑みをこぼした。

「そのお役人にご新造さまはいらっしゃるの？　あんた妾奉公《めかけぼうこう》しているの？」

おけいは下卑た物言いに目くじらを立てるのも取り合うのも馬鹿馬鹿しく思えた。

「ねえ、おけいちゃん、あんたは気づいてないかもしれないけれど、鳥の糞が臭うとか、鳴き声に苛立つとか、あたしの周りじゃそういう声が多いのよ。誰もが鳥好きなわけじゃないの。それにね、あたしの近くにいる商家の娘さんは、ずっと可愛がっていた狆《ちん》を手放してお救い小屋に入ったそうよ。そんな人が、このこと知ったら、怒るわよね、きっと」

だって、犬のほうが可愛がり甲斐《がい》があるもの、と笑った。

「なかには、鳥なら食べちまおうかっていう人もいたわ」

おしなはしらっといい放つ。

おけいは、震え上がった。食べるって――。まったくないわけではない。鶏、鴨《かも》、鴫《しぎ》といった鳥は食されているし、雀も焼いて食べてしまう人もいる。

「気をつけてね。そうだ、あたしの子どももおけいさんに見てもらおうかしら。おはるは道で会ったとき連れていたから知っているわよね。あと三人いるからよろしくね」

おしなは、つんと顎《あご》を突き上げて、身を翻した。

その日の夕刻に、おけいのもとにおしなが子どもを連れてやって来た。

わっと、子どもらが月丸の籠を取り囲んだ。

籠の中に指を差し入れようとしたり、扉を開けようとしたりする。月丸が嫌々をするように木を渡る。おけいは気が気でない。

「なんかいえよ、喋る鳥なんだろ」

「お母ちゃん、何にもいわないよ」

おけいにおしなが眼を向ける。

「ねえ、喋らせてよ。あんたの男の声聞きたいのよ」

おけいはおしなを睨めつけた。あら、怖いとおしなが笑った。

「ねえねえ、羽根がほしいよ、おばちゃん、こいつから抜いてよ」

一番年長の八つほどの男の子がおけいを振り返った。

「それはできないわ」

「いいじゃないか、一本くらい」

「そうよねぇ。おけいちゃん、頂戴よ。あんたの鳥なんだから、何してもいいでしょ」

おしながいう。

「できません。鳥の羽を抜くのは、あなたたちの髪の毛をたくさん抜かれるのと同じなのよ。人だって痛いでしょう。鳥も痛みを感じるの」

おけいは強い口調でいった。

「おめえら、馬鹿じゃねえか。月丸は生き物なんだぞ。おいらたちと一緒なんだ」

聞くに堪えないという様子で、長助が立ち上がった。

「なんだ、おめえ。生意気な兄ちゃんだな。じゃ、こっちの文鳥にしようぜ。こいつならいいだろう。触らせてくれよ」

結衣が口を開けた。けれど、声は当然出ない。

「やめろ、お前ら」

長助が文鳥に手をのばす年長の男の子に飛びかかる。

「駄目よ、長助ちゃん。喧嘩しないで」

おけいが止めたとき、

「痛《いて》ぇ」

と、長助が悲鳴を上げて頬を押さえた。おしなの子に爪で引っ掻かれたのだ。ほおに赤く血が滲んでいた。

迷惑そうな顔で子らの騒ぎを周囲の者たちが遠巻きに眺めている。

「まったく、しょうがないねえ。乱暴な子は困るわ」

ほら、おやめ、とまだ憎々しげに歯を剝《む》いている子の襟首を摑んだ。

「そっちから喧嘩を仕掛けて来たんだからうちの子は悪くないからね。今度はその子がいないときに来させるわ。じゃ、おけいさん、またね」

と、四人の子を連れて戻って行った。

「なんですか、あの母子は」

八五郎が呆れた。

「あたしの旧い知り合いなんです」

「おけいさんの？」

籠屋も八五郎一家も一斉に声を上げた。

「ごめんね、長助ちゃん」

「別に、たいしたことねえよ。ちょっとかすったくれえのもんだよ」

今度、チヨと月丸に余計な真似したら、ただじゃ済まねえ、と長助は意気がった。

そんなことがあったにもかかわらず、おしなはそしらぬ顔で、翌日、また子どもたちを連れて来た。

「昨日はごめんね。子どもたちも退屈していたから珍しい鳥を見て、興奮しちゃったのよ」

その言葉通り、打って変わって子どもたちは行儀よく月丸に接する。

長助は毒気を抜かれたように、四人の子を見ていた。しかも、おしなが貰い物だけど、昨日のお詫びにと、饅頭《まんじゅう》をくれた。

けれど、そうしたおしなの態度が、おけいの胸に嫌な予感を抱かせた。

水茶屋勤めの頃、気に染まない相手におしなは優しく接しながら、陰口を叩き、笑い者にしていた。人の性質《たち》など数年経ったところで変わりはしない。

案の定、数日後、お救い小屋でおけいたちに向けられる眼が一転した。

中には、気にすることはないといって励ましてくれる年寄りもいたものの、これまでチヨや月丸を見て楽しんでいた人々はすっかり近寄って来なくなった。

夕の粥をもらうために並んでいると、おけいの前に男が割り込んで来た。

「あの、順番を」と、おけいがいうや、男は冷ややかな眼で、

「鳥の餌でも食えばいいだろ。それとも役人に泣きつくか？」

と、せせら笑った。

長助たちきょうだいが粥の入った椀をそろそろ運んでいる最中、いきなり身体の大きな子が横

切った。幼い弟が驚いて、転んだ拍子に粥の入った椀も転がった。長助がそれを拾い上げ再び並ぶと、別の子どもに「二度並んでいるぞ、卑しい奴だ」と、詰られた。

籠屋の女房も亭主も同じような目に遭った。施行の品が配られている際に、鳥臭え、鳥臭えといわれ続けていたという。

そのようなことが幾日も起きた。

「なんだい、なんだい。あれだけ、月丸とチヨが可愛いといってたくせによ。なんで、みんな、ころっと変わっちまったんだよ」

長助はぷんぷん怒って声を張り上げた。すぐさま八五郎に口を押さえられて、じたばたした。

「ごめんね」

おけいが謝ると、長助は父親の手を引き剝がし、

「おばちゃんのせいじゃねえよ。こいつらだって、死んじまうのがわかっていて置いて来られるかってんだ。籠に入ったままじゃ、逃げられねえんだ」

「ああ、そうだよなぁ、小僧」

と、一間ほど離れた所に座っていた中年の男が声を上げた。

「噂じゃよ、伝馬町の牢屋敷も解き放ちになったらしいぜ。牢も籠みたいなもんだからよ。お役人さまだって、籠ん中で蒸し焼きになったら、寝覚めがよくねえからな。このお救い小屋は、牢屋敷からも近いからなぁ。悪い奴らが押し込んでくるかもしれねえぞ。くわばらくわばら」

「なぁに、ここには役人のお妾がいるようだから安心だろうぜ」

「違ぇねえ。けどよ異国渡りの九官鳥なんざ、売ったら銭になりそうだから、すぐに狙われるかもなぁ」

続けて別の男が笑いながらいう。

「あたしはね、十姉妹《じゅうしまつ》を飼ってたのに置いてきたのよ」

中年増がわっと泣き出した。

「うちなんか、逃げ遅れて、ばあちゃんが死んだ」

あたしは亭主を亡くした、と泣き出す女もいた。

あたりが、ざわつき始め、皆の眼がおけいたちに注がれた。ああ、きっとおしなだ。役人の妾だから扱いが違うのだと噂を流したのだ。

もういけない。これ以上ここにいたら、八五郎の家族や籠屋の家族にも迷惑をかける。結衣とともに回向院へ行くのが一番よいのかもしれない。

おけいが結衣を見ると、結衣も悲しそうに頷いた。

何もお救い小屋でなくてもいいのだ。やはり回向院にいればよかった。ただ、皆といることで安心できた。あたしは甘えすぎていたのかもしれない。

おけいはその夜、皆が寝静まった頃、八五郎にそっと話しかけた。

「明日の朝、結衣さまと回向院へ移ります」

「そいつはいけねえよ、おけいさん。ここにいれば、施行もあるし、飯もなんとか食えるんだ。もう少し辛抱したらどうだい？」

八五郎が止めたが、おけいは首を横に振った。

「いいえ、長助ちゃんや籠屋の皆さんにも辛い思いをさせるわけにはいきません。それに小屋内から不満が上がったら、ここを出るとお約束をしましたので。それに従わないと与力さまや定町廻りの岬さまにもご迷惑をおかけします」

「けどなぁ」

八五郎が難しい顔をする。

「ご飯はなんとかいたします。施行であれば、回向院にも届いているようなので」

おけいは回向院に連日通っている。そこにも多くの罹災者が身を寄せているのを見ていた。本所の人たちからの施行がある。

「こっちを追い出されたといってそっちのお仲間になりますっていってもなぁ。ともかく、岬さまって人が来るまで待っちゃどうだい？　黙って出ていくのも気が引けるだろうよ」

「それはそうですが」

おけいは迷った。

「さ、もう寝よう寝よう」

おけいは、月丸の布を少しだけ捲《めく》り上げ、「おやすみ、月丸」といって眠りについた。

深夜――。

「きゃあああああ」

女の悲鳴が小屋の中に響き渡った。

なんだ、なんだ、と皆が起き上がる。

「黒い影が、そこに。ゆらゆら揺れていたの」

誰かが、焼け死んだ奴の幽霊だ！　と叫んだ。

「このところ、あちこちのお救い小屋に幽霊が出るって噂があるんだ。ここにもとうとう出やがったか」

小屋の中がしんと静まり返った。

第三章　黒羽の大明神

一

両国のお救い小屋は翌日から幽霊の話で持ちきりになった。

最初に眼にした女は幾人《いくたり》もに囲まれ、どんな姿をしていたか、男か女かと訊《たず》ねられ、その都度、身を震わせながら話した。

黒い幽霊の噂《うわさ》は、十一か所あるお救い小屋のうち築地広小路にある二か所と数寄屋橋から流れてきた。

「顔を覗《のぞ》き込んでくるそうだぜ」

「火事ではぐれた赤ん坊を母親が探しているらしいぞ」

「いや、若い娘だっていうぜ。ざんばらな髪を垂らして、恨めしそうな顔をしているんだ」

「そうじゃねえ、火で炙《あぶ》られて、大川に飛び込んだ男だそうだ」

「真っ黒な幽霊だぜ。火に焼かれて真っ黒こげになって死んだんだ。男か女かもわからねえってよ。ああ、恐ろしいこった」

「けっ。おれが夜通し起きてて、幽霊をとっ捕まえて縄をかけてやる」

「馬鹿、幽霊を捕まえられるもんか」

皆、炊き出しの粥《かゆ》をすすりながら、口々に話をしていた。あちらこちらで笑い声や怯《おび》える声が上がっている。連日、こんな調子だった。

おけいは、不思議な思いがした。これまでぎすぎすしていた小屋の中が幽霊のおかげでわずかだが和やかになっている。

当然のことだが、ここにいる者たちは皆、境遇が違う。けれど、この火事で家も仕事も失い、家族も亡くし、失意の淵《ふち》に沈んでいる者もいれば、普請にかかわる仕事を持つ者は、商家や長屋の再建でひっぱりだこで羽振りがいい。日が経つにつれ、そうした差がくっきりと現れてきた。

罹災者は小屋にぎゅうぎゅうに押し込められ、足を真っ直ぐ伸ばして寝ることもできない。地面に筵《むしろ》を敷いただけでは、腰や肩も痛む。不平、不満はどんどん溜まる。今にも破裂しそうな息苦しさの中で起きた幽霊騒ぎで、共通の話題ができた。皮肉にも、それがなんとなく人々を繋《つな》いでいるのかもしれない。役人の妾だの役人から預かったのだのという理由で鳥籠を小屋に持ち込んだおけいを責めるような真似をするのも、そうした心が働いたせいだろう。

ひとりひとりが了見の狭い心根の持ち主だとは思えない。ただ、こうして日常が壊されたとき、奥底に潜む妬みや不安や本音、憤りを、どこかで発散させたくなる。それが、おけいと鳥、という格好の的《まと》ができたせいで、負の感情をぶつけやすくなったのだ。

それをおけいは責められない。おけいの中にも特別な扱いを受けているという思いがある。だから、責められることを覚悟はしていた。

ただ、おけいの身をやっかんでいた者たちの眼が、新たに持ち上がった騒ぎのおかげで少しそれているようだ。

幽霊に救われたというのもおかしな話だ。けれど、本当に火事で焼け死んだ人の魂があたりに彷徨《さまよ》っているのだとしたら、それはそれで哀しい。

おけいは八五郎の説得もあって、永瀬の同輩である岬清右衛門が小屋を訪れるまで留まることにした。

それでも、八五郎や籠屋一家まで、おけいがいるために、白い目で見られるのはたまらない。岬が顔を見せたなら、理由を話し、速やかに回向院《えこういん》へ向かうつもりだった。

午後に、上野の商家からの施行《せぎょう》があり、饅頭《まんじゅう》が配られた。

おしなが子どもたちを引き連れ、またおけいたちのもとにいる。亭主は大工だから毎日いない。周りは病人や怪我人がいて子どもがうるさくすると気の毒だというのだ。だからといって、ここに来られるのも困ると内心おけいは思っていた。相変わらずおしなの子は月丸やチヨに余計な手を出したがる。幾度言っても聞き分けがない上に、おしなもそれを止めようとしない。

「鳥なんか玩具《おもちゃ》みたいなものじゃない」

笑ってそういい放つ。

「おい、皆の衆、聞いてくれ」

おけいたちからさほど離れていない場所から、若い男がいきなり立ち上がり大声を上げた。ざわついていた小屋が静かになった。

「黒い幽霊の話をおれぁ他所《よそ》から聞いてきたんだ。幽霊に返事をしたら憑《つ》き殺されるって話だ。何を訊《き》かれても、何をされても何にもしちゃいけねえってよ。寝たふりをしてやり過ごさなきゃいけねえらしい。でないと」

両手を胸の前でだらんと下げて、あたりを見回し、

「お前かぁ、お前かぁって真っ赤な眼を向けてくるんだってよぉ」

その話に小屋の者たちが震え上がる。幼い娘は怖い怖いと、母親にしがみついて泣き出した。

そうさ、と職人ふうの中年男も口を開いた。

「噂じゃ、その幽霊に口答えした爺《じい》さんがいたんだってよ。迷わずあの世に行けってな。そしたら、爺さん、朝には冷たくなってたってよ」

ひゃあ、と幾人もが声を上げる。

その話が聞こえたのか、結衣が怖そうに眼でおけいを見上げた。

おけいは微笑《ほほえ》んで、結衣の肩を抱いて引き寄せた。すると、

「馬鹿馬鹿しい。幽霊なんざいやしないよ。怖い怖いと思っているから、いやしないものも見えるんだよ。黒い幽霊なんてのもおかしなものだ。子どもたちが怖がるからやめておくれな。ねえ、おけいさん」

おしなが同意を求めるように、おけいに顔を向けた。

「それとかさ、脛《すね》に傷持つような奴もそうなんじゃないのかね」

ええ、とおけいは苦笑しつつ応えると、おい、と幽霊話をしていた若い男が乱暴な声を出しておしなとおけいを睨《ね》めつけた。

「そこのおかみさん方。おれぁ、このお救い小屋のみんなのために話して聞かせているんだぜ。こんだけの大火事だったんだ。未練を残して死んだ奴がわんさかいるんだ。そいつらが化けて出たっておかしくねえだろうが」

「別の小屋じゃ、びしょ濡れの女の幽霊が出たっていうぜ」

と、もうひとりの男もいう。周りにいる者たちが、おけいとおしなへ視線を向ける。

「ったくよ、こちとら親切に教えてやったってのによ。黒のはな、焼け死んだからだって話だ。けどな、これだけ人死にが出たんだぜ」

と、そこでいったん言葉を切ると、

「ああ、そうか。そこのおかみさんたちは、人よりも鳥が大事なんだものなぁ」

へん、と顎《あご》を上げた。

「なあ、あんたが鳥籠乗せた荷車で逃げたおかげで、通りを抜けられなくなった奴もいたかもしれねえ」

「火に呑まれちまったかもなぁ。そいつらを助けるために代わりに死んだ人間もいるってことだ」

中年男も皮肉を込めていう。

「だいたい、火事のときには荷車で逃げちゃいけないってことになってるはずだものね」

その男の女房と思しき女も口を挟んできた。

「そうそう、身勝手な人がいるとどれだけ迷惑がかかるかわかっていないのさ」

すると、おしなが顔を上げて、女に向けて声を張った。

「ちょっと、あたしとこの人を一緒にしないでよ」

鳥籠なんて持ってきちゃいないわよ、とおしなは、子どもたちに、

「あんたたち、外で遊んできな」

手を振って促した。おしなの子どもたちは、素直に出て行く。

「うちは真っ正直に、四人の子どもと亭主と何にも持たず、懸命に逃げてきたんだからさ。けど、この人は違う。鳥籠も持って出られたし、お役人の知り合いだっているんだ。昔馴染《なじ》みだから、

声をかけたのにさ、子どもたちに鳥を指一本触らせてくれないんだよ。異国渡りの鳥だから高いんだってさぁ。子どもたちだって、こんな小屋の中で辛い思いをしているんだから、ちっとは優しくしてくれてもいいじゃないか。亭主に離縁されて子もいないから、そういう冷たい仕打ちができるんだ」

と、顔を覆った。周囲の女たちも同情して、おしなを慰め始め、幾人かの者はおけいに険しい眼を向けた。おしならしく俯《うつむ》き、袂で目元を押さえる。

おけいは呆れた。幽霊がどうのこうのはおしながいったことなのに。いつの間にかすっかり話がすり替えられている。おしならしいやり方だ。茶屋に勤めていたときのことをふと思い出した。おしなを気に入ってた客が別の娘に過分な茶屋代を置いたのが気に食わなくて、茶屋の主《あるじ》に訴えた。おしなは日頃から吝嗇《けち》で偏屈だと主の悪口をいっていたが、それをさもその娘がいっていたように仕立てたのだ。結局、その娘は辞めさせられた。

「そいつは酷《ひで》えなぁ。昔馴染みに優しくできねえなんてなぁ」

「だから離縁されたんじゃないのかい？　おかみさんよ」

男たちがせせら笑う。

おけいは、何もいわずに黙っていた。ここで言い返したら、収拾がつかなくなる。もっと酷い言葉を浴びせられる。

「寄ってたかって大人げねえな」

と、長助が甲高い声で叫んだ。

「いい加減にしろよ、幽霊とおばちゃんはなんのかかわりもねえんだぞ」

「ガキ、黙ってろ！」

若い男が凄んだ。結衣がその声に怯えておけいにさらにしがみつく。

「ガキじゃねえや。おいらは長助ってんだ」

「長助ちゃん、もういいから」

おけいは、長助の袂《たもと》を引いた。長助は唇を尖《とが》らせる。

「おばちゃんは悪くねえよ。こいつらが悪いんだ」

と、男たちとまだ俯いているおしなをぎゅっと睨《にら》んだ。

「ガキ、ンなことはどうでもいいやな。まあ、その鳥籠がなけりゃ、もうひとりくらいここに入れるぜ。よう、運び出しちまおうぜ」

おけいは眼を丸くした。どうして？

若い男と、他に三人の男たちがぞろりと腰を上げて、おけいたちのほうへ迫って来た。

「鳥に雨風凌《しの》げる処なんざいらねえだろうが」

八五郎と籠屋の息子も亭主も今は小松町の様子を見に行っている。八五郎の女房は表で洗濯だ。ここにはいない。

「ちょいとおやめよ。弱い者いじめも大概にしなよ」

それまで黙っていた籠屋のおとせが迫ってくる男たちへ怒鳴った。

「おばさん、いいですから。あたし」

おけいは結衣から身を離し、その場で立ち上がると、深々と頭を下げた。

むっ、と男たちの足が止まった。おけいは顔を上げて、真っ直ぐ男たちを見つめた。

「あたしはどんなに責められても構いません。けれど、籠の鳥に罪はありません。皆様にご迷惑をおかけしているのは重々承知しております。明朝、あたしはここを出ますので、どうか今日一日だけ辛抱いただけませんか」

男たちがわずかに顔を歪《ゆが》めた。中の男がひとり口を開いた。

「そういわれちゃ、こっちも無理強いはできねえが」

「いや、明朝だなんて悠長なこといってられねえよ。今すぐだ。今すぐ追い出しちまえ」

若い男が声を荒らげ、他の男たちを急かす。

おしながわずかに顔を上げて、おけいを振り仰ぐ。涙なんか出ていなかった。ただのお芝居だ。

「悪いな。籠を表に出すだけだ。おかみさんに出て行けなんざいっていねえ」

若い男が人をかき分けてこちらにやって来る。他の男たちも釣られるように近づいてきた。

と、出入り口の荒筵が上がった。午後の光が小屋に差し込んだ。

「やめろ！　明日出るといってるんだ。それぐれえ聞いてやれねえのか！」

鋭い声が小屋に響いた。

その声の主に、おけいの胸がざわめいた。そのすぐ後に、突き刺さるような痛みが走った。

懐かしい顔がそこにあった。おとせも眼を瞠《みは》る。

羽吉さん――。

「てめえら、鳥籠ふたつに四人の男掛かりたぁみっともねえな。鳥籠持ち込んだのが悪いのは確かだがよ」

突然、現れた男に若い男が歯を剝《む》いた。

「てめえ、いきなり入って来やがって、他所者だな。口挟むんじゃねえよ」

「他所者といやその通りだが、おれぁ、そこのおかみさんとは顔見知りでね」

顔見知り。そうその通り――。おけいはほんの少しだけ寂しさを感じた。けれど、羽吉は信濃《しなの》へ身重の女房とともに江戸を出たはずだ。

なのにどうして、この焼け野の江戸にいるのか。

「けっ。顔見知りなら、今すぐ出て行くようにいってやってくれよ」

おけいの呆然《ぼうぜん》とした様子を訝《いぶか》しんだおしなが袂を引いた。誰か、という顔をしていた。

おけいは、それには構わずただ羽吉を見つめる。

「まあ、事情はわからねえが、ともかく今は収めてくれねえか。他の者たちもいい気持ちじゃねえからよ」

羽吉は人々の間をすっすっと進み、若い男の前に立つと、「これで気を鎮めてくんな」と、手をとって、何かを握らせた。若い男は、掌を開くと眼を見開いて、

「まあ、今日は勘弁してやらあ、その代わり明日には出て行ってくれよ」

吐き捨てるようにいうと、身を翻し、他の男たちにも目配せした。

羽吉は銭を渡したのだろう。男たちがさっと身を引いたあたり、かなりの銭なのかもしれなかった。羽吉がおけいに向き直り、詫びながら再び人の間をすり抜けると、

「久しぶりだな、おけい」

おけいは何もいえなかった。以前と変わらない羽吉の顔だった。いや、幾分、痩せたか。

おしなが、

「誰よ、この人」

おけいに探るような眼を向ける。羽吉はおしなを見て、「あんたとも久しぶりだな、覚えていねえか」と、笑みを浮かべた。

まさか、とおしなが眼をしばたたいた。

「あんた、うちの茶屋によく来ていたわよね。たしか、羽吉、さん？」

「名まで覚えていてくれたのか、そいつは嬉《うれ》しいね。同じ茶屋勤めの二人がお救い小屋で再会ってのも面白いモンだな」

おしなは、おけいと羽吉を交互に見ながら、

「おけいさんの元亭主って、羽吉さんだったの？」

と、呟《つぶや》いて、笑い出した。おしなを慰めていた女たちが呆れたような顔をした。

「ああ、この人は自分の旗色が悪くなると、泣き真似をするから、気にしなくていいですぜ」

え？　あ？　と羽吉の言葉に女たちが戸惑った。

「やめてよ、泣き真似じゃないわよ。本当に怖かったのよ、あの人たち」

と、おしなが決まり悪そうに眼を泳がせる。

「まあ、変わりがねえってのは、いいことだ。そうやって生きてきたんだものな」

羽吉はおしなにそういって、

「おけい、少しだけ話せるか？」

と、おけいに真っ直ぐな眼を向ける。その言葉にためらいつつも頷く。

「おばさん、ちょっと外に行って参ります。長助さん、結衣さまをお願いね」

長助と結衣が首を縦に振った。

表に出て行く羽吉の背中を目で追いながら、おけいは下駄に足を入れた。

「おけいさん、羽吉さんはあんたを捨てた男だよ。いまさらこんな形で現れたって、不実な男に変わりがないんだ。絆《ほだ》されちゃ駄目だからね」

おとせがおけいの耳元で囁いた。

「大丈夫よ、おばさん。あたしだって十分、そう思っているから心配しないで」

ねえ、あたしもお邪魔していい？　とおしなが図々しいことをいった。

「あたしも茶屋勤めの頃の昔話をしたいのよ。どうしておけいさんと一緒になったのかも知りたいし。だって、あの頃、羽吉さんを好いてた娘《こ》も多かったからさ」

おけいは首を回して、おしなをきつく睨めつけた。

「な、なによ、その顔」

おしなが不服そうに唇を尖らせたが、

「悪かったわよ。でもあんただって、幽霊はいないって頷《うなず》いてたじゃない。あたしだけが悪いわけじゃないわ。あたしだって鳥のことに話がずれるなんて思いもよらなかったもの。でも、それだけ、鳥を嫌がっている人が多いってことじゃない？　違う？」

勝ち誇ったような眼でいう。

おけいは下駄を履いて立ち上がると、

「もうあたしのそばに寄らないで。というより、もう出て行くから寄れないだろうけれど」

おしなが顔に血を上らせた。おけいは身を翻した。

「なによ、その言い草」

尖った声がおけいの背に飛んできたが、振り向かず、表に出た。

羽吉が立っていた。小袖の着流しに羽織を着けている。着物も悪くない。たしか、ところの庄屋を務める家の娘を娶《めと》ったのだから、それなりにいい暮らしをしているのだろう。

「悪いな。たまには外に出るのもいいだろう？　もっとも酷い有り様になっちまっているが」

と、あたりを見回した。

焼け跡は、随分ときれいになってきていた。きれいになったというのは、跡形なくさっぱりとしているという意味だ。両国広小路のお救い小屋の周りには、以前のように床店もちらほら出るようになった。菓子や惣菜、蕎麦屋、寿し屋という店だ。

炊き出しの粥一杯では腹が減る。ともかくまだ好きに煮炊きができる状況にはない。独り者の男も多い。こうした食べ物屋の床店も歓迎されているが、髪結床《かみゆいどこ》も皆にはありがたい。外で順番が来るのを待っている男たちの姿が見えた。

すでに、あちらこちらで商家や長屋の建て直しが始まっている。木槌《きづち》や金槌を揮《ふる》う音が、視界の広がった江戸の町にこだましていた。

「立ち話も妙だ。歩きながらでどうだい？」

羽吉はおけいの眼を見ずにいった。

「歩くって、どこに行くつもり？　焼け野を歩いても気が塞ぐだけよ」

そうだな、と羽吉は得心しながら、足を両国橋の方へと向けた。

羽吉が先に歩き出す。おけいはその後をついて行く。

「月丸を連れて来たんだな。驚いたよ。命のほうが大事なら、鳥たちを置いて逃げても仕方がねえだろう？」

そんなふうにいわれるとは思わなかった。羽吉だったら、必ず鳥たちを連れて逃げたはずだ。

「焼かれるのがわかっていて置いては逃げられないわ。他の子たちは回向院で預かってもらっているの」

おけいは応えた。羽吉が眼をしばたたく。

「誰が手伝ってくれたんだよ、おめえひとりじゃ無理だろう？」

不意に永瀬の顔が浮かぶ。

「八五郎さんとか長助さんとか、籠屋さんよ」

羽吉は、ふと笑う。

「おめえのことだ。鳥と一緒じゃなきゃ逃げねえとでもいったんじゃないか？」

「そうね。八五郎さんに叱られて、おとせさんに頰を張られたわ」

おけいの答えに羽吉が肩を震わせた。なぜ羽吉がここにいるのか、訊《き》きたい。けれど、どうやって訊ねていいのか、なかなか言葉が見つからなかった。

しばらく黙って歩き続けた。両国橋の袂に差しかかると、羽吉が足を止め振り返った。

「あいつとは別れたんだ」

おけいははっとして羽吉を見る。羽吉は再び前を向いて、足を運んだ。

「腹の子な、流れちまったんだ。それから折り合いが悪くなってな。でもそれもおれのせいだ。おれがおけいを思い出すことがなければ、うまくやっていけたかもしれねえ」

けど、おれはお前のこともてめえの飼鳥屋のこともすべて思い出しちまった、それがおれの態度にも出ていたんだろうな、飛ぶ鳥を眺めたりする度に、と羽吉は話し始めた。

「やり直そうと幾度も話をした。あいつにとっては腹の子が自分とおれを繋ぐものだと思っていたんだよ。けど、それがなくなってしまえば、心もおけいに帰って行くんじゃないかと思ったんだろうな」

おけいはそれを聞いたところで、なにも感じなかった。もちろん、羽吉の声を聞き、姿を見たときには、胸が痛かった。

けれど、それは二度と会うこともない人に偶然会ってしまった驚きと大差がない。もう、おけいの中では決着がついている。それが覆ることはない。

「それでなにをいいに来たの？」

羽吉はおけいの問いかけと同時に、空を見上げた。

「どの道、おれは江戸に戻るつもりはなかった。離縁した後は上方《かみがた》に行って暮らしていたんだよ」

「じゃあ、そちらでおかみさんをもらったの？」

羽吉が鼻を鳴らした。

「馬鹿いうねえ、そうそう女房になるような女と出会えるはずがねえじゃねえか」

羽吉は冗談めかしていうや、橋を渡り始めた。

大川に浮かんでいた亡骸《なきがら》もほとんどなくなっていた。川を下って海に出て行ってしまった骸《むくろ》もある。戻って来ることのない家族を思うのは、胸が締め付けられるほど辛いだろう。

今浮いている舟はもう亡骸を引き上げる舟ではない。大きな荷を積み、あるいは人を乗せて進んでいる。舳先《へさき》に白波が立つ。少しずつだが、前に向かっている。

大川の水面《みなも》が陽を浴びて、照り返す。羽吉は回向院に預けた鳥たちを見に行くつもりなのだろう。

「大坂で江戸の火事を知ったんだ。瓦版で小松町あたりも燃えたことを知って、いても立ってもいられなかった。それで、東海道を下って来たんだよ。驚いたよ。本当になにもなくなってた」

おけいは身を強張らせた。

「お店、見て来たの？」

ああ、と羽吉が応える。なにもなかった、なにひとつ残っていなかった、と寂しそうにいった。

「で、店の建て直しはどうなっているんだ？」

「わからない。家主さんからは、まだなにも伝わって来ていないから」

こんな悲しい、まだ先の見えない話ばかりをしに来たのだろうか。店が焼けようと、もう羽吉にはかかわりないことなのに。ただ、心配で大坂から来たというのなら、あまりに能天気だ。おけいは、少しずつ歩を緩めた。

やはり話すことなど、もうないのだ。元は亭主であったというだけの間柄――。

別れてから互いにどうしていたかなど、話をする必要もない。

羽吉が旅に出ていた三年の間は夫婦《めおと》だったから、戻ってきたら、こんな話をしよう、こんな事も伝えようと思っていた。それは離れていた間を埋めるものになるからだ。

けれど、今はなにもない。

羽吉が出て行ったあと、あたしは、ひとりでことり屋を営んできた。もちろん夫婦ふたりの頃からの常連客もいるが、あたしはあたしなりに客を増やしてきた。何羽もの小鳥たちを送り出してきたのだ。

あたしは羽吉という片翼をもがれて、嘆き悲しむ鳥ではない。

自分の翼で生きていけるから。

やはり帰ろう、とおけいは足を止めた。踵《きびす》を返して小屋に戻ろう。

ただ、そうだひとつだけ。

「羽吉さん」

羽吉が振り返った。

「さっき、銭を渡したのでしょう?　いくらかしら」

「そんなことは気にするな。銭でも渡さなきゃ、ああいう輩は引っ込みがつかねえからよ」

「いいえ。助かったわ。そのお礼はいうけれど、銭まで出してもらういわれはないから。ちゃんと払いたいの」

おけいは振り返った羽吉の顔をしっかりと見た。

「そういうお堅いところというか、真面目なところは相変わらずだな。おしなさんを見習った方がいいくらいだ」

「茶化さないで。払うものは払うといっているの」

おけいは思わず大声を上げた。橋を渡っていた幾人かが驚いて立ち止まりかけた。

「勘弁してくれよ。橋の上でいい争うなんて御免だよ。わかったよ」

と、羽吉は金高を口にした。おけいは、そんなに、と呆気にとられる。

「ごめんなさい。今持ち合わせがないわ。貸しておいてくれる？」

「構わねえよ。だからというのもなんだが、回向院に預けている鳥を見せてくれねえか？」

羽吉は口元に笑みを浮かべてそういった。その顔は小鳥たちを心から慈しむ、かつての羽吉そのものだった。

二

おけいは通い慣れた両国橋を渡る。いつもと違っているのは、今日はひとりではないということだ。おけいの前を歩いている羽吉を眺めた。懐手をしながら、前を向き、ゆっくりと歩を進めている。ぴんと伸びた背筋。広い背。営んでいた飼鳥屋でいつもいつも見ていた。ちっとも変わらない後ろ姿だ。

変わったのは、あたしの心と羽吉の心。もう夫婦ではないふたりがこうしてまた揃って歩いているのが、不思議な気がした。

橋を渡り出してから、羽吉はなにも話さなかった。ただ、おけいの前を行く。おけいもあえて訊ねなかった。

火事からこっち、湯屋に行っていない。お救い小屋の外で、湯を沸かして身体を拭くくらいだ。それも大勢の女たちと順繰りなので、短い時間でさっさと済ませる。とても洗髪はできないので、結い髪を解いて、櫛《くし》で梳《す》くだけ。もちろん、着替えもしていない。

あたしは、なにを考えているのだろう。

こんな大火事の後で――。

羽吉に惨めな姿を見せたくなかったという思いはある。あたしはひとりでもきちんと暮らしているのだ、というつまらない見栄なのかもしれない。

おけいの下駄がころりと鳴る。

羽吉がいきなり振り返った。

「すまねえ、迷惑だったかい」

一瞬、おけいは戸惑った。迷惑という言葉の意味がうまく受け取れなかったからだ。大坂から駆けつけて来たこと？　わざわざお救い小屋に訪ねて来たこと？　こうして外へ出るのを促されたこと？　おけいは頭を懸命に巡らせ、でも結局首を横に振った。

「そうか。それならほっとしたぜ。けど、まさかあのおしなさんと一緒にいるとは思わなかったよ。あいつ、髪に挿した櫛を見せびらかしながら、こういうのをくれるような男じゃないと、あたしとは釣り合わないってよくいってたな。一緒にいた仲間が茶代を余分に置いても知らんふりだったよ」
幾年《いくとせ》経っても、子ができても性根は変わらねえんだな、と羽吉は肩を揺らした。
あの、おしなさん、か。おけいもつい含み笑いが洩れた。
銭を持っていそうな客には愛想よくするが、お店の奉公人や棒手振《ぼてふ》りなどにはまったく眼もくれなかった。
鳥問屋に奉公していた羽吉は、ふたりが働いていた水茶屋に仲間と時折来ていたが、その仲間
は適当にあしらわれていたのだろう。おしなは、茶代を積むなら、せめて百文にしてほしいわ、
なけなしの財布をはたくような男はまっぴら、とけんもほろろだった。

いまだに、そんなことを覚えているのだ。

江戸の火事を知って大坂から駆けつけてきた。なんのために？　その問いが幾度《いくたび》もおけいの喉
から出かかりながらも、その答えを聞くのははばかられた。

もちろん、ことり屋を心配してのことに違いない。けれど、そこに、あたしのことも入ってい
たとしたら。もう夫婦別れをしたのだ。羽吉とて、それはわかっているはずだ。

橋を渡り終え、少し行くと回向院の山門だ。

「あ、小鳥のおばちゃんだ」

山門を潜《くぐ》るや、数人で遊んでいたうち、一人の女児がおけいに気づいて走り寄って来た。

名は、おさい。歳は五つだ。父母を火事で亡くしたという。母の妹が面倒を見ているが、おさ
いはふた親が死んだことはよくわかっていないらしい。

「おさいちゃん、こんにちは」

「今日は、おはようもしたね。どうしたの？　また鳥さんを見に来たの？」

おけいが頷くと、おさいが羽吉を見て不思議そうに首を傾《かし》げた。

「おばちゃんの知り合いなの。鳥を見たいんだって」

へえ、とおさいは羽吉を見上げると、

「みんな、可愛いよ。ちゅんちゅん、ちよちよって鳴くの」

手で羽ばたく真似をした。羽吉はおさいの前にしゃがんで、

「そうか。可愛いか。おじちゃんも見たいんだ」

羽吉が目尻に皺《しわ》を寄せ、優しく声をかけた。それは小鳥たちを見る表情と同じだ。もしも子どもが無事に生まれていたら、羽吉はよい父親になっただろう。

でもそれは――。

あたしにも与えられていたはずなのだ。飼鳥屋を営みながら、羽吉の子を産み、育てる。そんな未来《さき》もあったはず。けれど、もう無理だ。

「あたしが連れて行ってあげる」

おさいが羽吉の手を握った。羽吉は柔らかな笑みを浮かべて、腰を上げると、おさいに手を引かれて歩き出した。

おけいはその後をついていく。

庫裡《くり》の隅に、鳥籠が並べられている。

鳥のさえずりが賑《にぎ》やかだ。十姉妹《じゅうしまつ》も四十雀《しじゅうから》も元気に止まり木を行ったり来たり、水遊びをしたりしている。

羽吉は、鳥籠に近づいた。

「ねえ、おじさん、可愛いよね」

「ああ、そうだな」

「こっちの白い子と茶色の子は十姉妹だよ。優しい鳥だから、けんかしないいんだって。ほっぺたが白い子は四十雀っていうんだ。ツーピーって鳴くんだよ」

「へえ、よく知っているな」

「小鳥のおばちゃんが教えてくれたの。お世話の手伝いもしてるよ」

「それは助かるなあ」

　羽吉がおさいの頭に空いたほうの手を優しく載せる。と、おさいを呼ぶ声がした。子どもたちが声を上げている。

「みんなが呼んでるから行くね。じゃあね、小鳥のおばちゃん。また鳥さんを抱っこさせてね」

　おさいが羽吉から手を離し、おけいに小指を出した。おけいは膝を折って、まだ小さく細い指に自分の小指を絡める。

　ふた親を亡くした先、この子はどうして行くのだろう。おさいの叔母が良い人であればと願うばかりだ。おけいにはもう家族と呼べる人がいない。父母も弟も失った。でももうそれなりの歳だったから、生きることができた。ひとりの口ぐらいは養えた。

　指をほどくとおさいが仔猫《こねこ》のように跳ねて、駆け出した。にっこり笑って、おけいに手を振る。おけいも手を振り返した。

「なんでえ、親でも亡くした子なのか？　おめえいま、あの子の先を考えてたろう」

　羽吉は鳥籠を覗きながらいった。

「すぐ顔に出るのは、相変わらずだなぁ。かわいそうだと思っても、どうにもできねえことがある。ましてや、この大火事じゃ、そういう子は大勢いるんだろうぜ。たまたま眼に入っただけの子どもに情けをかけてもな」

「わかってるわ」と、おけいは眉をひそめた。羽吉のいう通りだけど、冷たい気がした。それとも、子が流れたことや、再び離縁したことが羽吉を変えたのか。けれど、小鳥たちを見る羽吉の横顔は昔のままだ。

優しい眼。あたしが幾度も見てきた眼だ。三年帰りを待ち続けて、小鳥たちへ注がれるこの眼をようやく見られたのが、夫婦別れしたあとのいまだったなんて、本当に天の神さまは残酷だ。

「なにか足りねえものはねえのか？」

羽吉が小鳥たちに指を突《つつ》かせながらいった。

急に問われて、おけいは即答できなかった。

回向院の僧たちは、小鳥たちを大切にしてくれているのでとても助かっている。なるべく負担をかけないよう、おけいは毎日通って、籠の掃除、水替えをし、餌をやり、小鳥の様子をくまなく見ている。餌は増田屋から届いている。

「これといって思い当たることはないわ。餌も十分にあるし」

「それなら、増田屋は無事だったんだな。そいつはよかった」

羽吉はそう答えたが、すぐに笑いを堪《こら》えきれぬよう、噴き出した。

「まったく、おめえって女は」

おけいは肩を揺らして笑う羽吉を戸惑いつつ見つめた。

「おれが訊いたのは、鳥たちのことじゃねえよ。おめえのことだ。お救い小屋じゃ満足なことができねえから、なにか欲しいものがあるかと訊ねたつもりだったんだが」

羽吉は笑いながらそういった。

それならそうとはっきりいってくれればいいのに。籠を覗きながら問われたから、てっきりこの子たちのことを訊かれたと思ったのだ。

「なにも。さほど不便な思いはしていないから、大丈夫よ」

おけいは答えた。

「不便がねえはずはねえだろう？　あんなところに押し込められて、着替えや、夜具だってろくな物がねえと思うがな」

「けれど、この暮らしがずっと続くはずもないし」

羽吉はようやく笑いを引っ込めた。

「馬鹿いうな。続いてたまるかよ。でもこんな時だ。遠慮なんかしなくていいんだ。食い物だって構わねえから、いってみな。それとも、別れた亭主の情けは受けたくねえか」

そういうわけじゃ、とおけいは呟いた。

「おめえひとりのことをいってるんじゃねえよ。籠屋や古手屋も含めてだ。おれのことは、昔のご近所さんぐらいに思えばいいじゃねえか」

おけいは小鳥たちへ眼を向けた。

羽吉の気持ちはありがたかった。

古手屋の八五郎一家や籠屋一家には、本当に世話になった。鳥籠を快く預かってくれている回向院の僧たちにも。そう、鳥籠をお救い小屋に置くことを許してくれたお役人にも。

おけいはなにひとつ自分の力を尽くしていないように感じていた。周りの人々の善意に甘えているだけ。なのに、羽吉にまで甘えるのは違っているような気がする。意地を張っている、そう思われても構わない。視線を羽吉に移したおけいは、首を横に振る。

「ほんとに、大丈夫だから。心配してもらってありがたいけれど」

おけいは声を強くした。羽吉がふっと息を吐く。

「まあ、そういうと思ったがな。いいさ。それなら籠屋と古手屋に甘い物でも買ってやるか。江戸に戻った挨拶代わりだ。それくらいはしてもいいだろう？　子どももいるしな」

そうね、とおけいは頷いた。

と、羽吉がひとつの鳥籠に眼を留めた。

「おけい、この籠のカナリヤは番《つがい》か？」

あの武家の夫婦が購《あがな》って戻してきたカナリヤだ。

回向院の小鳥の世話を終えた後で、おけいは幾度か深川の番屋を廻った。しかし、運の悪いことに夫婦からカナリヤを預かった善次は御用で上方にいってしまったと聞かされた。岡っ引きの親分が御用の筋でわざわざ遠出をすることがあるのかしら？　と疑念を抱いたものの、しばらく留守だというのは本当のことだ。江戸に戻るまで、待っているしかない。

善次がどの町内の番屋か訊いておくべきだったと、気が回せなかったことを後悔していた。番屋は、大番屋といわれる大きなものから、町役人が詰める小さな番屋まであり、小さなものはそれこそ町の数だけあるから、とてもじゃないがおけいひとりでは歩いて廻れない。

それに、カナリヤが戻って来てから、間も無く火事が起きた。正直、あの夫婦に事情を訊きに行くような呑気なことはしていられなかった。

おけいは、羽吉に夫婦のことをかいつまんで語った。

ふうん、と羽吉は顎を撫ぜた。

「まあ、人によっては鳥が苦手だとか、鳴き声がうるさいとかいう奴らもいるからな」

大した理由ではないだろう、と羽吉はカナリヤの籠を指で突いた。

ちちっと、黄色の羽を持つほうが、止まり木を移動する。

「思ったよりも、皆、元気でよかったな。羽艶も悪くねえし、餌もよく食ってるようだ。寺の坊さんも大事にしてくれてるのがわかる。まあ、坊さんに預けようと思い立ったのは大したもんだ。坊さんは、やたら殺生しねえしな」

羽吉は冗談めかしていった。

「でも、二羽死んでしまったわ。換羽だったみたい」

と、羽吉がカナリヤの籠を見て、声を上げた。

「おい、おけい。巣箱をきちんと見たか？」

え？　とおけいは羽吉の横に並んだ。カナリヤの巣箱の中を覗き見る。卵がひとつある。少し青みがかった小さな卵だ。

「朝、掃除しに来たんだろう？　なぜ気づかなかった？」

羽吉が突然、声を荒らげた。

「巣引きをしたのか？」

羽吉が厳しい眼をおけいに向けた。

巣引きは、鳥を増やすために行なう。餌を変えたり、藁《わら》などの巣材を入れてやる。けれど、このカナリヤにはそのようなことはしていない。もしかしたら、浪人者の夫婦が、とおけいは思ったが、善次から返されたときも巣箱の様子に変わりはなかった。

「どうなんだ？　おけい」

羽吉がさらに険しい声を出す。

以前、おけいが気を利かせ、小鳥たちに餌やりをしたときの怒りに似ていた。

小鳥の種によって餌が異なることを知らずに、勝手に混ぜ合わせて餌箱に入れてしまったのだ。そのときの羽吉の憤りは、眼には見えないけれど、まさに髪が逆立っているお不動さまのようだった。餌によっては、具合を悪くしてしまう小鳥がいると聞かされ、自分が余計なことをしたのだと思い知らされた。

生き物を扱う商いの難しさが身にしみた。

「巣引きはしていないし、卵は今朝あたしが来たときはなかったわ。本当に。でも、お店のようにずっとついていてあげられるわけじゃないもの」

おけいはいった。

「これが最初のようだから、まだ四つほどは産み落とすかもしれねえ」

カナリヤは、毎日、ひとつずつ卵を産む。小鳥の産卵は大抵、四つから六つといったところだ。卵を三つか四つ産むと、抱卵に入る。それから、半月ほどでヒナが孵《かえ》る。

いずれにせよ、早く巣材を入れてやるしかねえな、と羽吉が息を吐く。

「いいか、いまからすぐきれいに掃除してやれ。卵を産み終えてねえから、派手にはするなよ。カナリヤの気が散る」

おけいはひとつ、こくりと頷いた。そんなことはわかっているけれど、やはり羽吉にいわれると納得してしまう自分がいる。

羽吉が、「じゃあ坊さんに頼んでくるか」と、いきなり身を翻した。

「それは、あたしが伝えに行きますから。ことり屋の主人はあたしなんだから」

羽吉が足を止めた。唇を引き結ぶおけいを見やる。

「そうだな。おれの出る幕じゃねえや。けど、おめえが火事からこっち頑張っているのはようやく、わかったよ」

よく鳥たちを守ったな、と羽吉がそっと呟いた。おけいは、聞こえなかった振りをして、踵を廻《めぐ》らせ、羽吉を残して本堂に向かった。

いつも小鳥たちを見てくれている若い僧に、カナリヤのことを伝えた。

僧は驚きながらも、「半月後が楽しみです」と嬉しそうにいってくれた。おけいは、朝夕だけでなく、これからはなるべく多く通ってくるといった。

羽吉のもとに戻ると、鳥籠の掃除をしていた。

「——羽吉、さん」

おけいが声をかけると、羽吉が驚いたように首を回した。

「どうかした？」

「いや、ちっとばかり考えていたんだが——カナリヤの雄は浮気者だ。けど、こいつらはずいぶんと相性がいいようだ。互いに嘴《くちばし》を合わせたりしているからな。巣引きをしたのは、その夫婦かもしれないってな。鳥に詳しいか、かつて飼ったことがあったのか」

息子が好きだったと、たしかことり屋に来たとき、話してくれたような気がする。その上、こうして放鳥せずに戻して来たことも併せて考えると、やはり小鳥の扱いには慣れていると思えた。

「茶でも飲んでいくか？　それとも飯でも食うか？」

羽吉がさりげなくいった。

断る理由もないが、一緒にいく理由もない。

「あんな小屋にずっといるのは気疲れするだろう？　おしなみてえなめんどくせえ女もいるんだ。

たまにはいいじゃねえか」

　もう少し話がしてえからよ、と羽吉がおけいを見た。

三

　回向院を出て、両国橋東詰の広小路に出ている茶屋に入り、並んで腰を下ろした。葦簀《よしず》の隙間から陽の光が洩れている。

　丸い顔の、十三、四ほどの茶屋娘が、元気な声を上げて、茶を運んできた。客は真向かいの縁台にふたり。行商人らしき中年の男と、小僧の供を連れた商家の隠居だ。おけいと羽吉が連れ立って入ると、ふたりがちらと顔を向けたが、すぐに興味を失い、団子を食い始めた。

「昔はおめえもああして、茶を運んできたよな。もっと化粧が濃かったが」

「よしてよ。そんな古臭い話」

　おけいは羽吉を咎《とが》めるような物言いをした。

「でも本当のことだ。おれはあの頃から、おめえのことが気になってたしよ」

　おけいは、茶碗を手にして、思わず羽吉へ顔を向けた。

「そんなに驚くことか？　おめえが茶屋を突然辞めたときには至極《しごく》がっかりしたもんさ。けれど、縁があったんだな。煮豆屋で働くおめえを見つけた」

　そうだった。あたしは茶屋を辞めた後、煮豆屋に住み込みで働くことになった。そこに羽吉が煮豆を買いに来たのだ。

　羽吉が苦笑を洩らす。

「ただの思い出話をするようになっちゃおしめえだな。これから先が長いっていうのによ」

そうしみじみいって茶に口をつける。おけいは茶碗を両手で抱え持ちながら、本当に思い出なんかに浸っていられないと思っていた。いま、置かれた状況からなんとか抜け出す手立てを考えねばいけないのだ。けれど、まったく先は見えない。

おけいは、あらためて羽吉を見る。小袖も羽織も上物とはいかないまでも、古手屋で買った物ではない。誂《あつら》えたものだ。

あの乱暴な男たちに渡したのも、一分。興奮した場を収めるためとはいえ、そんな大金を平気で渡してしまうなんて、にわかには信じられなかった。

「ねえ、羽吉さん」

おけいは茶碗を盆に戻して、呼びかけた。羽吉が首を回す。

「いま、大坂でなにをしているの？　まさか」

「へんなことはやってねえよ。米問屋にいる。大坂には各藩の米蔵があるんだが」

さる藩に鳥好きのお偉方がいて、鳥の具合が悪いと嘆いていたのに助言したのが縁で、大層気に入られたのだという。

「米俵を運ぶ下働きだったんだけどな、そのおかげで、ついこないだからはその藩付きの手代にくっついて雑用をやってる」

鳥好きが役立ったのね、とおけいは微笑んだ。

羽吉が茶屋娘に団子を頼む。

「なあ、おけい。小松町の辺りは、なにも残っちゃいなかった。これから、建て直しをするにしろ、出来上がるにはまだまだかかる。お救い小屋だって、いつまでもあるわけじゃねえしな。身の振り方は考えているのか？」

おけいは、弱々しく首を横に振り、口を開いた。

「ちっとも先が見えないわ。だけど、なんとかしなくちゃと思っているけれど」

「おめえ、そんなんじゃ、いつまでも暮らしが立たねえぞ」

「わかってるわよ。でもね、いまはまだどうにもならない。だって、小松町は焼け野原のままなんでしょ？」

羽吉がためらうように首を縦に振った。

「そこがきれいになったら、差配さんの処へ行くつもり。なんとか、建て直しをしてもらえるように。ずっと先までお家賃は納めてあるし、うちから鳥も買っているし、あたしのいうことに少しは耳を傾けてくれるはずよ。すっかり元のままでなくてもいいわ。いっそ雨露凌ぐ屋根だけでも先につけてくれれば、暮らしていける。店もやっていける。大丈夫」

おけいは自分に言い聞かせるようにいった。すると、羽吉がぼそりと呟く。

「それなら、おれと一緒にやらねえか？」

え？　と、おけいは耳を疑った。

「女のおめえじゃ、差配に舐《な》められちまう。飼鳥屋なぞ閉じてくれといわれたらどうする？　回向院の鳥を荷車に積んで商いをするか？　店どころかおめえの住む処さえなくすぞ」

おけいは茶をひと口飲む。思いの外、喉が渇いていた。

「小松町でなくてもいいだろうが。それこそ、ここらあたりは焼けていない。いますぐに店を借りて、飼鳥屋を始められるんだぞ」

羽吉の眼差しが痛かった。

おけいは湯呑みを盆に戻す。困惑していた。なんて返答していいのかわからない。

ふたりの客と小僧が揃って、腰を上げた。茶屋の客は、おけいと羽吉だけだ。茶屋娘は、所在なげに茶釜の陰で腰掛けに座って、休んでいる。

羽吉が身を捻《ひね》って、おけいを見つめる。声が少しだけ高くなった。

「小松町にこだわるのは、おれのせいだろう？　おれがおめえを捨てていったから、その腹いせなんじゃねえか。本当は飼鳥屋なんぞやりたくはねえのに、おめえはひとりで意地張ってるだけじゃねえのか」

その言葉に、おけいの胸が搔き乱される。この人は、なにをいっているのだろう？

「おめえとおれは、嫌で別れたわけじゃねえ。憎しみ合ってもいねえ。おれだって、辛かったんだ。おめえもそうなんだろう？　だからことり屋を続けてきた。だから小松町からも離れられないんだ」

おれは、と羽吉はなおも続けた。

「別の女を選んだ。でもそれは、おめえがそうしろとおれにいったようなものだった。女房と別れても、おめえには会うまいと決めていた。おけいがそう決めたんだから、もう二度と会っちゃならねえと。おめえの思いを無碍《むげ》にすることになるからな。けど、この火事を知って――」

羽吉がおけいの瞳を覗き込む。

「江戸に戻ったのは、おめえのためだ。お店の主人には銭を借りてきた。飼鳥屋をまた開くつもりで。だから」

膝に乗せたおけいの手に羽吉が自分の手を重ねた。

「おれと、もう一度やり直してくれねえか」

おけいは、羽吉の手を払い除《の》け、立ち上がった。

「もう、あたし行かなくちゃ。結衣さまが――」

そういった途端に、羽吉の顔色が変わった。

「お救い小屋にいた、あのお武家の娘のことか？」

おけいは即答できなかった。羽吉が鋭い眼つきでおけいを見上げる。

「一緒に逃げてきたの」

おけいがやっとのことでいうと、

「例の同心の娘か。おめえが預かってやってるってことは――そうだよな」

羽吉が自嘲気味に笑って、首を横に振った。

なにを一人でわかったようなことをいうのだろう。その上、いまだに永瀬は行き方知れずなのだ。そのことを思う度に胸が痛むのに。結衣の心情を慮《おもんぱか》ると、胸が潰れそうになるのに。

「やっぱり、デキてたってわけか」

「勝手に決めつけないで。勘違いで、そんな嫌な言い方はやめて」

おけいの口調は自然、強いものになった。いつの間にかうたた寝をしていた娘が驚いて、あたりをキョロキョロ見回した。

羽吉が顔を上げ、おけいを睨めつける。

「勝手に決めつけるな？　勘違いだって？　てめえの娘を他人の手に託すかよ。御番所の役人だ。火事の時には忙しいだろうが、それにしたって飼鳥屋のおかみに、子どもを預けるような真似をするか？」

羽吉の眼がおけいに突き刺さる。

「かみさんだっているんだろう？　おかしいじゃねえか」

嫌な物言いだった。

「いいえ、ご妻女を亡くしていらっしゃるの」

おけいがいうと、羽吉は勝ち誇ったような表情をした。

「なるほど。役人の後妻に納まれりゃ、おめえも安泰だ。飼鳥屋なんぞさっさと畳めばいい」

「何をいっているの？　わからない」

おけいは眉根を寄せ、羽吉を見据えた。

羽吉が、ふと笑みをこぼした。

「なんで怒るんだよ。おれはおめえが楽に暮らせるようになることを望んでいるんだ。お武家の後妻なんざいいじゃねえか。なんなら、馬琴先生に頼めばいい。武家だ。養女になれば、おめえもお武家だ。嫁入りできるぜ。なにも心配することはねえ、はっはは」

嫌な口調だった。まるで破落戸《ごろつき》のようだ。

「もう、よして。なぜそんなことばかりいうの。あたしが飼鳥屋を続けてなにが悪いの？　あたしは羽吉さんのいない間きちんとひとりで暮らしてきたのよ。自分でお店を切り盛りして、小鳥たちの世話もして、お客さんの相手もして。あたしは」

一羽でもいい、籠でしか生きられないあの子たちをちゃんと慈しんでくれる人に預けたい、そういう商いだと思っているの、それのどこがいけないの？　とおけいは羽吉に詰め寄った。

羽吉が眼を見開いた。

「わからねえのか？　おれは、おめえに酷えことをした。おめえが楽しく暮らせるようにしてやりてえんだ。けど、それはおれの役じゃねえってことがよくわかったぜ」

それなら、なぜ。あたしを三年もほったらかしにしたの。

夜になると胸元が青く光る鷺《さぎ》を捕まえに行くといって、三年も帰らなかった。その挙句、身重の女房を連れ戻った。あのときの衝撃、絶望がおけいの胸底に甦《よみがえ》る。

崖から落ちて、自分が飼鳥屋だったことも、あたしのことも忘れてしまった。怪我《けが》をして世話をしてくれた娘に心惹《ひ》かれることも仕方ない。それを責めたところで詮無いことだった。

だからといって、身重の女房を見捨てる男と一緒には暮らせない、と思った。あたしが得心すればいいことだと思ったから、決めたのだ。後悔なんてしていない。

「飼鳥屋は、あたしの好きでやっているの。羽吉さんにもうとやかくいわれる筋合いはないわ。あたしの生業《なりわい》なの」

ふんと、羽吉が鼻で笑った。

「おけい。ことり屋は、おれがやっていた店だ。夫婦別れしたおめえからあすこを取り上げたら、それこそ行き場を失う。おれも寝覚めが悪い。だが、いいか、おれがこうして戻ってきたんだ。返せといったところで、おめえは文句をいえねえぞ」

どうしても飼鳥屋がやりたければ、おめえが一から別の場所でやればいい、その自信がないならおれとよりを戻すしかねえんだ、と吐き捨てた。

怖れと怒りがない混ぜになっておけいの身ががたがた震えた。羽吉の言葉のひとつひとつがまるで呪詛《じゅそ》のように耳に響く。

おれの店——。あたしはことり屋にいることが当たり前のように思っていた。自分が営むことが当然だと思っていたのだ。けれど、それは間違っていた。

ことり屋は羽吉の店だ。

羽吉が、大きく息を吐いた。

「まったく、たまらねえぜ。亭主の生き死にもわからねえというのによ、女房が子連れの男やもめに絆《ほだ》されていたとは、夢にも思わなかったぜ」

おけいは、はっとして羽吉を見る。

「やめてよ」と、小さく声が洩れた。

「ああ、絆されたのは役人のほうか。亭主の留守につけ込んで、かわいそうな女を慰める振りして、たぶらかそうとでも思っていたのかねぇ。役人のくせに、しょうもねえ」

口元を曲げて、羽吉はせせら笑った。

「やめてといっているでしょう」

こんなに醜い顔をした羽吉を初めて見た。

おけいの胸が張り裂けそうになる。あたしは待って待って、待ち続けていたのだ。羽吉の小袖に顔を埋めたこともある。羽吉が触れたこの身が熱く火照《ほて》るのを堪えていたこともある。幾多の夜に怯えていたことか。寂しさに眠れずにいたことか。羽吉が無事に戻ってくることを幾度祈ったことか。

なにも知らないくせに。なにも――。

不意に永瀬の顔が浮かんできた。色黒の武張った風貌なのに、はにかみながらぼそぼそ話す姿。なんの含みもない真っ直ぐな笑顔。

羽吉と別れた後、なかなか顔を見せないことに苛立ちと寂しさを感じていた自分がいた。火事で行方知れずだと聞かされたとき、雷に打たれたような衝撃が走った。父親の帰りを待つ健気《けなげ》な結衣の姿は、あたし自身でもあったのだ。今更気づいた。馬鹿ね、本当に。

あたしは――あたしは。

永瀬さまに想いを寄せているのだ。心の底から。恥じることはない。おけいは腰を上げた。

「おけい、なんとかいってみろよ。図星すぎてなにもいえねえのか、おい」

羽吉がおけいを振り仰ぐ。

おけいは高ぶる心を抑えるように息を深く吸った。そうして、静かに羽吉を見下ろした。

「あたしは、永瀬さまをお慕いしています。いま、羽吉さんが気づかせてくれたの」

羽吉の口から、声にならない声が洩れた。己が煽《あお》り立てておきながら、おけいの口から出た思いがけぬ告白に羽吉は呆然としていた。

おけいは懐から銭を出し、盆の上に載せ、身を翻した。


お救い小屋まで走って戻った。乱れた心を懸命に整えてから出入り口の筵を上げる。と、長助がいきなり飛んで来た。

「ことり屋のおばちゃん、なんとかしてくれよ、あいつら」

「どうしたの?」

見ると、おしなの子どもが小さな壺を取り合っている。

「水飴《みずあめ》だよ。ほら、おばちゃんとこによく来ている、お爺さんが持ってきてくれたんだよ。それをあいつら勝手に舐めているんだ」

ことり屋によく来ているお爺さんで、長助が見知っているのは、多分馬琴だ。

先生がわざわざここまで来てくれたのだ。おけいは不在にしていたことを後悔した。わざわざ、見舞いの品まで持参して。それが水飴なんて、甘味好きの馬琴らしい。

おばちゃん、聞いてるのかよ、と長助が不機嫌に唇を尖らせた。

「あいつらのおっ母さんが、おばちゃんとは昔馴染みだから、怒りゃしないって。それにおばちゃんいなかっただろう」

おしなの子は、壺に手を突っ込んで、舐めまわしている。とてもじゃないが、皆で一緒に食べるなんてことはできそうにない。

「あらあ、おかえり。元亭主と楽しかった？」

背後からおしなの声がした。乾いた洗濯物を抱えている。

「おけいちゃんの分も取り込んできたわよ。今日はいい天気だから、手拭いとかすぐに乾いて助かるわ」

おけいはおしなに近づくと、腕を取って、外へと促した。

「ちょ、ちょっとなにするのよ」

「いいから、外に出て」

再び表に出されたおしなはふてくされた顔でおけいを窺った。

「あの水飴は、あたしの物でしょう？　勝手に封を切って、食べさせるなんて、どういう了見なの？」

おしなは、洗濯物を抱える手に力を込め、偉そうにと呟いた。

「なに？　なんていったの？」

おけいの問いにおしなは開き直り、

「偉そうにっていったのよ。聞こえなかった？　なによ、お役人と顔見知りだとかさ、水飴持ってきた爺さんは、名の知れた戯作者《げさくしゃ》だっていうじゃないの。健気な振りしてさ、ちょっと見映えもいい分、よほどの手練手管を持っているんでしょうね」

歯を剝いて禍々《まがまが》しい顔でいい放った。

「あたしは水飴のことをいっているの。あたしが戻ってくるまでどうして待っててくれなかったの？　そうすれば、皆で分けて食べることができたのに」

「そうよね。おけいちゃんなら、きっとそうする。それで、あたしがいただいた物だけどって恩着せがましくするんでしょ？」

そんなこと、とおけいは眉をひそめた。

「おけいちゃんって昔からそうよね。澄まし顔して、いい子ぶってさ。仲間内じゃみんな悪口いってたわ。それで、羽吉さんとはどうだったのよ」

「かかわりないでしょう。ねえ、おしなさん。この火事で苛々しているし、お子さんが四人いて大変なのもわかるわ。けれど、ここにいる人たちはそれぞれ事情は違っても、苦しいのも、我慢を強いられるのも一緒よ」

それそれ、とおしながおけいに指先を突きつけた。

「あんたのそういういい子ぶった物言いが癇《かん》に障るのよ。なんでも知ったような顔してさ、人を見下して。あたしは苦労してきましたっていうその顔よ」

馬鹿にしないでよ、とおしなが声を張った。

なぜおしなはこんなにも苛立っているのか。以前、通りで偶然出くわしたときの見栄っ張りの様子がまったく見えない。腕のいい大工を夫に持って、幸せな苦労をしているといっていたのに。

でも、そういえば、亭主は一度もお救い小屋に顔を出さない。

大工はいま引っ張りだこだ。火事の後、普請だらけでここに来る余裕もないのだろう。それが苛立ちを募らせているのかもしれない。そんなおしなになにをいっても、この様子では無駄だと、おけいは心の内でため息を吐《つ》く。

「あたしの顔はもともとこういう顔なのよ。でも、おしなさんはいいじゃない。ご亭主がたくさん稼いでいるんでしょ。あたしは鳥籠を抱えているだけでどうしていいかわからないわ」

亭主、とおしなが繰り返した。

「そうね。うちはすぐに建て直しができるわ。そしたら、こんな処さっさと出るから」

おしなは少し機嫌を直したのか、おけいの洗い物を突き出すように渡してきた。

「ありがとう」

「どういたしまして。こういう処は助け合いでしょ。だから水飴も勘弁してね。あれっぽっちで目くじら立てるなんて大人気ないわよ」

おしながいい捨て小屋に入ると、その入れ違いに結衣がおけいにかじりついてきた。

「どうしました、結衣さま」

おけいが問いかけると、結衣は首を横に振った。こんな結衣は初めてだった。父親の永瀬が迎えに来ないのが心細いのは当然だ。それはあたしも同じだ。

結衣は寒さに震える小鳥のようだった。おけいの帯に取りすがり、懸命に涙を堪えているように思えた。

「結衣さま。小屋に入りましょう」

おけいの帯に額をつけたまま、結衣が嫌々をする。おけいが、結衣の髪にそっと触れた。

細くて、柔らかで、漆黒の髪。おけいの指先がわずかに震える。こうして、永瀬さまの妻女も我が子の髪を撫ぜたのだろう。

不意に結衣が顔を上げた。唇が動く。おけいは結衣の唇をじっと見つめて、読んだ。

ち、ち、う、え、は、な、く、な、っ、た、の——。

おけいの顔から血の気が引く。

「誰がそのようなことを結衣さまに伝えてきたのですか」

結衣は首を激しく横に振った。そして、小屋の表で七輪を囲んでいる女たちを指差した。

「なにかの間違いです。永瀬さまのご同輩からもそのようなことは伺っていません」

どうしてそんな話になっているのか、さっぱりわからない。そもそも結衣が永瀬の子であることは誰も知らないはずだ。

連日、どこの誰が焼け跡から見つかったとか、そうした悲報が小屋にも届く。その度に身内の者たちは望みが絶たれた現実を知る。

おそらく、どこかで役人の亡骸が見つかったとかそういう類のものだろう。それをわざわざ結衣に親切のつもりでいいに来たのかもしれない。

「あたしがお役人に訊いてみますから。大丈夫。永瀬さまは、父上は絶対に生きておられます。きっとどこかを走り回っておられます。もう少しの辛抱です。弱気にならないで」

いまは待っているしかないのです。でも、お顔を見せたら、結衣さまはちゃんと待っていたと胸を張りましょう、とおけいは言い聞かせた。

「それから、こんなに待たせて酷《ひど》い、と怒りましょう」

おけいは結衣を抱きしめた。

それから数日が経ち、また幽霊騒ぎが起きた。おけいたちを責めたてた若い男は、さらに幽霊の話を身振り手振りを交えて大袈裟《おおげさ》に語った。

「ともかく、黒い影が見えたら動いちゃならねえ。なにがあっても黙っているんだ。でないとほんとに取り殺されるからな。つい先日は、築地のお救い小屋で女が狂い死にしたよ」

ひい、と小屋の中に悲鳴が上がる。

「いいかえ、なにがあっても動くな、声を上げるな。今夜あたりが危ねえぜ」

長助がおけいに身を寄せて、

「おばちゃん、なんであの兄ちゃんは、今日が危ねえってわかんのかな」

「そういえばそうね」

と、おけいが笑った。

初夏の夜はまだ冷える。昼間は暑くても、夕刻は過ごしやすくなる。それでなくても不自由な暮らしを強いられている小屋の者たちは気疲れしていて眠りに落ちるのも早い。

午後から雨が降り始め、粗末な造りのお救い小屋は所々雨漏りがしていた。

夜、雨は止んだが、染み込んだ雨水が時折、どこかでぴしゃんと音を立てる。

小屋の中には寝息といびきが響いていた。

おけいは雨水の垂れる音が気になって、なかなか寝つかれずにいた。それでも、うとうとしかけたときだ。

「おかみ！　おかみ！　おかみ！」

暗闇に永瀬の声が轟《とどろ》いた。おけいが咄嗟《とっさ》に起き上がると、見つかった、という小さいがうろたえる声がした。永瀬の声に驚いた小屋の者たちもなんだなんだと身を起こした。

「お上《かみ》だってよ、逃げろ！　手が回ってたんだ、畜生め」

数人の男たちの慌てる声がした。黒い影が五つ。

「くそっ」

「早《はえ》えとこ逃げねえと」

それぞれに吐き捨てて、小屋から黒い影が飛び出そうとしていた。だが、小屋の男たちが怪しいことに気づき、皆はわっと五つの影に襲いかかった。

いきなり大捕物が始まって、小屋の中は怒声や悲鳴で大騒ぎだ。

誰かが火を灯し、押さえつけられていた男の顔を照らした。なんと幽霊騒ぎを語っていた若い男だ。他の四人も真っ黒な形《なり》をしている。

「おい、外に足跡があるぜ。とんだ幽霊だ」

小屋の男が大声を出した。

まずは幽霊騒ぎで人々を騙《だま》し、寝ている横で金品を探って盗むという盗人《ぬすびと》だったのだ。

火事の後の幽霊と聞けば、誰もが恐怖を感じる。動いたり、騒いだりすれば、せっかく助かった命が幽霊に吸い取られると聞かされたなら、よしんば姿を目撃しても動かずにじっとしている。人の不幸や恐怖につけ込んだ嫌な盗みだ。

番屋からすぐに町役人や御番所の同心がきて、男たちに縄を掛けた。

夜中にもかかわらず、盗人を捕らえて興奮した人々は、すっかり目が覚め、酒盛りを始めたりおしゃべりを始めたり、賑やかなことこの上ない。長助や結衣まで起きてしまった。

「ところでよ、おかみって怒鳴ったのは誰でぇ」

盗人を取り押さえた中年男がいった。

「おい、こん中にいるんだろう。お手柄だ、手ぇ上げてくれよ」

「あの」

おけいがおずおずと手を上げた。

「なんだい、女の声じゃねえよ。男の声だったぜ」

中年男が咎めるような物言いをした。

「違うよ、こいつだ」と、長助が立ち上がって、月丸の籠を指差した。

「この月丸が、黒い幽霊が来たのに気づいて、声を上げたんだ」

長助はどうだとばかりに、鼻の下を擦《こす》り上げた。

「こら、ガキ。嘘はいけねえぞ、そいつはただの鳥じゃねえか」

「おれは聞いたことがあるぜ。たしかにすげえぞ」

「信じらんねえ。もう一度、しゃべれよ」

すると、あたりの騒ぎを悟ったように、籠の中の月丸が、首をぴょこっと傾げ、

「オカミ、オケイサン」

と、声を出した。

「ほれみろ、九官鳥ってのは人の声真似が上手いんだぞ。男の声だって、女の声だって、上手に真似るんだ」

長助はえへんと、鼻息荒くいう。

「すげえなぁ、小僧！　よく知ってるな。こりゃあ、異国渡りの鳥かい？」

「たいしたもんだ。盗人《ぬすっと》から救ってくれたんだ。みんな、九官鳥大明神さまだ！」

そうだ、そうだと小屋中が一斉に叫んだ。

真相は、たまたま、おけいが寝返りを打った時、籠に被せてあった布がずり落ちたのを、月丸が、知らせただけなのだ。

おけいは、赤面して俯いた。

「まったく。賢い鳥だねぇ」

「もっとなんか喋《しゃべ》れるんかね」

小屋の者たちによって縛り上げられた五人の盗人と、初めに幽霊騒ぎを起こした女も仲間と知れて、翌朝、役人に引っ立てられた。

幽霊騒ぎの後、月丸はすっかり小屋の人々の人気者になった。

焼け跡の幽霊を騙《かた》った盗人を捕らえた鳥として、月丸は瓦版にも出て、両国のお救い小屋には、物見高い人々が押し寄せた。おけいはその応対に難儀したが、当の月丸は平気の平左で、籠の中で愛想を振り撒いた。月丸大明神と崇められ、食べ物や銭を置いていく見物人も出る始末だ。

そうするうちにおけいを冷ややかに見ていた人の眼も当然変わった。というより、月丸を大事にしようと、男たちが簡易な小屋を作り、たらいに水を張り、月丸を水浴びさせてくれたのだ。

久しぶりの水浴びに月丸も大喜びで、翼を広げ、遠慮なく見物人にばしゃばしゃ水を浴びせる。

それがまた可愛らしいと評判を呼んだ。

月丸、ありがとう、とおけいが籠を突くと、月丸は軽く嘴を開き、翼を小さく広げた。

「わかったわよ、狭いっていってるんでしょ。それはもう少し我慢してね」

言葉がわかったのか、拗《す》ねたような顔をして、クワっと鳴いた。

おけいはいつもより、ゆっくりと回向院の鳥たちの籠掃除をし、一羽一羽を手で包んで様子を見る。

不意に羽吉の横顔を思い出した。あれ以来、もう羽吉は姿を見せない。どこの旅籠《はたご》に逗留《とうりゅう》しているかも聞いていない。おけいから訪ねて行くことは無理だ。

「おかみ」

背後から声をかけられ、おけいは慌てて振り返る。その動揺が鳥たちにも伝わったのか、数羽がぱたたと小刻みに羽を震わせた。

「すまねえ、鳥まで驚かしちまったようだ」

五人ほどの手下を引き連れ、立っていたのは左之助だ。

「寺の坊さんから聞いたよ。両国から朝夕毎日、通っているってな。さすがに、この籠全部をお救い小屋に持っていけねえ。いい思いつきだ」

「ええ、こちらのお坊さまにはご無理をいって預かっていただきました」

「構うこたぁねえさ。鳥の世話も修行だよ。ああ、ところで、あの小僧は元気かい？　たしか長助っていったよな」

「はい、おかげさまで。弟妹の面倒を見たり、鳥の世話をしてくれたり」

「ふうん。威勢のいい小僧だったからな。もし、鳶になりてえというのなら、松木屋にくるといいやな。俺が面倒を見てやるぜ」

左之助が目元を和らげた。

「恐れ入ります。けれど、長助ちゃんは多分、古手屋の父親の跡を継ぐ気なんじゃないかしら。もちろん伝えておきますけれど」

ははは、と左之助が豪快に笑った。

「お父っつぁんの跡を継ぐってか。ますます気に入ったぜ。じゃあ、暮らしが戻ったら、松木屋総出で古着を買いに行ってやるか」

「それは、恐れ入ります。長助ちゃんも喜ぶと思います」

でな、と左之助が首筋を掻いた。

「あちこち飛び回っているんで、今朝会えてよかったよ。一応、許しをもらおうと思ってよ」

おけいは眼をしばたたく。

「何のことでしょう？」

「実はな、まだ焼け出された者が大勢この寺には残っているんだが、鳥がいるっていうんで、悪戯小僧どもが集まってきてな。猫やら狸《たぬき》なんかも狙ってきているんだ。ずっと見張っているわけにはいかねえと坊さんたちから聞かされてな――おい、面出せ」

へい、と左之助の背後からひょっこりと顔を出したのは、次郎吉だ。最初に回向院を案内してくれた若者だ。

「毎日というわけにはいかねえが、こいつが籠を守ってる。おかげでおれたちがここに顔を出すと、ガキどもに烏《からす》が来たって嫌われてるよ」

「おれが子どもを追い払っているんで」

次郎吉が照れ臭そうにおけいを見る。まったく知らなかった。知らぬ所で、こうして誰かが助けてくれている。その優しさに胸を詰まらせながら、「かたじけのうございます」と、やっとのことでいうと首を垂れた。

「礼をいわれると困っちまうな。こいつはあんたの鳥だ。おれはむしろ余計なことをしているから、いっておこうと思ってよ。それに次郎吉は鳥好きだから、苦じゃねえんだものな」

左之助が横を見ると、へいと次郎吉が嬉しそうにいった。

「本当に、ありがとうございます。あたし、自分ひとりで頑張っているつもりでいて。お恥ずかしい」

　おけいが唇を嚙みしめながらいうや、左之助が慌てた。

「いいんだ。頭上げてくれよ。ともかくおれたちは、早いとこ、江戸をきれいにして、元に戻す。もうちっと辛抱してくんな。あのよ、もうすぐ施行の品が届くんで、これで。お前ら行くぞ」

　左之助が身を翻す。おけいはそのその背に向かって、さらに深く頭を下げた。不意に目頭が熱くなる。

「あ、あの、おかみさん」

　おけいが顔を上げると、次郎吉がにこにこして立っていた。

「左之助の兄さんがいってました。自分たちは、いろいろな災の後片付けしているから、どっかで人の生き死も仕方ないって諦めちまってる。でも、あの火事の中、鳥を守った、商売物としてじゃなく、ちっちゃい命を守ったおかみさんの、その心意気に感じ入っているんでさ。そういうお人なんです」

「こら、次郎吉、早く来やがれ」

　左之助の張りのある声が飛んできた。

「じゃあ、おかみさん、また籠を見守りに来ますんで」

　ぴょこんと頭を下げた次郎吉が左之助たちを追いかけて行った。

　火事からずっと、おけいの中で澱んでいた感情が静かに流れて行くような気がした。間違っていなかった、とはいえない。わがままだった、それもある。心意気なんて立派なものではないけれど、鳥たちを連れて出てよかった、それだけは思った。

鳥たちの世話を終えて、両国橋の中ほどまで来たとき、おさいが叔母に手を引かれて先を歩いているのに気づいた。

「おさいちゃん、お出かけ？」

「あ、おばちゃん、これから怖いお爺ちゃんの処に行くの」

振り返ったおさいがいうや、叔母が苦笑して、たしなめた。

「おさい。あちらに行ったら、そんなこといっちゃ駄目よ。とっても偉い人なんだから」

だってお顔が怖いんだもん、おさいを助けてくれたお武家さまより、とおさいが唇を曲げた。

「おさいちゃんを助けてくれたお武家さま？」

おけいは、何気なく訊ねたつもりだったが、叔母が顔を曇らせた。

「ええ、お武家さまに助けていただいたのですが」

その人は両親から託され、おさいを胸に抱えて家から飛び出したが、崩れた屋根が落ちてきて背中を焼かれたまま逃げたという。

「背はもちろん、足、腕と火の海の中を逃げて酷い火傷《やけど》を負って、いまは治療をなさっていて。そのお見舞いに三日に一度は通っているんです」

「そうなの」

ええ、と叔母はおさいを優しく見つめた。

「せっかく救われた命ですから、あたしがしっかり育てなくちゃと思っているんです。だから、おさいを助けてくれたお武家さまにもきちんと礼をしなければと」

この人なら大丈夫。おさいをちゃんと守ってくれそうだと、おけいは安堵《あんど》する。

「あのね、おばさんが羽織を作ったんだよ。おばさん、お針子だから」

「あら、羨ましい。あたしは針が苦手だから。その手荷物がそうなの？」

叔母が大事そうに抱えている風呂敷包みにおけいは眼をやった。

「お気に召すかどうかわかりませんけれど、お役目柄、いつも着ていらっしゃるのは黒羽織だからと」

お役目柄、黒羽織？　まさか――まさか。おけいの胸が千々に乱れる。

おけいは一瞬、ためらった。ためらったが、

「御紋も入れていらっしゃいますよね、御紋はなんでしょう」

叔母に顔を近づけて問うた。その様子を叔母が訝り、後退《あとじさ》りした。

「入れましたけど、なんだったかしら」

叔母が、結び目を解いた。背に縫い付けられていた紋を見て、おけいはくずおれそうになった。

「大丈夫ですか」

おさいの叔母がとっさにおけいの手を取った。

この紋は。永瀬さまの、永瀬家の紋だ――。

おけいは礼をいいながら、黒羽織を胸に掻き抱きたいほどの思いにとらわれた。

「おばちゃん、いつもこのおばちゃんが小鳥と遊ばせてくれるんだよ」

えっと、叔母が眼を見開いた。ああ、そうか、小鳥のおばちゃんね、と得心して頷いた。

「おさいったら、そういうことは早くいわなくちゃだめよ」

おさいをたしなめると、おけいに向き直り、

「いつもおさいがお世話になっております。佳代と申します」

そういって頭を下げた。

おけいも名乗ったが、お佳代の手にしている黒羽織のことで頭がいっぱいになっていた。

「逆ですよ。お手伝いをしてくれるので、あたしのほうこそありがたくって。それにおさいちゃんは小鳥たちと優しく遊んでくれるので助かります。強く摑《つか》んでしまうお子さんもいるので」

そういいつつも、おけいの鼓動が速くなる。

「でも此度の火事は本当に大変でしたね」

お佳代は心底気の毒そうな顔をする。なぜ小鳥の籠を回向院に置いてあるのかも、おさいから聞いているのだろう。ええ、と首肯しつつも、おけいの思いは別のところにあった。

おけいは大きく息を吐き、早まる鼓動を抑える。

「あのう、妙なことをお伺いしますけれど、その黒羽織ですが」

おけいは逸る気持ちを抑えつつ、お佳代に訊ねる。

「これは縫い紋です。お召しになっていたのは、染め抜きだったのですが、新品を誂えるほどお足もありませんし。無紋の古着を仕立て直して、刺繡《ししゆう》を施したのですけど。縫箔師《ぬいはくし》の、まだ修業中の娘さんの針だったので、やはり変に目立っているでしょうか」

おさいの叔母は少し困ったように答えた。自分の問いと食い違っている。おけいは、家紋が染め抜きでも、刺繡でも構わないのだ。おけいの胸が苦しくなる。

「そうではないのです。その黒羽織のお方は、もしや御番所のお役人ですか？」

「え？　それは」

お佳代が眉間に皺を寄せ、口籠る。

「お役人さまでしょう？　黒羽織ですもの、定町廻《じょうまちまわ》りの、お名前は？　ご姓名は？」

おけいは畳みかけるように言葉を並べ立てた。そんなおけいを不審に思ったのか、お佳代は風呂敷包みを抱え込んで、おさいの手を握り、自分の身に引き寄せた。

「その方のお名前をご存じなのでしょう？　教えていただけませんか」

お佳代の身が強張る。おけいを見る眼が怯えている。はっとしたおけいは、慌てて頭を下げた。

「ごめんなさい。いまだに生き死にがわからないお役人がいるのです。あたし――その方の娘さんをお預かりしているものですから、どんな小さな事でも知りたくて。その上がり藤の家紋はその方と同じなのです」

「そう、でしたか」

「ねえ、おばちゃん、その子はひとりぼっちなの？」

おけいは頷く。

「もうお母上はいらっしゃらないし、もし、お父上が見つからなかったら、本当にそうなってしまうかも」

「あたしのように、お佳代おばちゃんみたいな人はいないの？」

「そこまではわからないの。おばさまがいらっしゃるかもしれないけれど。もし、ご無事なら早く知らせてあげたくて」

もちろん、結衣に一刻も早く知らせたい。でも知りたいのはあたし。おさいを火の中から救ったのが永瀬であると確かめたいのはあたしなのだ。

お佳代はおけいの懸命な様子とその事情を察したのか、強張った顔を緩め、口を開いた。

「お教えしたいけれど、知らないのです。ほとんどお眠りになっていて」

え？　とおけいは眉根を寄せる。

「お話もできないとか」

そんな、とおけいは顔から血の気が引いていくのを感じた。

「ですから、おけいさまのお知り合いのお役人かどうかは、あたしにもわかりません。お役に立てなくてごめんなさい」

「小鳥のおばちゃん？」

おさいが、おけいの袂を引いた。

おけいは我に返って、ぎこちない笑みを浮かべた。たとえ、それが永瀬でなくても仕方がない。けれど、確かめたいという思いに強く駆られていた。

「あの、そのお方は今どこにいらっしゃるのですか？　もし、あたしの知っている方なら」

お佳代が困惑して、おさいの顔を見る。おさいがお佳代を見上げる。

「ねえ、小鳥のおばちゃんの知っている人ならあたしたちと一緒に行けばいいよ。あのお爺ちゃんは怖いけど、きっと許してくれるよ」

お佳代は、「そうねえ」と、あまりはっきりとした返答をしなかった。

しかし、おけいは気持ちが急くのを抑えきれなかった。

「あたしを連れて行ってくれませんか？」

「でも、人違いということもあるのじゃないかしら」

間違いであったら、幾重にもお詫《わ》びいたします。どうか、お願いします、とおけいは深々と頭を下げた。おさいが、ねえいいよね、とお佳代の手を引いた。

四

山のように積み上がっている焼け焦げた廃材。その塵芥《ちりあくた》の山には人々がこれまで暮らしてきた証《あかし》が詰まっている。けれどそれらはもう取り戻すことができない。その代わり塵芥の間に真新しい、柱が立ち始めている。とんてん、とんてんと金槌を打つ音が、材木を刻む鋸《のこぎり》の音が聞こえてくる。町は日一日と息を吹き返し始めていた。

「いつも通るたびに、胸が締め付けられます。おけいさまのお宅も火事で？」

「ええ。跡形もありません。とはいっても、自分の眼で確かめてはいないのですけれど。それでも、小鳥たちを持ち出せただけ幸せに思っています——実は、鳥籠を店から出してくれたのも、そのお役人さまなのです」

ああ、と感嘆にも似た息をお佳代が吐く。

「それでは、お礼もいいたいでしょうね。その娘さまのご無事も伝えたいでしょう」

お佳代はいくつだろうかと、おけいは思った。口調が丁寧で大人びているものの、その若い見た目とはそぐわないような気がした。

そんな疑問を拭うように、おさいが口を開いた。

「おばちゃんはね、お武家にご奉公していたんだよ。でも、お武家のおうちが潰れちゃったから、お針子に戻ったんだよ」

「おさい、余計なことといわないの！」

お佳代が険しい顔でおさいを睨みつけた。

おけいは、そうだったのか、と頷く。道理で言葉が町娘とは違うのだ。

「お恥ずかしいです。ほんの半年ほどの、腰掛けだったのですが」

お佳代の表情が一瞬暗く沈んだ。

「そういえば、そちらのお武家さまのお屋敷でも小鳥を飼っていました。朝はいつもさえずりで目を覚ましました。ですから、おさいが小鳥と遊んでいると聞かされ、懐かしく思ったのですが」

まあ、とおけいは眼を細める。

「どんな鳥だったのですか？」

「白いカナリヤだったと思います。とても人に懐いていて可愛かったのを覚えています」

でも、とお佳代は俯いた。

「籠を縁側に置いたままにしてしまって――白い羽根だけが籠の中に」

襲われてしまったのだろう、可哀想なことだ。猫や狸など、小さな鳥を襲う獣は当然いる。籠の鳥は逃げられない。たとえ逃げられたとしても、一度飼われた鳥は自ら餌が取れず生き延びられない。果ては、猛禽《もうきん》の餌となることもある。

でもそれが、飼い鳥の運命なのだ。

それならば、あたしは？　ずっとひとりで頑張ってきたと思っていたけれど、やはり羽吉という籠の中にいただけなのだろうか。

そうじゃない。あたしはもう、籠の鳥ではないはず。

ことり屋のおけいとして、懸命に生きてきたのだ。籠の鳥ではないあたしはいつでも、どこへでも飛び立てる。

お佳代が、ふう、とため息を吐いた。

「おけいさま、これからお訪ねする方は、ちょっと偏屈で頑固で怖いんです。おそらくおけいさまがいらっしゃれば、怪訝《けげん》な顔をなさるでしょうから、私から事情をお話しいたします」

「ありがとうございます」

「いえ。本当に、行方知れずのお役人さまだといいですね」

神田川沿いの土手を三人で歩く。おさいは、おけいとお佳代の真ん中に挟まって、手を繋《つな》ぎ、張り切って歩いている。

土手の上から眺める江戸の町は、視界が開けた分、平地から見回すよりも、焼失した地域の広さがよくわかった。半分焦げた樹木、落ちた橋、崩れた屋根が連なる。縦横に走る通りが、かつての町の姿をかろうじて留めていた。

ああ、とおけいの唇から息が洩れた。

神田川沿いの柳原《やなぎわら》土手の対岸が、火元である佐久間町だ。火は佐久間町の周辺も舐め尽くしたが、炎はまるで風花のように川を越え、日本橋、京橋から芝まで燃やした。

今でも、人々の悲痛な声が聞こえてくるような気がする。

あらためて見る江戸の町の有り様には心が痛む。あっという間に命を呑み込み、町を呑み込み、平穏な暮らしを壊した。

あたしはなぜ眼を逸らしていたのだろう。なぜ、この町としっかり向き合うことをしなかったのだろう。今日のお腹を満たすこと、夜露を凌ぐ場所を求めること、それだけで精一杯だった。鳥たちの命をどう救うか、それだけで頭を痛めた。

けれど、とおけいはその焼け野を見つめた。ここから眺めることで、身を奮い立たせた。

新たな柱がいくつも立つさまをしかと眼に焼き付ける。

なにがあたしにできるだろう、ほんのわずかな力でしかないかもしれない。だとしても、逃げるわけにはいかないことを心の内に深く刻み込んだ。

羽吉の言葉が不意に脳裏を過《よぎ》る。

「ことり屋は、おれがやってきた店だ」

どうしても飼鳥屋をやりたければ、よりを戻すしかない、と羽吉はいった。

あの言葉には、女ひとりではなにもできないだろうという侮りがあったような気がする。羽吉自身の負い目がいわせた裏腹な気持ちにも取れるような気もした。

あたしは、羽吉の元には戻らない。それはもう、夫婦別れをしたときから決めていたことだ。きっぱりと羽吉との縁を断ち切って、あたしはしっかり前を向こうと思ったのだ。今更振り返るわけにはいかない。

あたしが繋ぐのは、もう羽吉の手ではない。求めているのはあの男ではない。おけいは、おさいの柔らかな手を握り直す。

おさいが驚いて、おけいの顔を振り仰いだ。

「どうしたの？　小鳥のおばちゃん。指が痛いよ」

「ああ、ごめんね。おさいちゃんの手があんまり心地いいものだから」

おけいはおさいに微笑み、口を開いた。

「いつも、おさいちゃんはこんなに歩いてお見舞いに行くの？」

おさいは、大きく頷く。

「だって、あたいを庇《かば》って、火傷をしちゃったんだよ。頑張って、元気になってっていいに行くんだ。でもいつも眠ってるから聞こえてないかもしれないけど」

おさいが悲しそうに眼を伏せる。

「大丈夫。きっとそのお方の耳にはおさいちゃんの声が届いているはずよ」

おけいがそう力づけると、おさいはそうだよね、と、繋いだ手を前後に振った。

「大事なお方なんでしょう？」

お佳代が突然いった。おけいは急な問い掛けに、口籠る。

「そのお方の娘さまをお預かりしているから早く確かめたいというのも当たり前のことですけれど、おけいさまの真剣な眼差しが心を物語っていましたから」

あたしの眼差しが？

お佳代が少し寂しげな笑みを浮かべて頷いた。

おけいは気恥ずかしげに俯く。でも、お佳代にもそうした大事な男がいたのかもしれない。だからこそ、気づいたのだ。

途中の和泉橋も過ぎた。

このあたりが、火元の佐久間町だ。見れば、やはりすっかり燃えてしまっている。佐久間町は材木商や薪《まき》を扱う店が多いから当然ともいえる。一旦、火がつけば嫌でも大きな火事に繋がる材木が並んでいるからだ。大火にならずとも、度々火を出すところから、いっときは佐久間町を悪魔町などと呼んで恐れていたこともある。

筋違橋《すじかいばし》を渡って、広小路に出る。

そのまま、御成道《おなりみち》まで出ると、様子が一変した。こちら側、つまり火元の佐久間町の西側はまったく被害がない。往来も賑やかないつもの町の様相が眼前にあった。

こればかりはまさに天の悪戯《いたずら》としか思えなかった。風が北から吹いていたのだ。そのために、火は神田川を越えて南へと広がった。日本橋、京橋、浜町《はまちょう》、築地、八丁堀《はっちょうぼり》と次々と燃やし尽くしたのだ。

両国のお救い小屋と回向院の往復が毎日だったおけいには、大火の凄さがあらためて迫ってきたが、お佳代もおさいも見慣れてしまったのだろう。無残に広がる有り様について話すことはなかった。おけいも口を噤《つぐ》む。

御成道に出て、少し行ってから右に折れた。ここは？　おけいは見覚えのある風景にどきりとした。

「あの、お佳代さん、お医者さまのお宅は神田明神下にあるんですか」

おけいが訊ねる。と、お佳代はおけいに顔を向けた。

「はい。今からお訪ねする方の息子さまがお医者さまで」

「そのお家のお爺ちゃんも鳥が大好きなんだ」

おさいがいった。

え？　おけいは思わず声を上げる。

「その方はもしや、戯作者の曲亭馬琴さまではないですか？」

おけいがそう口にすると、今度は、お佳代が驚く。

「ええ、そうですけど」

ああ、と安堵の息を吐くおけいをお佳代が不思議そうに見た。

「馬琴先生ならあたしの飼鳥屋によくいらしてくださいました。まさか先生が」

「それなら、小鳥のおばちゃんを連れて行っても、お爺ちゃん、怒らないね」

「ええ、そうね、よかった」

と、お佳代もほっとした顔をする。

「でも、おけいさまが曲亭先生とお知り合いだとは思わなくて。早くにお話しすればよかった。いつも不機嫌そうなお顔で出迎えられるので、ちょっと気になってしまって」

おけいは思わず笑みをこぼした。

「そうですね。先生はいつも不機嫌そうなお顔をしていらっしゃるから」

「あら、おけいさまのお店に来られても、お顔は変わらないんですか？」

お佳代が眼をぱちくりさせた。

「ええ。でも小鳥を見る眼はお優しいですけれど」

おけいは馬琴の仏頂面《ぶっちょうづら》を思い浮かべながら、ふふっと笑った。


お佳代が脇玄関から訪《おとな》いを入れると、妻も嫁も留守なのか、馬琴が出てきた。

「おう、お佳代さんとおさいかね。いつもご苦労なことだな」

いいえ、とお佳代が首を横に振ると、馬琴がおけいをみとめ眼を見開いた。

「おけいさんじゃないか。よう来た、よう来た。早速、水飴の効果が出たのか。お佳代と知り合いだったのか？　ああ、何にせよ無事でよかった。さあ、早く上がらんか、もたもたするな。ここまで疲れたであろう。風は冷たくはなかったか」

馬琴は矢継ぎ早に言葉を並べ立て、おけいを急かした。

「おおい、誰かおらんのか。茶と菓子を用意しろ」

馬琴は大声で奥へと伝えた。

「手伝いの娘がいるはずなのだがな、まったくぼんやり者で困るのだ。おかげで客が来れば、わしがこうして出なければならん。これが、版元だったら逃げ出すこともできん」

相変わらず版元さんたちの締め切りから逃げているのだわ、とおけいはこれまで通りの馬琴に胸を撫《な》で下ろす。

「とはいえな、この大火では、版元も大騒ぎだ。焼けた店もあるし、主人が死んだところもある。瓦版こそ次々出されているが、戯作や錦絵はもう少し落ち着かんと無理だな。このあたりは幸い火が回らなかったとはいえ、食い物や暮らしの品には苦労もしている」

火を免れても、やはり暮らしに被害は出ているのだ。

「日本橋の河岸《かし》がまず動いておらんからなぁ。棒手振り商いも大変だろうて」

「あの、先生」

おけいは不安を抱きながら、廊下を行く馬琴の背中へ話しかけた。

馬琴は振り向かずに前を歩きながら、

「うむ、安心するがいいぞ、奴はもう大丈夫だ」

と、いった。

やはり永瀬さまだったのだ。おけいの胸が熱くなった。

よかった。永瀬さまはご無事だったのだ。おけいは高鳴る鼓動を鎮めるように胸の前でぎゅっと拳を握り締めた。視界がぼやける。でもまだだ。永瀬の顔を見るまでは。

お佳代もおけいの様子に気づいたのか、笑みを浮かべた。

けれど、永瀬がここにいるならば、どうしてすぐに教えてくれなかったのか。水飴を持って来たときに、誰かに告げてくれてもよかったのにと、思った。

けれど、おけいはその疑問を呑み込んだ。ともかく永瀬が生きていてくれさえすればいいのだという思いが勝っていた。

見舞う前にまず話があると、馬琴は下女に茶を入れさせ、居間におけいたちを招き入れた。軒には鳥籠が吊るしてある。中には、白いカナリヤと黄色のカナリヤがいた。

おさいは座らずにカナリヤの籠の下に立ち、「鳥さん、鳥さん」と話しかける。

「あのこれは、焼けてしまった黒羽織を」

お佳代が風呂敷包みを解いて、馬琴に差し出した。

「おう、すまぬなぁ。あとで仕立て賃を払わせるからな」

「とんでもないことでございます。おさいの命を救っていただいた方からお金などいただけません」

お佳代は恐縮して頭を下げた。

「いやいや、身体が癒えれば、奴もきっと同じことを申すであろうて。遠慮することはないぞ」

馬琴はお佳代に優しい眼を向けた。

ところでな、おけいさん、と馬琴が急に背筋を伸ばし、眉尻を垂らした。

「なにゆえ、早《はよ》う知らせてくれなかったかと疑問に思うているのではないか？」

おけいは、はっとして馬琴を見る。馬琴が申し訳なさそうな顔を見せるのは初めてだ。

聞けば、火事が収まってから三日後に、別の医者の家から運び込まれてきたという。

「罹災を免れた医者のもとには、怪我人が大勢集まってな。本道《ほんどう》（内科）だろうが、鍼《はり》医者だろうが、骨接《ほねつ》ぎだろうが、なんでもだ。うちにも押し寄せた。どこの医者もてんてこ舞いで、身動き取れぬような怪我人を診ている余裕もなかったのだろうよ。うちは医者の看板はあげておらんが、宗伯のことを知っている医者がおってな、無理やり押し込んでいったのだ」

馬琴の息子の宗伯はかつて松前藩に仕えていたが、もともと身体が丈夫でなく、お役を辞して、この明神下に馬琴とともに居を構えたのだ。医者というより薬を作るほうが多いと聞いていた。

永瀬が運び込まれた時の様子を思い出したのか、馬琴は厳しい顔付きになった。

「顔も身体もさらしで巻かれておって、どこの誰ともしれぬ状態だった。十手《じって》があればまだ御番所に告げに行けたかもしれんが、それもおそらく火を避けるのに使ってなくしたのであろうよ。衣もぼろを着せられて、ともかく、身元がわかるものはなにも身につけておらなんだ。黒羽織があったが、それもほとんど焼けていたのでなぁ。その上、ひどい火傷でな、口も利けぬ、物も食えぬ。生きているのが不思議なくらいだと、治療をしていた宗伯もいっておった」

おけいは、火災直後の回向院を思い出した。痛みに耐えかね呻《うめ》く者、叫ぶ者、火傷を負った我が子を呆然と抱く母親――。おけいは身が震えるのを感じた。そんなにもひどい火傷を永瀬さまは負っていたのだ。

お佳代の顔も強張っていた。

「わしも運び込まれたその日だけで、あとは宗伯や嫁が看病に当たっていたからの」

すまぬ、きっと心配しただろう、と馬琴が頭を下げた。

「おやめください、先生。頭を上げて」

「いやいや、生死がわからぬのは不安を掻き立てる。おけいさんにはまたそのような思いをさせてしまったとな」

羽吉のことだ。おけいは馬琴の気遣いを嬉しく思った。

「だが、数日前のことだ。死神医者が来おった」

「沢渡先生が」

おけいは身を乗り出した。回向院で怪我人の治療に飛び回っていた。

「ああ、薬を分けてくれとな。その時、沢渡がさらしで顔が半分おおわれていたにもかかわらず、永瀬と気づいたのだよ」

そうだったのか。宗伯は永瀬を知らない。でも沢渡は幾度かことり屋で顔を合わせている。

「しかし、人とはおかしなものだな。一昨日から急に飯を食べ始めた。おけいさんが来るのを予見しておったのかの。宗伯も安心している。しかし、おけいさんならすぐに飛んで来ると思ったが」

おけいが訝ると、馬琴が眉をひそめた。

「お救い小屋にいた女がおけいさんと知り合いだというから、水飴を渡し、その場で文をしためたのだ。永瀬はわしの家にいると、な」

おしな、だ。

「ごめんなさい、先生。その文はあたしのもとには」

むっと馬琴が顎を引く。

「ったく、あの女め。おけいさんとは古い馴染みで、小屋でも仲良くしていると調子の良いことをいいおって。で、水飴は届いたのだろうな」

「ええ、それは。ありがとうございました。皆、とても喜んでおりました」

まさか、おしなの子どもたちが勝手に舐めてしまったなどとはとてもいえなかった。

けれど、どうしておしなは文を寄越さなかったのか。忘れていた？　そんなことはない。馬琴を名の知れた戯作者だといっていた。その馬琴から直《じか》に文を渡されたのだ。

不意に結衣のことが浮かんだ。

水飴のことでおしなと言い争いになったすぐ後で、結衣がかじりついてきた。そして、父上は亡くなったのか、と声が出せない結衣は懸命に唇を動かした。

勘のいいおしなのことだ。結衣に嘘をついたのかもしれない。父親の安否がわからず不安になっている子にわざわざ偽りをいう。

なんのために？　なぜ、そんなつまらぬ意地悪をするのか。

「ねえ、お爺ちゃん。もうお話は終わった？　あたし、おじさんに会いたい」

ん？　と馬琴がおさいに眼を向けた。

「ああ、会っておいで。きっと驚くぞ」

馬琴がにこにこする。おさいが眼をしばたたいた。

「今日のお爺ちゃん、優しいね」と、お佳代にいった。

「こら、おさい」

お佳代が叱りつけると、「わしの顔はいつも怖いか？」と上機嫌に馬琴は声を上げて笑った。

「おけいさま、お探しの方でよかったですね」

おけいに身を寄せたお佳代がそっと囁いた。


馬琴に促され、屋敷の奥の部屋に向かった。

おけいの足先が震える。どんな様子なのか。会いたい気持ちは募っても、怖くて逃げ帰りたくもある。込み上げる思いをそのまま永瀬に向けてしまいそうだからだ。

「よいかな」

部屋の中から、声が返ってくる。おけいは、はっとする。もともと低い声だが、少し嗄《しわが》れて聞き辛く思えた。

馬琴が障子を開ける。その横をすり抜けようとしたおさいの腕をお佳代が摑んで止めた。

「おけいさま、本日、あたしたちはお会いせずに帰ります」

お佳代がおけいの背にそっと触れた。

「お佳代さん」

「曲亭先生、あたしとおさいはこちらで失礼いたします。また、お見舞いに参りますので。さあ、おさい今日はもうお暇《いとま》しますよ」

なんで？　とおさいは頬を膨らませる。

「いいから。行くわよ」

お佳代はおさいの手を引き、さあ、と今度は、はっきりとおけいの背を押した。

おけいはびくりと身体を震わせ、部屋の中に一歩、足を踏み入れた。

「では、わしも退散するかな」

馬琴もそういって、剃髪《ていはつ》の頭をつるりと撫ぜると、部屋の前から離れた。

障子に仕切られた部屋は、柔らかな光に包まれ、薬湯と膏薬《こうやく》の匂いに満ちていた、その中に、夜具に横たわる人の姿が見えた。

「永瀬、さま」

おけいは呼びかけた。けれど、その声が本当に出ているのかどうかさえわからない。

夜具が動いた。

おけいは膝からくずおれそうになる身を懸命に支えた。

「永瀬さま」

今度ははっきりと声を発することができた。一歩、また一歩と夜具に近づく。

夜具から覗く顔がはっきりと見えた。

「おけいさん」

永瀬の眼が大きく見開かれた。顔の半分は未ださらしが巻かれている。痛々しいその姿に、おけいの胸が潰れそうになる。

「ご無事で。ご無事でいらしたのですね」

おけいは枕辺に膝をつく。よかった、本当によかった。

目頭が熱くなって、唇が震える。言葉にしたいことはたくさんあるが、どれもこれも喉の奥に詰まって出てこない。

ただただ、安堵の思いが広がって、瞳が濡れる。おけいはたまらず両手で顔を覆った。

「まいったなぁ。そんなに心配かけたかえ」

永瀬の口から思わぬ言葉が飛び出した。おけいは顔から手を離す。

「あんまり覚えていねえんだ。娘っ子を託されて、火の中から逃げたんだが、気がついたら、馬琴先生の屋敷にいた。ずいぶん、眠っていたって話でな」

まあ、まだ身体中が痛《いて》えんだが、な、と照れ笑いを浮かべた。

おけいは、ひどい、と声を張っていた。

「どれだけ、結衣さまがご心配なさっていたか。永瀬さまがお迎えに来てくださらないのをどれだけ心細く思っていたか。あたしたちと一緒に、お救い小屋の中でどれほど辛い思いをなさっていたか」

それなのに、と、おけいは早口でまくし立てると、わっと泣き伏した。

「心配かけたかえ、ではありません。ご無事を祈り続けて、心配しすぎて苦しくて、悲しくて、でもなにもできないことが悔しくて」

おけいは顔を伏せ、泣き声のまま言葉を並べた。

「すまねえ、おれは呑気者だな」

おけいの肩に温かい手が触れた。おけいは顔を上げると、身を起こしていた永瀬を抱きしめた。

「よかった」

おけいは絞るように一言だけいった。

永瀬の腕が伸びて、おけいの身を包み込んだ。


四半刻（三十分）ほど過ごし、明日は結衣を連れてくると約束を交わして、おけいは永瀬の部屋を出た。永瀬は疲れたのか、おけいが別れを告げると、すぐに眠りに落ちた。

きっと、無理をしてくれたのだろう。ただ、永瀬の話に、おけいは少しばかり心を乱された。けれど、永瀬は「けりをつけなきゃ、次には進めねえからな」と、おけいをしっかりと見つめていった。

おけいは宗伯の自室に寄って礼をいい、馬琴の家を辞した。すると、玄関まで出てきた馬琴が厳しい顔を向けた。

「そんな怖いお顔で、どうなさったのですか？」

「お前さんもあまり浮かぬ顔をしているが、どうした？　あの役人ときちんと話はできたのだろう？」

おけいは、ぎこちなく頷いた。

馬琴は門外まで見送るといって、履き物をつっかけ、先に出た。

「羽吉が江戸に戻ってきたろう？　もう会ったかえ？」

表通りまで出てから訊ねてきた。おけいが頷くと、馬琴は息を吐いた。

「そうか。うちにも訪ねてきたのだ。身勝手な話だが、あやつはお前さんとよりを戻したいと思っているようだの。おけいさんにもそう告げたといっておったが」

了承するつもりはあるのかえ？　と馬琴がおけいを見据える。おけいは首を横に振った。

「ですが」

ことり屋はもともと羽吉の店。それをいわれたら、黙って明け渡すしかないのではないかと答えた。

「なるほどな。羽吉がそういったのか？」

「羽吉さんもきっと苦しんだと思います。夫婦別れをした時、あたしのために店を置いていってくれたのですから」

と、馬琴がむっと唇をへの字に曲げた。

「なにをいうか、おけいさん。お前さんは羽吉の留守の間、立派に店を守ってきた。あれは、もうお前さんのことり屋だよ。おそらく大家とて、そのつもりじゃないのか」

おけいは、くすりと笑った。

「先生、でもいまは丸焼けの小松町ですよ。あたし、どうやっていこうかと途方に暮れているんですから。負けちゃいけない、逃げちゃいけないと思っていますけれど」

馬琴は、うむと首肯した。

「永瀬もいるのだ。きっと力を貸してくれるだろうよ」

おけいは、眉をひそめた。

永瀬と火事の時のことを話した。おさいを助けた後のことは火に炙られた激しい痛みで気を失ってしまったが、おけいたちと離れてからのことはきちんと覚えていた。

永瀬は大火の前に、己の妻女を刺殺した下手人の手がかりを得たのだという。しかし、下手人と思しき者の義兄弟の家に向かっている最中に火の手が上がった。永瀬は一旦、おけいの店で鳥籠を運び出してから、再び、その義兄弟の処へと向かったが、

「けど、そん時にはもう、そいつの長屋に火がついて、崩れちまっていた」

義兄弟という男は屋根の下敷きになっていたが、腕に幼子を抱いていた。

それが、おさいだったのだ。

すでに女房は死んでいるだろうと、男は弱々しく笑い、自分の娘だというおさいも火煙に巻かれ、気を失っていた。

「こいつだけ頼むよ、八丁堀」

と、おさいを託された永瀬はすぐにおさいを抱き上げた。

「まったく、おれの女房を殺《あや》めたかもしれねえ奴の義兄弟の娘を助けることになるとは夢にも思わなかったが」

おけいは驚きを隠せず、大きく息を洩らしていた。

「人の繋がりってのは、いいものばかりじゃねえよ。悪い縁《えにし》だってあるからな」

永瀬は口元を皮肉っぽく曲げる。

妻女を殺めた下手人の義兄弟の子を守り、永瀬自身は大火傷を負った。

「割りに合わねえよなぁ」

冗談めかしていったが、子にはなんのかかわりもねえからな、と続けた。

おさいの父親は、永瀬におさいを託すとき、その礼だと下手人である義兄弟の居場所を教えてくれたというのだ。

「おれがおさいを連れて逃げている時に、岡っ引きの善次に出くわしてな。あいつに頼んだんだよ。上方で竹蔵《たけぞう》という奴を探してくれとな」

おけいははっとした。深川の善次を訪ねたとき、上方に行って留守にしているといわれた。

「こんな大火だ。おれは後始末もある。だいたいが、定町廻りの小役人が上方に行きてえなんて勝手は許されねえ。かっちりとした証もねえしな」

永瀬は悔しそうな、悲しそうな顔をした。

「江戸にいりゃぁ、この手で捕まえたかったがな」

「確かに、善次の親分さんは上方に行っています」

永瀬が眼をしばたたく。

おけいは、カナリヤを返してきた武家夫婦を捜そうと、善次を訪ねた際に、上方に向かったことを聞かされたと語った。

そうか、ありがてえ、と永瀬は幾度も首を縦に振った。

ふと永瀬が宙を見据えて口元を引き結んだ。その姿に、おけいはちくりと痛みを覚えた。

永瀬が、亡き妻女に向けて決意を語っているように思えたのだ。

それが、悲しいのか、寂しいのか――けれど、これが永瀬という男なのだとおけいは息苦しさを覚える。

馬琴が人の往来を眺めながら口を開いた。

「なあ、おけいさん。『焼け野の雉《きぎす》、夜の鶴、梁《うつばり》の燕《つばめ》』という言葉を知っておるかの？」

「焼け野の雉、夜の鶴、梁の燕ですか？」

うむ、と馬琴は深く頷く。

「雉《きじ》は、己の住処《すみか》を焼かれると、我が身を顧みずに残してきた雛《ひな》を救いに行く。鶴は夜の寒い日には己の羽で雛を温める。燕は梁に巣を作り子を育てる。いずれも、子を思う親の姿をいうたものよ。ひとり息子をひどく叱った父親が、子が自害してしまったことで嘆き、苦しむ、古《いにしえ》の謡曲にある。さらに、雉はな、蛇すら食らう鳥だ。恐れず蛇にも襲いかかる」

雉は畑や草地でも見かける鳥だ。雌は全体が薄い茶だが、雄は胴が濃緑で羽は薄茶、長い尾を持つ。「ケーンケーン」と甲高い声で鳴くのですぐにわかる。少し臆病な性質と耳にしていたが、そのように子を守るとは知らなかった。

ああ、とおけいは己を思う。

「お前さんは、雉にならねば。芯を持った雉になることだ」

「あたしは、子もおりませんし、蛇も食べたくありませんけれど」

おけいは馬琴を真顔で見る。

「子がいないかえ？　いるじゃないか。おけいさんにとってはことり屋が子のようなものだとは思わないかえ。焼けてしまったが、小松町には確かにことり屋があったのだよ」

ことり屋。

「月丸も守ったのだろう？　月丸にとってはおけいさんはおっ母さんだろう」

馬琴は楽しそうにいった。が、急に表情を変えると、

「お前さんは、生きているのだよ。息が詰まることもあろう、思いきり息を吸いたい時もあろう。息をしている、鼓動を感じる、それが生きている証だ」

そういった。

「先生」

おけいは馬琴を見つめて、こくりと頷いた。

「これから、色々あるだろうが、焼け野の雉は身をなげうってでも住処に戻る。お前さんが、飼鳥屋を続けるつもりならば、必ず叶《かな》うと信じなさい」

おけいは、黙って馬琴に頭を下げると、身を翻した。

小走りに通りを進みながら思う。

あたしが、焼け野の雉になれるかどうかなんてわからない。でも、これからなにをすべきかはわかっている。この火事は多くの不幸を生んだ。けれどあたしは焼け野の地であろうとひとりで立ってみせる。


お救い小屋に着いた時には、もう日が暮れかかっていた。あかねの空は、炎を思い出させる。

「冗談じゃないわよ。どれだけ使ったら気が済むの。いい加減にしてよ」

小屋の裏に夫婦がいた。人目を避けるように陰に隠れているつもりでいても、甲高い女の声は丸聞こえだ。

おしなだ。大きな背をこちらに向けているのは、大工だという亭主だろう。六尺近くありそうな大男だった。

「小屋にはまったく顔も出さないで、子どもの世話はあたしに任せっきりじゃないの。こんな小屋から早く出たいのよ。息が詰まるの」

「うるせえな」

と、ぼそりと亭主が呟いた。

「犬っころみてえにきゃんきゃん騒ぐから、帰りたくねえんだよ。ガキの世話は女がするのが当然だろうが。おれは銭を稼いで、おめえらを食わせてきたんだ、文句はあるめえ」

おしなは、結い髪を振り乱して、きりきり叫んだ。

「じゃあ、お足を置いていきなよ。いくらあるんだい？」

「持ってねえよ。今日の手間は酒代だ」

ふざけるんじゃないよ、とおしなは亭主の懐を探り始めたのか、

「てめえ、よしやがれ」

亭主に手首を摑まれ、力任せに転がされた。

「ひゃあ」

「湯屋にもいってねえんだろうが。汚ねえ手で触るんじゃねえや」

おけいは思わず走り寄り、おしなの身を助け起こした。転んだ拍子に、おしなの身にも顔にも土がついた。おけいは手拭いを出して、おしなの顔を拭ってやる。

「ああ、汚ねえったらねえや」

亭主は小袖の襟をいまいましげに直す。

「無体な真似はおやめください」

おけいがぴしりといい放った。

「なんだ？　おめえさんはよ」

亭主がおけいを見下ろす。下から見上げるおしなの亭主はさらに大きくおけいの眼に映った。すでに酒が入っているのか、眼がとろんとしている。

おけいを見て、口許をにやつかせた。

「へえ、お救い小屋にもこぎれいな女がいるじゃねえか。ちょいと年増だが、どうだい、姐《ねえ》さん、

ちっとばかし付き合わねえか」

おけいは、きっと睨めつけた。

「おうおう、きつい顔もいいねえ。お救い小屋じゃ、ろくな物が食えねえだろう？　うめえ物食わせてやるからよ」

おしなの亭主が、ヌッと太い腕を伸ばして、おけいの腕を摑み上げた。

「ちょっと、なにすんのよ、あんた」

おしなが金切り声をあげる。

「ったく、てめえのような見栄っ張りの馬鹿女と夫婦になったのが間違いだったんだ」

ほら、姐さんとさらにおけいの腕を引く。

「やめてください」

抗《あらが》うおけいを亭主は力ずくで引き寄せようとした。

おしなが足元にしがみつくと、「邪魔なんだよ」と、亭主はいきなり足蹴《あしげ》にする。おしなは腹を蹴り上げられ、嘔吐した。

「ああ、しょうもねえ」

亭主は、咳き込むおしなを汚物でも見るように一瞥《いちべつ》した。

「離して！」

おけいは、亭主の腕を振り解《ほど》き、うずくまるおしなを庇うように前に立ちはだかる。

怒りがふつふつと沸き上がる。おしなは、こんな亭主と暮らしていたのだ。腕がいい、稼ぎがいい大工だと自慢していたけれど、この男には情の欠片《かけら》もない。

それでも、おしなは暮らしを手放したくなかった。腕のいい大工という自慢、金回りのいい男に惚れられた優越感を失いたくなかったのだ。ひとりで子どもを抱えて生きていく勇気も持てなかったのだろう。自業自得。それまでのこと。これは、おしなが選んだこと。

けれど、選んだ場所がどんなに惨めで、辛くて、我慢を強いられようと、ここで生きると決めたなら……あたしだって同じだ。

「つれなくするなよ、姐さん」

「やめてよ、おけいさんに触れないで。あたしの仲良しなんだから」

「おめえに仲良しがいるはずねえだろうが。お、おけいってあれか、水茶屋にいた、おめえが気に食わねえっていってた娘っ子かよ。へえ、そいつがお救い小屋で仲良しになったってのか。こいつは泣かせるねえ」

亭主はぺろりと唇を舐め回す。

「水茶屋勤めなら、いくらでも男の相手をしたんだろう」

どうしたらいいのだろう。こんな大男に捕まったら、逃げられない。けれど、おしなを放り出していけばどうなるか。

女はなんて非力なのか。力の勝る男には敵わないのか。女主人では、侮《あなど》られるの？　ひとりで店を続けたいと思うのはおこがましいの？　悔しい、悔しい――。

再び、亭主が手を伸ばしてきた。

「近寄らないで。大声を出します。小屋には大勢の人がいますから何事かと出てくるでしょう」

亭主が、舌打ちし、下卑た笑みを浮かべる。

「面白えな。いくらでも叫べばいいやな」

おけいは恐怖に震えながら、怒りも感じていた。女であるこの身が恨めしい。女だから侮られる。女だから恐怖を覚える。息を大きく吸い込んだ。

「そこでなにをしている、揉め事か」

張りのある声が飛んできた。

定町廻りの岬清右衛門だ。その隣には、羽吉の姿があった。

なぜ。

おけいの胸がずきりと痛む。両国橋の袂の茶屋で別れて以来だ。永瀬との間を邪推する羽吉に、おけいは永瀬を慕っているといい放った。執拗に疑るような言葉を並べ立てる羽吉の態度に嫌気が差したからだ。けれど、それがおけいの心のありようをはっきりと教えてくれたのは皮肉なことだった。

「おい、何があった」

岬清右衛門がおしなの亭主を睨めつける。

と、いきなりおしなが髪を振り乱して、岬の足下にすがるようにうずくまった。

「お役人さま、あれはうちの亭主でございます。少しばかり酒が入っていて大きな声を出しただけです。なんでもありません。なんにもございません」

「おしなさん！」

おけいは思わず声を上げ、駆け寄ろうとした。が、おしなが顔を上げ、

「そうよね、おけいさん。何もありゃしなかったわよね」

おしなは、余計なことをいうなとばかりに、おけいを見据える。

おけいが振り返ると、件《くだん》の亭主は口元をにやにやさせて、素知らぬ顔をしている。なんて男だろう。なんだって、おしなもこんな男を庇うのだろう。

「夫婦同士でのいさかいなら、我らは介入せぬが」

岬が厳しい声音でいうと、おしなの亭主は、やにわに首を竦《すく》めた。

「へえへえ、おありがとうございます。こいつが、酒を飲むな、岡場所へいくなと口うるせえこと、この上ねえんで、ちいとばかし大声出しちまって。こちとら、普請がひっきりなしなもんですから、たまには羽を伸ばしてえと頼んだんですがね」

大男に似つかわしくない、妙な猫撫で声を出した。

「そうか。この大火事でお主ら大工は休む暇もなかろう。ご苦労なことだな」

「へえ、恐れ入ります。早いとこ町を建て直してえんで」

岬の言葉を受けて亭主は卑屈な様子で頭を下げた。

おけいはさらに呆れた。自分の女房を足蹴にしておいて、町を建て直すなど、よくも抜け抜けといえるものだ。

すると、羽吉がおけいを一瞥してから口を開いた。

「おかしいなぁ、ただの夫婦喧嘩《げんか》にしちゃ、おかみさんの着てるもんも、顔も土だらけじゃねえですか。髷《まげ》もぐずぐずだし。それに亭主の近くにあるのは反吐《へど》ですかね」

羽吉が岬に顔を向けた。

「むう。どれ、女房、まことにただの夫婦喧嘩か」

岬が足下にうずくまるおしなに質《ただ》しながら、自らも腰を落とした。

おしなは顔をそむけて、「ええ、あたしが勝手に転んだのでございますよ」といい繕った。

「ああ、お役人さま、本当にこいつはそそっかしい女でしてね。おれが久々に帰ったもんだから、喜んで小屋から出てきて、すっ転んだんでさ。そん時ちいと戻しやがって、汚えのなんの」

亭主は、ほらご迷惑をかけるんじゃねえ、さっさとこっちへ来い、とおしなにいう。

おしなは蚊の鳴くような声で返事をし、急に腹を押さえて、呻き出した。

おけいがおしなに近寄り、背後から抱えた。

「おしなさん！」

「痛い――お腹」

おしなは身を丸めたままで、唸るようにいった。

おけいは岬を見上げて、声を張った。

「あの亭主がおしなさんを力任せに転がして、さらにすがったところを足で蹴ったのです。あたしはちゃんと見ておりました」

岬が顔をしかめた。

「まことか亭主。自分の女房とはいえ、足蹴にするとは何事だ」

「と、とんでもねえことでございますよ。その女は嘘つきですよ。女房とぐるになっておれから銭をせびろうとしたんですから。酒の相手をしてやるとかなんとか。昔は水茶屋勤めの女だったから、おれに媚《こび》売ってきやがって。大年増《おおどしま》のくせに図々しいったら」

おしなの亭主は眉を八の字にして、岬に懇願するようにいう。

図々しいのは、どっちなのだか。

「おい、黙って聞いていれば勝手なことをいいやがって」

いきりたった羽吉が、岬の制止を振り切って、亭主の前に飛んで出た。

「なんだよ、てめえは」

亭主が羽吉に噛みついた。

「おけいはな、この女はおれの女房だ。てめえのような男を相手にするか！」

はあ、と亭主が眼をぐりぐりさせた。

何をいっているの、とおけいは戸惑いながら、羽吉の背をみる。羽吉と亭主が睨めつけ合った。

「やめぬか、ふたりとも」と、岬が怒鳴った。

「ああ、痛い、痛い」

おしなが身を硬くして、さらに苦しい声を出す。尋常な痛がりかたとは違う。

「おしなさん、おしなさん」

おけいが呼びかけると、うう、と唸って、おしなが地面に突っ伏した。そのとき、おしなの裾が乱れて、脛のあたりがあらわになった。

おけいは思わず眼を瞠る。足を伝って流れているのは――血だ。

まさか。おしなさんのお腹には。

「お医者さまを。お産婆さまでも、どちらでもいいから、早く！」

おけいは叫んだ。岬も羽吉も口をぽかんと開ける。亭主がうろたえつつも、

「ふざけんな。大袈裟にしやがって。ちょっとつま先が当たっただけだろうが」

眼をひん剝いた。

「おい、貴様。やはり女房を蹴ったのだな」

岬が立ち上がり亭主に詰め寄ろうとしたとき、

「違う、違います」と、おしなが息も絶え絶えに訴える。

「おい、女房。お前の亭主を庇いたい気持ちもわかるが」

「岬さま、そんなこと、いまはどうでもいいです。それよりお医者を呼んでください」

おけいはおしなをしっかり抱え、岬を見ながら再度叫んだ。

「わかった」

羽吉が身を翻した。

「気をしっかり持って、おしなさん、頑張って」

おけいは懸命に励まし続けた。

第四章　焼け野の雉《きじ》

一

夜になって、雨が降り出した。お救い小屋の屋根を叩く音が響く。急拵《ごしら》えの小屋は雨漏りがひどい。あちらこちらから、しずくが落ちる音がする。さらに、中は湿り気を帯び、人いきれもあって、もわっとした嫌な暑さがあった。

おしなの子たちは籠屋一家と八五郎一家に任せ、おけいと羽吉はおしなが割り当てられた場所に座っていた。

隣では、おしなが眠っている。

やはりおしなは身籠っていた。小屋にいた産婆のおかげでなんとか子は流れずに済んだが、弱々しく笑って「もう子なんかいらないのに」と、おけいにいった。

おけいはかける言葉を失っていた。

亭主はおしなのことなど顧みず、あの場を後にした。薄情な男と知りつつも、おしなは頑《かたく》なに亭主には蹴られていないと苦しい息の下で岬に訴えた。

なぜ、あんな男を必死に守ろうとするのか、おけいにはわからない。でも、おしなにはどうしても必要な男なのだろう。

結局、岬はおしなの言葉を受け入れ、悔しげに亭主を見送った。

小屋でおしなと顔見知りになった周りの者たちは具合を訊《たず》ねてきたが、

「稼ぎのいい亭主がいるんだろうから、なにもこんな処《ところ》で養生しなくても」

「あてつけがましいったらないよ」

「同情を引きたいのかねぇ、ならいつも偉そうにしなきゃいいのに」

「だいたい、こんな小屋に身を寄せているのがおかしいよ。亭主が大工なら、さっさと家を建てられるだろうしさ」

と、聞こえよがしに陰口を叩いていた。

おしなが心配で声をかけてきたのではなかったのだ。半分、いい気味だと様子を窺《うかが》いに来たに違いない。明日は、洗濯場や炊事場はおしなの話で持ちきりになる。

おしなはここにいる間、どんなふうに振る舞っていたのだろう。おしなを見守るおけいと羽吉を見る周囲の眼にも厳しいものを感じた。

けれど、いくら冷たい眼を向けられても、おしなは本当に身も心も弱っているのだ。放り出すわけにはいかなかった。

せめて明朝まではそばについていてやろうと思っていた。

小屋の中にぽつぽつと灯《とも》りが点り始める。とはいえ、小屋の四隅と中心のあたりと数か所だけで、薄闇が広がっている。隣の者の顔もぼんやりとしか見えないが、それにももう皆慣れてしまった。けれど、湿り気がひどく、蒸し暑い。寝苦しいのか、幼子の泣き声があちこちから聞こえてくる。

「ひでえもんだな。こんな小屋の中に押し込められてよ」

羽吉が首筋に浮いた汗を拭う。

「それでも、雨露凌げるだけましなのよ。ここにいればなんとかおまんまも食べられる。施行《せぎょう》で日用の品も手に入るから。それに身体を縮こませて眠るのも慣れてきたわ」

おけいが答える。

「そんなもんか」

「湯屋はたまにしか行けないけれど、それも仕方ないから」

おけいは後れ毛をかき上げた。でも、洗髪がなかなかできない。櫛《くし》で梳《す》いても、汚れがすっかり落ちるわけではない。髪油をつけて誤魔化すのがせいぜいだ。小屋中の女が一斉に髪を洗い始めたら、大ごとになる。そのため、十数人ずつが、いくつかのたらいに水を張って、小屋の表に出て陰で洗う。髪が洗える日が待ち遠しい。

これまでできていたことができなくなるのが、こんなにも辛いとは思わなかった。まして帰る家もないのだ。長屋の薄っぺらな壁でも、ありがたいと思う。

「今更、馬鹿ね。会いにきてくれた時には、大丈夫、なんていったのに」

「構わねえさ。おれもさんざん嫌味なことをいった」

互いに俯《うつむ》き話をやめた。周囲の、ひそやかな話し声が、ざわざわと波のように広がっている。

「――さっきは、悪かったな」

膝を抱えて座っている羽吉が、ぼそりと呟《つぶや》いた。

おれの女房だ、といったことだろうと、おけいはすぐに気づいた。

「おしなの亭主が、お前のことを馬鹿にしやがったから、腹が立ってよ。つい」

羽吉が、どうにも情けねえなぁ、おれはよ、と自分を嘲るように笑った。

おけいは羽吉の顔を見ずに、軽く微笑《ほほえ》む。

「気にしてないわ。正直驚いたけど——ありがとう」

羽吉が苦笑した。

「ありがとうか。そうだよな。お前はそんなことで目くじら立てる女じゃねえ」

また、そういう言葉を吐く。まるであたしが何もかもわきまえているような言い方だ。そんなことは決してないのに。

おしなのように、たとえ情が薄くても稼ぎのいい男にすがって生きることを選ぶ女もいる。それを間違いだと、愚かだと笑えるほど、自惚《うぬぼ》れてはいない。

選んだ男で後悔しながらも、暮らしを捨てられないことなどいくらでもある。ひとりで生きてはいけないから。

「馬琴先生を訪ねたんだ」

羽吉がぼそりといった。

「嫌というほど詰《なじ》られたよ。本当に遠慮のねえ爺《じい》さんだ。もうおけいさんはお前を必要としていないってな、ピシャリといわれた」

おけいは思わず眼を見開いて、羽吉を見る。羽吉は肩を小刻みに揺らしていた。

「まいったよ。いわれたくねえことをはっきり告げられたら、ぐうの音も出ねえ」

お前が旅の空で怪我《けが》をして、記憶をなくしたのは気の毒に思うが、それが治ったからといって戻ってもいいという道理はない。しかも、新たな女房と仲違いして夫婦《めおと》別れをしたとしても、それは、お前の事情だ、おけいさんにはかかわりない、と――。

「馬琴先生は頭から湯気を出してそうおれを怒鳴ったよ。それにな、こうもいった。お前は自分のことばかり考えている。おけいさんのことを何ひとつ考えておらん。戻ればおけいさんのためになるとでも思ったか。馬鹿いっちゃいけない、そういうのを身勝手というのだってな」

「そう」

おけいは静かに応じる。馬琴が険しい顔で睨《ね》めつけながら、羽吉を諭す様子が浮かんできた。身を小さくして厳しい声音に耐える羽吉の姿も見える。

もうずっとずっと前のこと。羽吉と所帯を持ってすぐだった。すでにことり屋の常連としてたびたび店を訪れていた馬琴がものすごい形相でやって来たことがあった。

馬琴のカナリヤ好きは飼鳥屋仲間にも広く知られているところだが、他の店で購《あがな》った小鳥が病を持っていたというのだ。命をなんと心得ているのか、飼鳥屋ならば小鳥の状態をよく見てしかるべきであろうと、顔を真っ赤にして捲《まく》し立てた。他の飼鳥屋の不誠実さなど、羽吉にとってはいいとばっちりだ。それでも、馬琴に言い訳も反駁《はんばく》もせず、まるで自分の不手際のように頭《こうべ》を垂れて神妙な面持ちで聞いていた。それを見ていたおけいは悟った、この夫は籠に閉じ込められた命を守ってやるのは飼鳥屋の務めだと、心底そう思っているに違いないと。その時のことが思い出された。

おけいは、思わず知らずくすくすと笑っていた。自分でも驚いた。今なぜ思い出したのか不思議に感じた。羽吉もそれに気づいて不機嫌に唇を曲げる。

「そんなにおかしいかえ？　おれが馬琴先生に叱り飛ばされたのがよ」

「ごめんなさい。先生らしいなと思っただけよ」

そうだな、と羽吉が微かな笑みをこぼした。

「江戸一番の戯作者《げさくしゃ》に意見されたとあっちゃ、言い返すことなんざ怖くてできねえしな」

羽吉のはにかむような笑顔——。これが、三年前に見られたなら。あたしは羽吉と一緒に歩むことができたのだと思う。ことり屋を二人で営んでいたのだ。

羽吉は所帯を持った時、店をもっと大きくして、小僧のひとりでも雇って、おめえはおれたちの子を育てるんだ、といっていた。

それはもう遠い昔のお伽話《ときばなし》。今更思い返しても詮ないこと。

あたしは、羽吉を思い切ったのだ。それが、どんなに苦しかったか、悲しかったか。それでももう羽吉を責めたり、恨んだりするつもりはない。運命がほんの少しずれてしまっただけなのだ。これから決して交わることはない。もはや残り火すらない。

そのとき、きょきょきょ、きょきょきょ、とどこからか鳥の鳴き声が聞こえた。

「ヨタカだ。雨がやんだんだな」

羽吉が呟いた。おけいも耳を澄ませる。

飛来しながら鳴いているのか、鳴き声は遠い。

ヨタカは夕刻から朝方まで鳴く。甲高く尖《とが》ったような鳴き声をしている。

成鳥はおおよそ一尺（約三十センチ）ほどの大きさだ。ヨタカの全身は黒褐色か茶褐色。落ち葉や枯れ枝のような色というのがぴったりする。羽色は見た目に美しいとはいえない。けれどそれは、昼間、枝や葉の間で休んでいるヨタカにとって、身を守るための色でもあるのだ。

「あの鳥も気の毒だなぁ」

「気の毒って？」

おけいが返す。

「まあ、あれだよ。手拭いで顔を隠して、ござを抱えた女たちのことさ」

羽吉が決まり悪そうにいう。

そうか。夜、柳原《やなぎわら》土手や四谷《よつや》の鮫《さめ》ヶ《が》橋《ばし》あたりを彷徨《さまよ》い春をひさぐ女たちは、夜鷹《よたか》と呼ばれている。確かに、ヨタカは気の毒だ。

「くだらねえことといっちまった。そうだよな、蕎麦屋《そばや》もそうだったな。夜鷹蕎麦っていうもんな」

羽吉は取り繕うようにいった。今さらそんなこと気にしなくてもいいのに、とおけいは思った。

「けれど、もう少し暖かくなってから飛んで来る鳥なのに、少し早いわね」

ヨタカは渡りの鳥で、遠い異国から飛んでくる。

「そうだな。気の早《は》え《え》奴もいるんだろうぜ、勘違い野郎とかな」

羽吉は自嘲気味にいう。まるで、自分とヨタカを重ねているような物言いだった。

しかしそれ以上に、羽吉の態度にはぎこちなさがあった。

きっと馬琴から永瀬のことを聞かされている。そのせいだろうか。

先ほど、小屋を立ち去った岬は、おけいに永瀬のことを告げにやって来たのだといった。

「すぐに娘御にも報せてやるとよい。早く安堵《あんど》させてやれ」

岬も無事を確かめ、嬉しかったのだろう、おけいに幾度も頷《うなず》きかけた。

「あいつのことだ、必ず元気になろう」

と、おけいに笑いかけてきたが、どこか苦しそうだった。

けれど、その岬と羽吉はどうして同道してきたのだろうか。

おけいは躊躇《ためら》いつつ、羽吉に訊ねた。

「なぜ岬さまと一緒にここに来たの？」

ああ、と羽吉が目を伏せた。

「今日な、馬琴先生の処へ挨拶に出向いて、お屋敷でばったり会ったんだよ。ああ、そうだ。おけい。あの役人、だったんだな。行方知れずになってたそうじゃねえか。ようやく身元が知れて、宗伯《そうはく》さんが御番所に伝えに行ったらしい。おめえも会えたそうだな。よかったな、本当によ」

「ええ」

と、答えながらも、挨拶ってなに？　とおけいは訝《いぶか》った。

それを問い掛けようとした時、羽吉が顔を上げ、いきなり声を明るくした。

「酷い火傷《やけど》を負ったそうじゃねえか。子どもを救うためによ。やっぱり、偉えよな、役人ってのは。てめえの命も顧みずに人を助けに火ん中に飛び込んでいけるなんてよ。できるこっちゃねえ」

おれにはとても無理だ、と羽吉はいった。

「おれはその役人のことはよくわからねえが、おめえが惚れたんだ。確かなお人だと思うぜ。ああ、おれが間違ってた。役人だからじゃねえな。そういう男なんだろうさ」

羽吉は懸命に言葉を継いでいる。なんだろう、羽吉が永瀬を語れば語るほど、おけいの胸が苦しくなってくる。あたしが羽吉を追い詰めているかのような気持ちになる。

不意に黙り込んだ羽吉は、大きく息を吐いた。ややあってからおけいの顔を見て、笑顔を見せた。

「一緒になるんだろう？」

おけいは羽吉をまじまじ見つめてから、視線を逸らせた。

床から身を起こした永瀬との抱擁をおけいは思い出した。心の臓の鼓動が重なり、流れる血潮の温かさを感じた。安堵の思いと愛おしさがおけいの中に溢《あふ》れた。それは、ほんの一瞬のようでもあり、とても長い時間のようでもあった。

ただはっきりと感じていたのは――生きている、その喜びだった。

小鳥たちを手で包むと、命の鼓動が伝わってくる。人であろうと、小さな鳥であろうと、その尊さには変わりがないと、おけいはあの時、あらためて思った。しかし、永瀬は運よく助かったのではない。執着、執念の雄叫《おたけ》びが、身の内にあったからだ。

永瀬にはまだやることが残されている。

それが、なんであるのかおけいにもわかっている。理不尽に命を奪われた妻の仇《かたき》を討つことだ。結衣が声をなくした事件の解決をはかることだ。

上方《かみがた》に逃げた竹蔵という男が、妻女を殺《あや》めた下手人かもしれないと永瀬がいった。けれど、その証《あかし》はまだないとも。

糸口が見えてきているのに、永瀬が諦めるはずはない。炎の中、身も心も必死で、死に抗《あらが》っていたのだろう。

でも、これはおけいにはかかわりがない。

「けりをつけなきゃ、次には進めねえからな」――永瀬のあの言葉に込められた「次に進む」ことが、そのままおけいとの約束になるとは限らない。

おけいは自分を嗤《わら》う。そんなに都合よく考えられるほど、若くはないし、愚かじゃない。だからこそ、あたしは思ったのだ――。

「どうしたよ。いっそ夫婦《めおと》になっちまえばいいじゃねえか」

そりゃあよ、と羽吉は言葉を濁した。

「あんときゃ、妬心もあった。つい頭に血ぃ上らせちまった。今は違うぜ。こいつは本心だ。おめえを信じ、想っていなきゃ、大事な娘を託したりしねえ、こいつは嫌味でもなんでもねえよ。身分を気にしてんなら、馬琴先生を頼れよ。この火事が、いいきっかけになるんじゃねえのか」

もう、ひとりで飼鳥屋をやって、苦労することはねえだろうさ、と羽吉は続けた。

違う、と心の内で呟いて、おけいは首を横に振る。

羽吉が怪訝な顔つきでおけいを見る。

「――それとこれとは別の話よ」

「なんだよ、そりゃあ」

おれは――とさらにいい募る羽吉に向かって、おけいは、「あたしはあたしよ」と静かにいった。

羽吉は、はあと大きくため息を吐《つ》く。

「意地を張ってる場合じゃねえだろう？　この小屋だっていつまであるかしれねえんだぜ。いつ追い出されるかわからねえんだ。さっきの岬ってお役人の話じゃ、あとひと月ほどで小屋をたたむかもしれねえそうだ」

え？　とおけいは眼を見開いた。

この小屋がなくなる？

「まだ誰にもいうなよ、騒ぎになるからな」

羽吉は自分でいってしまってから、あたりを見回した。

すでに、寝入っている者が多く、おけいと羽吉を気に留めている者はいなかった。

確かに、焼け跡は随分ときれいになってきていた。黒く焼けただれた柱も、崩れた屋根も片付けが進んでいた。両国の広小路にも、ちらほら床店が並びはじめて、人が集まり、いつの間にか活気を取り戻しつつあった。

その中にある急拵えのお救い小屋だけが、あの大火事から時を止めているようにも見える。表店《おもてだな》が次々と普請されて、少しずつ町は元の姿になりつつあっても、裏店の建て直しはまだまだ遅れている。運よく新たな長屋が見つかって小屋を去る者たちもいたが、小屋の暮らしに耐えきれず、江戸の郊外に家を求める者もいた。

それでも、あとひと月ほどで取り壊されたら、ここにすがって生きている者たちはどこへ行けばよいのだろう。

まだ数百人が行き場を失ったままだというのに。

あたしもそのひとりであることに変わりはない。いまだ小松町のあたりから建て直しの話が流れてきていないのだ。

おけいは薄暗い小屋の剝《む》き出しの梁《はり》を見上げた。

「羽吉さん、雉《きじ》のこと知ってる？」

雉か、と羽吉が呟いた。

「馬琴先生から教えてもらったの」

「雉は、見た目も凜《りん》として、雄の羽色がきれいだよなぁ。赤やら、青やら、茶やら、色が鮮やかで美しいと思うぜ」

羽吉が答えた。

「蛇まで食っちまうって言い伝えもあるんだよな。まあ、鬼退治にも行った鳥だしなぁ。どうした？　馬琴先生のことだ。雉をおめえになぞらえたのか」

雉は住処《すみか》を焼かれると自分のことを顧みず、巣に残してきた雛《ひな》を救いに行くのだと、おけいは馬琴から聞かされたと話した。

「焼け野の雉《きぎす》、夜の鶴、梁《うつばり》の燕《つばめ》だな」

「あたしは初めて聞いたの。知っているのね」

まあな、と羽吉は照れたように答えた。

「もちろん、あたしが焼け野の雉になれるかどうかはわからない。今も先がまったく見えてこないのも本当の話。これは本音よ」

けどね、気づいたの、とおけいは続けた。

羽吉という籠にいつまでも囚われている鳥じゃない。翼を羽ばたかせて自分は飛び立てると。でも翼を持っていても雉は飛ぶことが苦手だ。代わりに地をしっかり摑んで颯爽と立つ。だから――。

「あたしはあたしの足できちんと立っていたいの。ひとりでやっていきたいの。この焼け野原に放り出されても、あたしは前を向きたい。後ろを振り返ってももう何もないのだから」

そうか、と羽吉がぼそりといった。

おけいは、笑みを浮かべて、羽吉を見る。

「お店の建て直しがまだ先になるなら、あたしは回向院《えこういん》にいるあの子たちと床店でもなんでもやるわ。そうよ、月丸を見世物にして、両国で商売してもいいし」

「ったく、馬鹿をいいやがる」

羽吉が呆れるようにいう。

「こんな大火事の後だもの、小鳥たちの姿に癒やされる人もいるかもしれないわ。お喋りな月丸を見て、笑顔になれる人もいるかもしれない。それこそ、木戸銭取ってもいいかも」

おけいは楽しそうにいった。羽吉が呆けた顔でおけいを見たが、くつくつと笑い声を洩《も》らした。

「とんでもねえことを考えたもんだ。まあ、でも床店の飼鳥屋なんぞ見たことねえし、月丸なら見世物で銭を取るのもできるだろうぜ。人も集まる」

「月丸はこの小屋でも人気者なのよ。盗人《ぬすびと》を捕まえたんだもの」

おけいがその顚末《てんまつ》を話すと、羽吉は「あいつもやるじゃねえか」と、眼を細めた。この男《ひと》は、月丸が本当に好きなんだ。そして、ヨタカや雉や、鳥のことを話している時の羽吉は、どこか表情が柔らかい。

「おめえにとっちゃ月丸はいい相棒だな」

でも、とおけいは顔を伏せた。

「回向院に預けている小鳥たちの様子が芳しくないの。もちろん、毎日、通っているけれど、店にいた時のようには目を配れない。もう五羽も死んだの。連れてこなければよかったと後悔した。余計に苦しい思いをさせたのじゃないかって」

「そう、かもしれねえな」

「じゃあ、羽吉さんならどうしていた？　見捨てて逃げた？」

おけいは思わず知らず強い口調になった。

そうだな、と羽吉は沈思した。

「おれも連れて逃げたさ。けどな、寺には預けねえ。どこかの飼鳥屋を探して、そこに預ける。おめえは自分の足で立ちたいといったな。ひとりでやりてえとも。それは結構なことだが、誰かを頼っていいんだ。ひとりで背負い込むことが偉《えれ》えわけじゃねえ。ま、おめえをひとりにしたおれがいうことじゃねえが」

羽吉は自嘲気味に笑うと、急に腰を上げた。

おけいは眼をしばたたいて、立ち上がった羽吉を振り仰ぐ。

「旅籠《はたご》に帰るよ。木戸が閉まっちまうからな」

引き止める理由はない。でも、穏やかに羽吉と話せたのは、おけいの心を落ち着かせた。胸の奥底ではまだ繋《つな》がっているのだ。夫婦の記憶が刻まれているのだ。それは、日常の中にあって思い出すことはなくても、きっと消えない。

突然、妻女をなくした永瀬は、まだその胸中に面影が鮮明に残されている。いきなり繋がりを断ち切られたわけではないから。あたしと羽吉とは異なる。永瀬が「次に進む」ためには――まだ。

「さっきは来てくれてありがとう。本当に助かったわ」

「たまたまだよ」

羽吉がおけいに頷きかけた。

薄暗い小屋を見回しながら、羽吉はおけいに背を向ける。が、不意に振り返り、

「無理はするなよ。いいか。雉は、空高くは飛べねえ鳥だからな」

優しい声音でいった。

羽吉がすでに眠っている人の間をそっと歩きながら去って行く。

その背が小さくなるまで、おけいは見送った。

おけいは、訊き忘れたことをひとつ思い出した。馬琴の処へ挨拶に行ったということだ。

上方に帰ると決めたのかもしれない。

だとしたら、これでもう会うことはなくなる――。

ただ、頼っていいんだ、その言葉が、おけいの胸に残っていた。


明朝。

回向院で小鳥たちの世話を終えてから、結衣とともに、馬琴の屋敷へ向かうため、舟に乗った。

永瀬の無事を伝えると、結衣はおけいにしがみついてきた。

長助や、その弟妹たちが歓声を上げ、籠屋一家と八五郎一家は涙を流して喜んだ。下男の権太も肩を震わせ、声を押し殺して泣いた。皆の喜ぶ姿に堪えていたおけいの瞳も潤む。

おけいは出かける前に、結衣の髪をきれいに結い上げながら、訊ねた。

「チヨも喜んだでしょう？」

結衣は大きく頷いた。

開いた両の掌を上に向けて、結衣は話しかけるような仕草をした。文鳥のチヨを手に乗せて、このことを伝えたということだろう。

「チヨはなんと答えましたか？」

おけいが結衣の顔を覗《のぞ》き込みながら訊ねると、

〈う・れ・し・い〉

結衣の唇がそう語った。

おけいは眼を柔らかく細めて、微笑んだ。

「結衣さまは、本当にチヨと仲良しですね。チヨの思いがわかるのですから」

結衣ははにかんで、顔を伏せた。

「けれど、よくご辛抱なさいましたね。小屋での暮らしはお辛かったでしょう？　でも八丁堀《はっちょうぼり》のお屋敷の普請は進んでおりますし、もう少ししたらここを出られますよ」

おけいが話しかけると、結衣がおけいを振り返った。

その表情に不安が浮き出ている。

結衣が再び、唇を動かした。その唇の動きを読みながら、おけいは首を横に振った。

「あたしのことをご心配なさっているのですか？　ありがとうございます。まだ、小松町は焼けたままなのですよ。だから、あたしは小屋に居続けないと」

結衣が眉をひそめる。

「大丈夫ですよ。月丸がいます。あの子は賑やかだから」

結衣は不服そうながらも、こくんと首を縦に振った。

筋違橋《すじかいばし》手前の河岸《かし》で舟を下りたおけいは、結衣の手を取って、火除《ひよ》け地を歩いた。

道を歩きながら、おけいはひとつ不安を感じていた。

永瀬が酷い火傷を負っていることも結衣には告げている。聞いた途端に涙を流したが、濡れた瞳を真っ直ぐおけいに向けて、白い歯を覗かせた。たまらずおけいは結衣を強く抱きしめた。しかし、顔の半分をさらしに覆われている姿を見たら、やはり驚いて泣き出してしまうかもしれない。

「よう、飼鳥屋のおかみか？　なあ、そうだよな」

前方から、幾人もの手下を従えた身体の大きな男が声を張り上げながら、こちらに向かって歩いて来た。

おけいは、はっとした。鳶《とび》の左之助《きのすけ》だ。

「回向院で会って以来だな」

左之助は屈託のない顔をした。

「ご苦労さまです。まだいろいろとお忙しいのでしょう？」

おけいがまず頭を下げてから、そう訊ねた。

「まあな。一向に進まねえのが、いらついてなぁ。早えところ、元のお江戸に戻してえが、人の手でやることだ。なかなか捗《はか》がいかねえ。けど、こっちまで来るなんて珍しいな。神田に知り合いでもいるのかえ？」

ええ、とおけいは頷いた。

「そうかい。その知り合いを頼って、早く小屋を出なよ。回向院の鳥もかわいそうだ」

「そうしたいのはやまやまですけれど」

ああ、そうだ、と左之助が思い出したように手を叩いた。

「岬さまから伺ったが、捜していたお役人、見つかったそうだな」

おけいは、はっとしたが遅かった。

「けど、すげえ火傷で、あの様子じゃ、お役目に戻れるかわからねえ、と岬さまがおっしゃっていた。なんでも、小せえ子を火の中から救ったせいだっていうじゃねえか。そんな立派なお方がなぁ。顔も半分やられちまって、命があっただけ儲《もう》け物《もん》だがと、岬さまも嘆いておられた」

結衣の顔が強張った。口をパクパクとさせていたが、むろん声にはならない。きっと大きな声を出して、左之助を問い詰めたかったに違いない。

おけいの指先に、結衣の震えが伝わってくる。

おけいは、左之助に向かって声高にいった。

「いいえ、岬さまは勘違いなさっています。確かにお顔に火傷を負われましたが、必ずお元気になられます。時はかかるかもしれませんが、お役目にもお戻りになられます。岬さまにお伝えくださいませ。永瀬さまをみくびらないでいただきたいと」

左之助が眼の玉をひん剝いた。背後にいた者たちもおけいの剣幕に気圧《けお》されて、ぽかんと口を開けた。

結衣に左之助が気づいた。ああ、と息を洩らした。ちらりとおけいを窺い、すまねえと頭を下げた。

「そうだよな、人から聞いたことを見てきたように話しちまった。おかみはもう、そのお役人を見舞っているんだろう?」

「ええ、もちろん。昨日は、きちんとお話もなさっておられました」

おけいは左之助を見据えて、毅然《きぜん》としていい放つ。

そして、小刻みに震える結衣の手を強く握り締めた。

「結衣さま。あたしも悪うございました。臆病なあたしが、父上さまのお怪我のことをきちんとお伝えできなかったのです。あたしが間違っておりました。結衣さまは、永瀬八重蔵さまの娘御。どんなご様子であってもきちんとお見舞いできますね」

結衣が手を握り返してきた。

おけいは結衣の心の強さを感じた。口が利けなくなったのは、弱さのせいじゃない。母親が破落戸《ごろつき》に刺された時、自分が危険を察しながら報せられなかったのを悔いたせいだ。自分を責めて、自分を貶《おとし》めて、口を噤《つぐ》んでしまったのだ。

心根が弱いのではない。むしろ、心の強さが結衣から言葉を奪ったのだ。

結衣は父上の子です——

おけいははっきりと結衣の声を聞いた。繋いだ指から流れ込んでくるように、おけいの耳に届いた。

「では、左之助さん、失礼いたします。図々しいことですが、小鳥たちを」

ああ、まかせなと請け負った。そして、腰を屈めると、

「お嬢さん、大変、失礼なことを申し上げやした。お許しください」

そうして、左之助を筆頭に皆が深々と頭を垂れた。

通り過ぎた者たちが、何事かとおけいと結衣を見て行く。中には立ち止まるものさえいた。威勢の良さが売り物の鳶の者たちが揃って、女と子どもに頭を下げているのだ。珍しい光景だ。

「もう、結構ですから、頭を上げてください」

おけいは気恥ずかしさに身を縮めた。だが、左之助はいうことを聞かずにいた。

「お嬢さんが許してくれるまでは」

でも、とおけいは戸惑う。結衣が言葉を発せないことを左之助は知らない。かといって、それをここで告げるのもはばかられる。

すると、結衣がおけいの手を離して、左之助に近寄ると、丁寧に頭を下げた。

それに気づいた左之助が、あっと後退《あとじさ》りする。

「お武家のお嬢さんが、おれらみたいな者に頭を下げちゃいけませんよ」

しかし、結衣はそれでも顔を上げなかった。

「ああ、困っちまったな。こんなことされちゃ、こっちが申し訳なくなっちまう」

つまり、お許しくださるってことで？　と結衣に訊ねた。結衣がおけいを振り返り、にこりと笑って頷いた。

左之助は、ああ、と息を洩らし、おけいを見て、得心したという顔をした。

「かたじけねえ。これからお父上のお見舞いに行かれるのでしょうかね？」

結衣は左之助の言葉に大きく首を縦に振る。

「お嬢さんのお顔を見りゃお父上もすぐ元気になりまさぁ。人のいうことは話半分に聞いとかないといけねえと学びましたよ」

おめえら、行くぞ、と左之助は手下へ向け、大声でいった。

「おかみ、立ち話で時間を取らせちまったな。回向院におれらがいるときゃ遠慮なく声をかけてくんな。それとよ、まもなく、日本橋から京橋の方の普請が始まるぜ」

おけいは、眼を見開く。

「ありがとうございます」

「おれたちが建てるわけじゃねえがよ」

じゃあな、と左之助たちは歩き出した。

おけいは踵《きびす》を返して、左之助の背に向かって、腰を折った。

「結衣さま、ご立派でしたよ。それでは、行きましょう」

と、結衣の手を再び取ろうとしたおけいは、ふと違和感を覚えた。結衣の手がまた震えている。

そして、どこかを見つめて呆然《ぼうぜん》としている。

おけいは、結衣の視線が向けられている方向へ顔を向けた。

人波に紛れ、杖をついた男がゆっくりと近寄ってくる。

顔の半分はさらしに覆われ、着流しの合わせからもさらしを覗かせている、裾から見える脚にも白いものが見え隠れしていた。五間（約九メートル）ほど先にいる。足を引きずるように、杖を頼りに、歯を食いしばって歩いている。

人々が男を避けるように、右へ左へと分かれて道を開ける。

おけいの唇が震えた。喉が嘘のように渇いている。

なんてこと。昨日の今日なのに。ようやく食事ができるようになったばかりだと聞かされていたのに。まさか、こんなことが。

「永瀬さま！」

おけいは、思わず声を上げた。

その呼びかけに、男が顔をこちらに向ける。

結衣が大きく口を開いた。

息がぜいぜいと鳴っている。結衣は肩を上下に動かし、懸命に呼吸をしていた。それがもどかしいとばかりに拳を握りしめ、結衣は地を蹴った。

「――ち、父、上！」

結衣の声があたりに広がった。

声が。声が出た――。

結衣の声が。まるで春告鳥《はるつげどり》のようだ。おけいの耳に心地よく響いた。

「結衣さま！」と、おけいも結衣を追いかける。

「結衣！　おけいさん！」

永瀬が杖を動かし、懸命に歩いてくる。結衣が永瀬の腰にしがみついた。

「結衣、おめえ今」

結衣は顔を埋めて、嫌々をするかのようにかぶりを振る。

永瀬は膝を落として、結衣を抱きしめる。

おけいは父娘二人の姿に胸が詰まった。なにより、結衣が言葉を発したことに心が震えた。

「永瀬さま、結衣さま」

おけいが二人に近寄った時、不意にふたりを包む妻女の姿が見えたような気がした。今はまだこの親子の間に入ることができない。おけいはそれ以上足を進めず、二人を見守るよう、傍に立った。

「ああ、結衣、結衣」

永瀬は結衣の頭を撫でながら、名を幾度も呼んだ。喜びを懸命に押し殺しているような物言いだったが、おけいにも気持ちが痛いほど伝わってきた。

「もういっぺん、お前の声を聞かせてくれ」

懇願するような永瀬に、結衣は首を横に振る。

あの一言だけだったのだ。けれど、永瀬は落胆していなかった。

「そうか。構わねえさ。お前がおれを呼んでくれただけで十分だ。この有り様じゃわからねえかと思ったが、やっぱり結衣はすぐ気づいてくれたんだな」

永瀬はおけいを見上げる。

「結衣の声を聞いたかえ？　綺麗《きれい》だろう、可愛いだろう？　きっと結衣は声を取り戻す。おれを呼んでくれたんだからな、なあ」

結衣はもう離れまいと永瀬に抱きついていた。

「永瀬さま、お身体は？」

おけいは嬉《うれ》しさと不安の両方を滲《にじ》ませながら、おずおずと訊いた。

「いても立ってもいられなくなってよ。宗伯さんと馬琴先生が止めるのも聞かずに出てきた。いつまでも横になっていたせいか身体も鈍《なま》っているからな」

「でも無理をしては。いても立ってもいられなかったって、善次《ぜんじ》の親分さんのことですか？」

上方から、善次が戻って来たのだろうとおけいは思っていた。それ以外に今の永瀬に無理を押して出てくる理由はない。

「そうじゃねえ。実はな、火元になった材木屋の焼け跡から、夫婦の亡骸《なきがら》が出てきたんだよ」

おけいはあまりのことに口を開けた。

「永瀬さま。まさか、その探索においでになったのですか？」

「おう、そうだよ」

永瀬はこともなげに答える。さすがに結衣も、父親の顔を驚いて見つめる。

「その夫婦はな、自害なんだよ。旦那は腹を召し、妻は首をかっ斬っていたんだ。むろん岬が伝えにきてくれたんだがな」

それから、その夫が下げていたのであろう印籠《いんろう》の根付が焼け残っていた、といった。

「岬から預かった物だ。といっても無理やり置いていかせたんだが。その身体で何ができるか、と呆れていたよ。でもあいつは火事の後始末で忙しい。探索は、おれがやると告げたら、渋々渡してくれた」

もうお役目には戻れないかもと悲観していた岬にとっては青天の霹靂《へきれき》、喜ばしい誤算であっただろう。それにしたって、無茶が過ぎる。けれど、これが永瀬なのだと、おけいもまた、嬉しさに身が震えた。

「それにな、根付をひと目見て、おれには心強え味方がいると思ったのさ」

おけいは首を捻《ひね》った。馬琴のことだろうか。

すると、永瀬が袂を探って、何かを取り出し、おけいの前に差し出した。

「これ」

「金物でできた根付だ。火炎で少し溶けちまっているが」と永瀬がさらに手を伸ばす。

おけいはそれを受け取って、眼を凝らす。

「鳥、です。しかも向かい合った鳥の意匠だと思います」

「やっぱりそうかい。なんの鳥かわかるか」と、永瀬が訊ねてくる。

おけいは再度、見る。かなり溶けてしまい、部分的にしかわからない。けれど、同じ鳥ではない。大きさも異なり、尾の長さも違うようだ——と、片方の、大きな鳥の頭に、とさかのようなものがあることに気づいた。ううん、とさかではない。頭の後ろだ。小さく跳ねているような。

孔雀《くじやく》？　ああ、雉かもしれない。だとしたら、雉の番《つがい》だ。

二

「雉の夫婦ってことか？」

永瀬がおけいの手許を覗き見る。

「ええ、鳥は雌よりも雄のほうが、羽根色がきれいで尾が長いものが多いから。根付では色まではわかりませんが、頭の部分と尾の長さの違い、それと首の形からして雉であるのは間違いないと思います」

「残り火で燻《いぶ》されて、かなり燃えちまっているのによくわかるもんだな」

　永瀬が感心する。

「けど、そういや雄のほうがきれいな鳥はいるな。孔雀や真鴨もそうだ。疑問に思ったこともなかったが」

「それは、雌の気を引くため、ですよ」

　おけいが応えると、永瀬が眼を丸くした。

「そりゃほんとかえ？」

「その逆に、巣で卵を温めるとき、目立つ羽根色ではすぐに獣や大きな猛禽《もうきん》に狙われてしまうため、雌は自分と生まれてくる雛を守るために地味なのかもしれません」

　ふうん、そうしたものか、と永瀬が得心する。

「あ、これはあたしが勝手に考えたことですから」

「いや、あながち間違ってはいねえと思うがな。雄は派手なその羽根色で、雌を守るために敵を威嚇《いかく》したり、いざとなったら目眩《めくら》ましのおとりになれる」

　永瀬は至極《しごく》生真面目な顔つきをして、おけいを見たが、一瞬、悔恨を覗かせた。

　きっと守りきれなかった妻女のことを考えてしまったのかもしれない。

　だが、永瀬はすぐに表情を柔らかなものに戻した。

「人も鳥も変わらねえなぁ。生き物ってのはよ、そうやって、なにかを守るために生きてるんだな。そいつはよ、色んなものに当てはまる。暮らしや、自分自身や――」

　ははは、なにいってるんだろうな、おれは、と永瀬が照れる。

「今朝は、馬琴先生に、なにやらいろんな教訓めいたことを聞かされたからな。おれにも移っちまったかな。なにより、そんな身体でお役が勤まるか、と怒鳴られたが」

「まあ、そうでしたか」

馬琴は誰であろうと容赦しない。厳しい言葉も、皮肉めいた物言いも、底には優しさがある。おけいは根付に視線を落とした。

番の雉――。

根付を指先でそっと撫ぜた。夫の持ち物である印籠の根付であれば、きっと仲の良い夫婦だったのだろう。けれど、火元になった材木屋でともに自害して果てていただなんて。いったい何があったというのだろう。

「焼け野の雉、夜の鶴、梁の燕――」

ふと、おけいは口にした。

「なんだいそりゃ」

永瀬が訝る。おけいは、馬琴から教えられた謡曲の一節だと、話した。

「雉も鶴も燕も子を守るためなら、命をかける。そんな雉の意匠の根付を下げていらしたのは、このご夫婦の思いがここにあるような。ただの想像ですけれど」

「その謡曲を知っていたなら、根付に意味も出てくるだろうが」

「けれど、ご夫婦で自害なされたなんて、なぜでしょう。その材木屋さんとは」

「うむ、そこは岬も首を捻っていたよ。材木屋に来ていた客かと考えるのが一番もっともらしいが、助かった材木屋の家族や番頭に訊いても、夫婦のことは知らないそうだ。ましてや店で自害されるほどの恨みを買ったおぼえもないとな。おれは、半分焼けただれた亡骸を見ちゃいねえし、なにもわからねえが」

永瀬にピタリと身を寄せていた結衣が怯《おび》えた顔をして耳を塞いだ。

「永瀬さま。それ以上は」

おけいが結衣を気遣うと、

「ああ、嫌なことを聞かせちまったか。結衣、すまねえ」

永瀬は手を伸ばして結衣の頬に触れた。結衣は両手を耳に当てたまま、首を横に振った。大丈夫だということなのだろう。

おけいはしゃがみ込んで、結衣と顔を合わせた。

「結衣さま、お声が出て本当にようございましたね。次は、チヨのことも呼んであげてください。きっと喜びますよ」

結衣は、おけいをじっと見つめて、こくりと頷いた。笑みを浮かべると、耳から手を放した。

「おけいさん、お救い小屋の暮らしは厳しいだろうが、結衣をもう少し頼む」

まだ八丁堀の同心屋敷も普請の最中だった。

「でも、永瀬さま。どなたかご同役の方のご家族にお頼みしたほうがよろしいのではありませんか？　やはり結衣さまは」

おけいが永瀬を見上げると、結衣が頭《かぶり》を振り、おけいの袂《たもと》を摑《つか》んだ。

「よろしいのですか？　小屋で過ごすのはお辛くないですか？」

結衣がにこりと笑った。おけいは結衣の健気《けなげ》さに胸が締め付けられる思いがした。父親の行方も生死もわからず不安な日々を過ごしていた。ようやく会えたというのに、永瀬のお役目に迷惑をかけまいと考えているのだろう。

「おれは、馬琴先生の屋敷で養生しながら、火元の材木屋を調べる。佐久間町だからな、馬琴先生の処からのほうが通いやすい」

そういうと、永瀬は少しだけ顔をしかめた。怪我が痛むのだ。おけいは立ち上がった。

「ご無理はなさらないでくださいね」

「心配ねえよ。といっても散々心配させたおれがいうのもなんだが、な。まあ、なんともなくはねえが、なんとかなる。捕り物じゃなく、探索だからな」

永瀬はわずかに頰を緩めたが、引きつったような表情になる。顔にも傷を負っているせいだ。さらしが巻かれているので、その程度はわからないが、たぶん、軽いものではないのだろう。

おけいはそっと息を吐いた。

怪我をおしてまで、探索をするなんて無茶が過ぎる。けれど、お役目となったら、どんな言葉を並べても永瀬を止められない。そのもどかしさに身が震える。

「じゃあな、結衣、おけいさんのいうことをちゃんと聞くんだぞ」

そういうと、永瀬は杖をついて歩き始めた。が、不意に振り返り、

「そうだ、チヨと月丸は元気にしてるかい？　他の小鳥たちも無事か？」

柔らかな声で訊ねてきた。結衣が大きく頷くと、そうか、と永瀬が笑顔を見せた。

おけいはその背中を見送りながら、結衣の手を引いた。

結衣の足先がためらっていた。おけいは、はっとして結衣の顔を覗き込む。寂しげな、悲しげな瞳があった。父娘の繫がりはあたしが羽吉を待ち続けていたのとは違う。が、待つことの辛さ、悲しさをあたしは知っていたはずなのに。

「両国に戻りましょうね。けれどお父上も困りましたね。もう少し養生なされぱいいのに。お役目お役目って。とんだお見舞いになってしまいましたね」

おけいは明るく声を張り、冗談めかしていう。結衣がおけいを見上げて、くすっと笑った。そ

の笑顔さえも結衣の気遣いのように思えて、おけいの胸にせつなさが込み上げる。

「下谷《したや》の広小路《ひろこうじ》まで出て、お菓子を買っていきましょうか。甘いのがいいかしら、それとも塩辛いのがいいかしら？」

結衣が唇をキュッとすぼめた。

「あら、塩辛いほうですか？　じゃあ、お煎餅《せんべい》にしましょうか。あ、帰りに馬琴先生のお屋敷にも寄りましょう。お父上がまだお世話になりそうだから、結衣さまもご挨拶しておきましょうね」

結衣が不安げな顔をした。

「馬琴先生は頑固で言葉もきついけれど、心はお優しいから、大丈夫ですよ」

馬琴は甘いものが好きだ。練り切りか、落雁を持っていこう、と結衣の手をしっかり握って歩き始めたとき、おけいの頬を思いがけず涙が伝った。

あっと思ったが、どうにもならない。後から後から、頬を伝い顎《あご》を伝い、ぼろぼろとこぼれ落ちる。数歩も行かぬうち、つと足を止めたおけいを結衣が見上げる。

「ごめんなさい、結衣さま。あたし」

結衣が激しく頭を振り、おけいの手を両手で包み込んで、自分の頬に当てた。結衣の温もりが伝わってくる。


おけいと結衣は繋いだ手を振りながら、御成道《おなりみち》を下谷広小路のほうへと向かった。火元の佐久間町に近いが、風向きで飛び火が防げた。通りも町もこれまでと変わらない賑《にぎ》やかさだ。すっかり焼けてしまった大店の建ち並んでいた日本橋通りは、いま普請が急ぎ進められている。

おけいは、永瀬に見せられた根付のことを思い出していた。雉の番の根付。そして夫婦の亡骸。

どうして、火元の材木屋で自害などしたのだろう。

此度の大火の原因は、奉公人の火の不始末だった。夫婦に何があったというのだろう。どのような理由があって、そんな哀しい最期を選ばねばならなかったのか。

番の雉は、きっと夫婦の間柄を映しているに違いない、とおけいは思った。根付には色々な意匠があるけれど、わざわざ番にするなんて――。

夫は腹を、妻は首を。それに印籠の根付から察するに武家の夫婦であることは間違いないが。と、おけいの胸底から、じわっと浮き上がってくるものがあった。

まさか。

あのお武家。カナリヤの番を買い求めて、すぐことり屋に戻してきた、あの夫婦。そんな偶然があるはずがない。おけいは自分のつまらぬ想像をすぐさま振り払った。

カナリヤを返してきたのは、やはり不都合があっただけ。

「これで寂しゅうはなかろう」

不意に夫が妻に向けていった言葉が甦《よみがえ》ってきた。それに対して、妻女の表情が曇ったのが、気にかかっていたことをおけいは思い出した。武家夫婦の顔も、いまはっきりと。

おけいは即座に否定した。どうしたことだろう。なぜこんなにも焼け跡で見つかった夫婦と、カナリヤを求めた武家夫婦を一緒にしたいのか。あまりに身勝手なことだ。

でも、でも。あの武家夫婦から滲み出ていた深い慈愛の心。

それが、なぜか酷く、哀しい死と重なるような気がしてならなかった。

くいと突然、手を引かれた。おけいは、たちまち我に返る。

結衣が心配そうに眉根を寄せておけいの顔を見ていた。

「ごめんなさい、結衣さま」

気がつけば、いつの間にか下谷広小路近くまで来ていた。床店がたくさん並び、あちらこちらから売り声が聞こえてくる。両国もお救い小屋の周りはずいぶんと賑わい始めてきたが、やはり、変わらぬ活気ある喧騒が妙に懐かしく、嬉しく思えた。

と、お店の小僧が急ぎ走ってくると、何かにつまずいたのか、つんのめって盛大に転がった。そのはずみで抱えていた荷物がおけいの足下にまで飛んできた。

足を痛めたのか、なかなか起き上がれずにいた小僧におけいは小走りに近寄った。荷は結衣が拾い上げた。

「怪我はない？」

声をかけると、小僧はようやく起き上がったが、その場に座り込んで顔を歪《ゆが》め、膝を押さえた。見れば、膝頭から血が滲んでいる。

おけいはしゃがむと、すぐさま懐紙を取り出し、小僧に差し出す。

「ありがとうございます」

まだ十ぐらいの男児だ。

「お使い大変ね。気をつけてね」

男児は膝頭に懐紙を当てると、大変じゃないです、と応えた。

「おいらは、下駄屋で奉公しているんです。早くいっぱしの職人になりてえから、お使いも掃除も苦じゃない。下積みがないのはいけねえよって親方にもいわれているし」

「そう、なの」

おけいはそう応え、自分を省みた。飼鳥屋を営んでいるけれど、あたしには下積みがない。羽吉に教わっていたが、いなくなってからは、自分で鳥に関する書物を読み学んだだけだ。生き物を扱うのは容易なことではないと幾度も思った。それでも、羽吉が戻るまでは店を守る、その一念だけでやってきた。

ああ、そうか。いまはその店もないのだ。

下駄屋の小僧は、立ち上がるとぴょこんと頭を下げ、結衣から荷を受け取ると、また走り出していった。


お救い小屋から人が次々と出ていく。そろそろ取り壊されるという噂が出て、皆慌てて親戚や知人を頼って離れていった。あとひと月ほど、と羽吉から聞かされていたが、やはりお上《かみ》ははっきり決めたのかもしれなかった。

身の振り方を考えねばいけない。回向院の鳥たちのことも。

下駄屋の小僧がいっていたことが、おけいの胸に引っかかっていた。

後日、再び馬琴の屋敷を訪れた。やはり永瀬の姿はなかった。落胆はしたが、日毎に回復しているのであろうと思えて、安堵もした。

「あの同心は人の助言など聞かんの。思ったままに行動しておる。やれやれだ。ここで厄介になり、探索を続けるといいおった」

馬琴は呆れたようにいった。永瀬は怒鳴られたといっていたが、馬琴は助言のつもりだったようだ。

「で、おけいさんはこれからどうするか決めておるのかの？　小松町あたりで普請が始まったそうだが、それでも、小屋の閉鎖までには出来上がりはしないだろうしの」

「ええ、それで、本日はご相談に来ました」

と、膝を乗り出した。

おけいは、考えたことを馬琴に告げた。自分はまだほんとうに鳥たちを知らない。その世話も羽吉の見よう見まねでもある。自分に足りないものがなんであるのか、ひとりで立つとはどういうことなのか。これまでなんとかやってきたが、この火事で店を失ったことは、自分にとってはよかったのかもしれないと。

おけいの口からほとばしる言葉を馬琴はいちいち頷きながら聞いてくれた。

おけいが話し終えると、馬琴は笑みを浮かべた。

「もともと、おけいさんはなにも持っておらなんだ。好きにやればよい。わしの助けはいるかの？」

「ええ、これまで同様、相談相手になっていただきとうございます」

おけいはきっぱりといった。

「あたしは、ひとりで生きている顔をして、ちっともそうではなかったことに気づかされました。この災いの中で、多くの人が手を差し伸べてくれていた。あたし、意固地だったんですね。ひとりで生きることは覚悟を持つことだと思いました。でも、決して孤独ではいけないのです。羽吉さんから、誰かを頼ってもいいといわれました。ひとりで背負い込むことが偉いわけでもないとも。あたしは、一から出直すつもりです」

「一から出直しとは、また。面倒な所に思い至ったものだの。一というのはどこからだね？」

おけいは悪戯っぽく笑った。

「まだ内緒です。飼鳥屋としての一歩を始めるためです」

「なあ、おけいさん、だったら丁度いい。羽吉のことも聞いてやってくれんか」

馬琴が思わぬことを口にした。

「いうなと、奴からいわれていたのだがなあ。いわずにおれまいよ」

おけいは、なんと応じたものか、言葉が見つからなかった。

「それが羽吉の気持ちだろうて。奴も考え抜いた末の答えであったのだろうからな」

馬琴が煙管《キセル》を取り出した。


籠屋一家がお救い小屋を出ると告げてきた。

相模《さがみ》の親戚に身を寄せるのだという。落ち着いたら、そちらでまた籠屋を始めるのだといった。

おとせにはずっと世話になりっぱなしだった。飼鳥屋の隣には、たいてい籠屋がある。購った鳥を運ぶために必要だからだ。商売するにも持ちつ持たれつで、羽吉がことり屋を引き継いで始める前の飼鳥屋の頃から、籠屋はあった。

「小松町には二十年ほど暮らしたからねぇ」

と、おとせは懐かしい眼をした。

「ごめんね、おけいさん。あたしも歳食っちゃったし、亭主はもう眼が利かなくなっててさ、ちょっとのんびり商売しようと思ってね。ほんとうは、おけいさんのことり屋の横にずっといたかったんだけど。倅《せがれ》も相模のほうで所帯を持たせようと思ってさ」

おとせは、鳥の扱いにも慣れていて、店の留守番もよくしてくれていた。

「あたし、ずっと、甘えていたから。これまでありがとうございました」

おけいがおとせの手を取った途端、ふたりとも堰《せき》を切ったように涙があふれた。

その後、日を追うごとに、ひと家族、ふた家族と小屋を離れていった。五百人ほども詰め込まれていたが、いまは半分近くまで減っただろうか。けれど、小屋での暮らしは代わり映えしない。

変わらず、月丸は小屋の者たちの無聊《ぶりよう》を慰めていた。時折、悪い言葉を教え込もうとしている大人に、長助が食ってかかっている。

チヨも元気だ。結衣は、チヨの籠に手を入れて、指に止まらせ、懸命に口を動かしている。父親に向かって声を出せたことが、結衣に希望を与えたのだろう。きっと声を取り戻せると信じている姿に、おけいも力づけられる気がした。

雨が数日降り続き、小屋の中は湿気に満ちた。座っているだけで嫌な汗が出てくる。

季節が確実に移り変わっていることを知る。

永瀬はどうしているだろう。さすがに雨空では探索には出ないかもしれないが。

自害した夫婦の身元は知れたのだろうか。永瀬のもとに行きたい気持ちを堪えて、おけいは過ごしていた。

雨が止むと、清々しいほどの青空が広がった。

待ってましたとばかりに女房たちが洗濯を始める。おけいもその輪に交じって談笑しながら、汚れ物を洗う。温んだ水に季節の移ろいを感じる。

洗濯物を物干しに干しているとき、古手屋の八五郎がやってきた。おけいが洗濯物を干し終えるまで、八五郎は座り心地のいい石に腰掛け煙管をふかしていた。

「お待ちどおさま」

八五郎は難しい顔つきで慌てて立ち上がり、おけいと向き合った。

「すまねえ、おけいさん。あっしたちは明後日、ここを出ることになったんだ。じつはよ、柳原土手から表店を出した昔馴染みに居抜きの店があるといわれて。浅草の観音さまの近くでな。うちは年寄りもいるし、これから子どもも大きくなるし、長屋じゃ――」

八五郎は懸命に言葉を選びながら話す。

「どうしたんです、八五郎さん。いいお話じゃない？　念願のお店が出せるのでしょう。ようございましたね、あたしも嬉しいです。長助ちゃん、ますます張り切りますよ」

おけいは笑顔で応じたが、八五郎はどこか申し訳なさそうにしている。

「だってよ、なんか悪くてよぉ、籠屋さんも出ていくし、おけいさんがひとりきりになっちまう」

「よしてくださいな。あたしに遠慮なぞしないでください。小松町からは離れてしまうけれど、浅草ならお参りにも行くし、ちょいちょい会えますよ。籠屋さんは遠いからそういうわけにはいかないけれど」

妙にしょげている八五郎を力づけるようにおけいはいった。

「ありがとうよ。そういってくれると助かるよ。悪いね、おけいさん。けど、おけいさんはどうするんだい？　どこか行く当てはあるのかえ？　それか、うちに来るかい？　二階屋で上に二間あるんだ。そんなに広くはねえが、ここよりはいくらかましだ」

「いくらかだなんて、相当ましよ」

「じゃあ、来たらいい。長助も喜ぶからよ。結衣さまも一緒によ」

せっかくだけど、遠慮しているとかではないの。あたしは、ことり屋を続けていきたいから」

「嫌とか、遠慮しているとかではないの。あたしは、ことり屋を続けていきたいから」

八五郎は、だからだよ、と幾分声を張った。

「店の建て直しまでにゃ、まだ日にちがかかるよ。それまでにここは取り壊されちまう。そうなったら、行くところがねえじゃねえか。それに、女ひとりじゃ、大変だよ。足下見るような悪い奴もいるからよ」

「大丈夫、といいたいけれど、十分気をつけます。八五郎さん、あたしね、決めたことがあるの。だから、心配しないで」

八五郎が眼をしばたたいた。

「なにを決めたんで？」

「じつは――」

おけいが口を開こうとしたとき、

「おい、飼鳥屋のおかみ」

背後から呼び声がした。振り返ると、永瀬の同輩である岬清右衛門が立っていた。その背後に立つ人を見て、おけいははっとして眼を瞠《みは》る。

「親分さん」

善次だ。深川を取り仕切る岡っ引きだ。たしか、永瀬の妻女を殺めたかも知れないという男を上方に追っていったはずだ。

では、その男を捕らえて戻ったのだろうか。総身が震える。

八五郎は、岬と善次に軽く頭を下げて、この場を立ち去る。

「あの、あたしに何か」

おけいは二人の前に出ると、そう訊ねた。

「永瀬の娘に用がある。娘を連れ、これから大番屋まで来てくれねえか」

大番屋に？　やはり善次の親分は下手人と思しき男を連れ戻ったのだ。でも、その男と結衣を会わせるなんて。母親が男に刺されるところを結衣は見ている。きっと男の顔を見ているから、面通しをさせようというのか。それはあまりに酷だ。

「お断りします」

「御用で来ているんだぜ、おかみ。おれはカナリヤを返しに来たわけじゃねえんだよ。こいつは大切なことだ。永瀬の旦那のお嬢さんは殺しを見ちまった」

やはりそうだ。善次は捕まえたのだ。おけいはさらに身を震わせた。これは怒りだ。

「怖かったろうよ。だから声が出なくなった気持ちはわからなくはねえ。自分のおっ母さんが殺されたところを見ちまったんだからなぁ。その下手人の顔を見るのも恐ろしいに違いねえ」

善次は淡々としていた。

おけいは一旦、奥歯を食いしばると、声を張った。

「結衣さまが声を失ったのは、怖かったからではありません。勘違いなさらないでください」

なに？　と善次が色をなす。

「待て、善次。落ち着け。おかみ、こいつは江戸に戻ったばかりで疲れているんだ、許してやってくれ」

岬がおけいを見つめた。

「あたしこそ、大きな声を出して。でも、結衣さまはいま、声を取り戻そうとしているのです。先日、永瀬さまのことを父上と呼んだのです。それきりで、まだ声は出せません。こんなときに、その男に会わせるなんて、酷《むご》すぎます」

「我らとて、そのような真似はしたくない。しかしな、娘が自分の母を殺めた男の顔を覚えておれば、そいつをすぐさま白洲《しらす》に引きずり出すことができる。親の仇が討てるのだぞ。連れて来てはくれまいか」

岬のいう通りではある。けれど、いまの結衣に負担をかけたくないと思うのはいけないの？　いくら御用のため、母の仇討ちとはいっても、幼い心をこれ以上痛めつけたくないと思うのはいけないの？

「このことは、永瀬も承知している」

岬の言葉に、おけいは、まことですか？　と訊《き》き返した。

「嘘はいわぬ。さあ、早く連れてきてくれ。無理やり娘だけを連れていきたくはないのだ。大番屋には、すでに永瀬がいる。永瀬から、おかみと娘を連れてくるように頼まれた。これは永瀬の望みでもあるのだ、おかみ」

永瀬さまが──望んでいる。

おけいは、結衣を連れてお救い小屋を出た。岬と善次は先を行く。おけいたちの後ろには永瀬家の下男の権太がいる。

大番屋は南茅場町《かやばちよう》にある。町内にある番屋と異なるのは、まだ裁きの出ていない者や軽い罪を犯した者たちを留め置くための牢があることだ。

ここで、厳しいお調べも行われることから、調番屋《しらべばんや》とも呼ばれている。火事で燃えてしまったが、すでに建て直されていた。お定めを犯す者は、世の中がどんな状況であろうともいる。おけいは、物悲しくなる。結衣にはなにも告げなかった。おけいは、父親である永瀬から伝えるべきだと思ったのだ。権太の表情が暗い。おけいは権太には話しておいた。

しかし、結衣の顔には怯えが張り付いているように見える。子どもながらに、なにかを感じ取っているのかもしれない。

「結衣。おけいさん、来てくれたか」

座敷に番屋の小役人とともに座って茶を飲んでいた永瀬が、振り返った。顔のさらしが取れている。おけいは息を呑む。火に炙《あぶ》られたのであろう顔の左半分が赤くなっていた。月代《さかやき》から頰のあたりまでだ。眼元が無事であったのが幸いだったが、その火傷痕は痛々しい。結衣はその瞳に涙を溜めていた。

「すまねえ、驚かせちまったな。さらしなんぞ巻いてると暑くてならねえんでな。時はかかるが、少しずつ薄くなっていくそうだ」すっかりとはいかねえかもしれねえが」

それよりよく来てくれたな、結衣。

「急にそのような痕を見せられたら、結衣さまがお辛いのがわかりませんか?」

「だから、詫びたじゃねえか、おけいさんも団子食べるかえ?」

永瀬が口角を上げ笑顔を向けてきた。おけいは腹を立てていた。これから結衣にさせることがどれだけ心の負担になるのか永瀬はわかっているのだろうか。

それを承知で、団子を食べろなどといっているのか。

「永瀬さま」

おけいは、結衣を権太に預け、永瀬に近寄る。

「あたしは結衣さまになにも話してはおりません。父親の永瀬さまからお伝えになるのが筋だと思って。これは、あたしにはなにもかかわりのないことでございます。永瀬家が収めなければならないことだと思っております」

永瀬の顔から笑みが引いた。

おけいは永瀬を見つめた。

「――わかっているさ。結衣には申し訳ないと思っている。しかし、結衣は武家の娘だ。芯の強さは持っている。おれはそう信じている。結衣の強さを信じる。岬、善次。頼む」

永瀬はふたりに声をかけた。

「あいつを引き出してくれ」

おけいは眉をひそめた。永瀬の顔にはなんの感情も表れていなかった。

「まことに、結衣さまにお辛い思いをさせるのですか？　酷いと思わないのですか？」

おけいは首を回した。

「権太さん、結衣さまを連れてここから出て、早く」

「駄目だ。これは結衣が下ろさなけりゃいけねえ荷物なんだ。いつまでもおれは、結衣に背負わせておきたくはない。結衣、後ろにいる男の顔を見ろ、よく見るんだ」

おけいは眼を見開いた。岬と善次に連れられ、縄を打たれた男が姿を見せていた。

男はふてぶてしい面構えをした四十がらみ。はだけた胸からは彫り物が覗いていた。

「九《く》寸《すん》五《ご》分《ぶ》の竹蔵って野郎だ。見覚えがあるか」

九寸五分は匕首《あいくち》の俗名だ。意気がった通り名がさらに嫌悪を募らせる。

永瀬の口調にはまったく抑揚がなかった。冷静なのか、それとも噴き出しそうになる怒りを懸命に堪えているのか、おけいにはわからない。

ただ、男を見つめる眼があまりにも冷たい。このような永瀬の眼を見たのは初めてだ。

いつも、ことり屋を訪ねてくるときとは別人だった。定町廻《じょうまちまわ》り同心としての永瀬の姿なのかもしれなかった。

結衣が権太から離れ、身を竹蔵に向けた。

「ははは、そこの可愛いお嬢さんがおれに何の用だい？」

竹蔵が結衣に歯を剥いた。結衣が肩をすぼめる。

「ひゃっひゃっひゃ、なんて可愛いんだ。おじさんは怖くなんかないよお、もっとこっちへおいで。抱っこしてあげるよ」

なんて醜悪なのだろう、おけいは顔をそむけた。

「黙れ、竹蔵」

岬が十手で背を打った。

「痛《いて》えなぁ、乱暴なことするなよぉ。ほんとうに痛いんだからな。大体、おめえらみてえな不浄役人がよ、束になってかかってきても、おれはなんともねえからな。明日には許しが出てこっからおさらばよ、ばぁーか」

へっへっへ、と竹蔵は高笑いした。

「なあ、お嬢ちゃん、おじさんが、いいこと教えてあげるよぉ。もっと寄っておいで」

と、赤い舌を伸ばして、自分の唇を舐《な》め回した。

おけいは、たまらなかった。こんな下衆《げす》な男がいるなんて。結衣が汚されるような気がして我慢できない。

が、結衣は、竹蔵を凝視していた。その顔からは最前までの怯えが消えていた。

「結衣さま」

おけいは思わず声に出していた。

結衣は怖がることなく、竹蔵に一歩近づいた。

「なんていい子だ、ほらもうちょっとそばにおいで」

竹蔵が卑しい眼付きで結衣を見る。

結衣は怯むことなくそばに近寄ると、おもむろに右腕を上げ、人差し指で、竹蔵を差した。

「結衣、その男だな。間違いないな」

永瀬の声が飛んだ。結衣は、指差したまま、永瀬に顔を向け、深く頷いた。

結衣はぐっと大きく眼を見開いた。わずかに唇が動く。

そして、大きく息を吸い込み、

「――は、母上を刺した者です、父上」

しっかりとした声音でいい放った。

竹蔵は目の玉が飛び出すかと思うほどに、眼を見開き、結衣をまじまじと見つめた。が、すぐさま、禍々《まがまが》しい形相で、

「このガキ、なにをいいやがる！」

身を乗り出した。縄の端を摑んでいた番屋の者が慌てて、強く引き戻した。

それでも結衣は毅然としたまま、そこに立ち、

「喧嘩《けんか》の仲裁に入った母上を背後から匕首で刺しました」

竹蔵の様子に動じることなく、明瞭な声でいった。


牢に戻される竹蔵が喚《わめ》きながら、去っていくのを眼で追っていた結衣だったが、姿が見えなくなると、ふっと意識を失って、その場に膝からくずおれた。

「結衣さま」

おけいが走り寄って抱え上げると、一瞬、眼を開け、にこりと笑って、目蓋《まぶた》を閉じた。

その笑みがおけいの胸に深く刺さった。これで、自分の役割が果たせたのだと、この日を待っ

ていたのだと、心底安心した笑みのように思えたからだ。

大番屋の奥の座敷を借り、おけいの膝を枕に結衣は眠っていた。その顔には安堵の色が浮かんでいる。おけいはそっと結衣の髪を撫《な》でる。

母親を刺し殺した下手人を前にして、相当な緊張を強いられたはずだ。

大人でさえ、殺人を犯した者と相対すれば身が震えるだろうし、報復を恐れて口を噤みたくなる。けれど、結衣ははっきりと口にした。

結衣は身体を丸め、四半刻（約三十分）が過ぎても眠っていた。さすがに幼子でも頭を乗せられたままで同じ姿勢を保つのは辛くなる。手拭いを取り出し、頭にそっと手を添えて、畳の上に横たえさせた。権太は座敷の隅に座り、心配そうに結衣を見ている。

と、永瀬が、障子を開け、様子を窺うように入ってきた。

永瀬は結衣の寝顔を見ると、腰を下ろした。

「おけいさん、すまなかったな」

「それは、結衣さまにおっしゃってください。あんな怖い思いをさせて——でも、あのようにはっきりとお声を出すとは思いもしませんでした。臆することなく、相手を真っ直ぐに見据えて」

永瀬がおけいの言葉に深く頷いた。

「おれも——いや思った以上だった。母を殺めた者を目の前にして、どれほどの勇気が必要だったか。おれは、それでも結衣を信じた。たとえ声を発することができなくても、結衣ははっきりと下手人を指し示しただろう」

それが、結衣のけじめだったのだ、と永瀬は息を吐き、腕を伸ばして結衣の髪に触れた。

「辛かったろうな、ありがとうよ。これで、あいつの仇は討てた。終わったんだよ、本当にな。

これまで苦労をかけた」

永瀬は優しい眼差しで結衣を見る。

おけいは安堵しつつも、その胸底には複雑な思いが渦巻いていた。

やはり結衣にはとても大きな負担になったのではないか。声が出たのは喜ばしいが、このような形であったのは、酷くて悲しい、と。

永瀬がおけいに視線を向けた。

「なにも目の前に連れて来ることはなかったといいたそうな顔をしている」

結衣の目蓋がぴくりと震える。永瀬が、耳の後ろを指先で掻《か》き、こいつは、とぼそっといった。

「おれたち父娘が抱えちまったこととはいえ、恐れていたのも本当なんだ。だからよ、竹蔵を引き出す時、おけいさんがいってくれたじゃねえか。永瀬家が収めなければならないことだと――おけいさんに付き添ってもらったのは、どこかで頼っていたからかもしれねえ。でも、おれは、あの言葉を聞いて、背を押された気がした。おれと結衣がきちんと決着をつけるべきなんだとな」

ああ、違う。妻の死と母の死――この父娘はふたりで乗り越えようとしたのだ。あたしの憂慮などおこがましいだけだ。

永瀬は背筋を正して、

「あらためて礼をいう。かたじけない」

深々と頭を下げた。

「おやめください」と、おけいは声を張ったが、口元を急ぎ押さえた。結衣が眠っているのだ。

「あたしはなんのお役にも立っておりません。結局は、あの場で、あたしにはかかわりないことだと突っぱねたじゃありませんか」

永瀬が顔を上げる。

「いや、かかわりがないときっちりいってくれたから、おれも肚《はら》が決まった。口では威勢よく、意気がっていたが、その実、そうじゃねえ。結衣が下手人を前に身が竦《すく》んで固まってしまうかもしれねえ、おれはおれで、その場で叩っ斬ってしまうかもしれねえ。そんな思いが頭を巡っていたんだ」

情けねえったらねえよ、と永瀬は盆の窪《くぼ》に手を当てた。が、すぐに表情を硬いものに変えた。

「おれは妻を失った。定町廻りの女房だから、破落戸の喧嘩だろうが構わず仲裁に入ったのだろう、見上げたものだと、皆が褒め称えた。それは慰めも含んでいたのかもしれねえが、そんな言葉をかけられても、女房は還らねえ。命を奪った奴が憎かった。結衣の声まで奪った奴が憎くてたまらなかった。そいつを捕らえたら――いや、見つけ出して、殺してやりたいとさえ思った。女房と同じ苦しみを味わわせてやりてえ、と」

永瀬は声を殺しながら、吐露した。

嗚咽《おえつ》にも似たその物言いは、噴き出しそうになる憎悪を懸命に抑えこもうとしているかに思えた。

「結衣が母親を亡くし、言葉を失くして塞ぎ込む姿を見るたびに、おれは自分を責め立てた。おれが役人でなけりゃ、女房だって喧嘩の仲裁に入らなかったろう。殺されることはなかったろう。結衣にも辛い思いをさせることはなかったんだ。母娘でたわいもない話をして、平穏な暮らしをしていたのだろうってな」

己のこの手で仇を討ちてえ、と幾度も思った、と永瀬は両の掌を広げ、じっと眺めた。そして指を折り、力を込めて拳を握り締める。その拳が小刻みに震えていた。悔しさが滲み出る。

永瀬の哀しみが真っ直ぐ、おけいに伝わる。苦しい思いを、ともすれば怒りに変わる強い思いを、永瀬は少しずつ吐き出している。

あたしは、こうして聞くことしかできない。下手な慰めも情けも永瀬はきっと欲していない。これまで口にできなかった思いを言葉にし、吐き出すことが、今の永瀬には必要なのだと感じていた。これほどまでに、ご妻女は想われていたのだと、おけいは羨ましく思う。妬心とは違う。深い深い思慕。それを目の当たりにして、なぜか胸が熱くなる。

と、足音がして、

「すいやせん、永瀬の旦那、ちょいとよろしいですか」

岡っ引きの善次が、障子をそろりと開けて、顔を覗かせた。

「どうしたい？　竹蔵がすべて吐いたか」

永瀬が険しい顔を向ける。

「ええ、ご妻女のこと、覚えておりましたよ。ただ――」

善次がおけいのことをちらと見た。

「構わねえよ、話してくれ」

永瀬が促すと、善次はいいづらそうに、視線をさまよわせて、

「匕首は抜いたが、刺すつもりなどこれっぽっちもなかった。ご妻女がよろけたから突き刺さっただけで、おれは怖くなって逃げただけだ、と」

永瀬の顔が強張る。

「そう、いったのか？」

「へい。岬の旦那が竹蔵の吟味をしているんですが。それから、鳶の左之助を呼べと」

「鳶の左之助？」

おけいは、眼を丸くした。

「親分さん、左之助という方はもしや」

善次がおっという顔を向けてきた。

「なんだえ？　若頭《わかがしら》を知っているってのか」

「ええ、火事の直後、回向院でお世話になりまして」

永瀬がそれを遮るように口を開いた。

「その鳶がどうしたっていうんだ。竹蔵が破れかぶれで口走ったこととかかわりがあるのか」

「どうもそのようで」

永瀬の言葉を受け、善次が応えた。

竹蔵は牢から引き出され、結衣と対峙《たいじ》する前に、おれはなんともねえからな。明日には許しが出てこっからおさらばよ、と高笑いした。それはただの虚勢だと思ったが、鳶の左之助を呼ぶということは、なにかしら目論みがあるというのだろうか。

「わからねえな。ご苦労だが、その左之助を迎えにいってくれるか」

「ですが、永瀬の旦那、左之助はいま、普請だらけの江戸を走り回っておりますよ。どこにいるか見当がつきませんよ」

永瀬が舌打ちをした。

「旦那。あんな野郎の言うことなんざ聞いてやるこたぁありませんや。すぐに吟味方の与力さまにお出ましいただきましょう。ご妻女がよろけたからだなんてふざけたことを吐《ぬ》かしていやがるんですぜ。きつく締め上げて吐かせたほうが手っ取り早い」

善次が憎々しげにいい捨てた。

「唐丸籠《とうまるかご》の中でもうるさくて敵いませんでしたからね。おれはなにもしてねえとか、無実の人間を捕まえてどうするとか、宿場に着くたび喚くもんですから、こっちが悪人のような気分にさせられましてね」

「それは、すまなかったなぁ。おれが頼んだばかりに」

「なにをおっしゃる。永瀬の旦那のせいじゃねえ。みんな竹蔵が悪いんで。ご妻女ばかりじゃねえ。旧悪もあるんですから、そいつもひとつひとつ暴かなきゃいけませんから」

「あの」

おけいがつと身を乗り出した。

「左之助さんならば、小松町かもしれません。そのあたりでまもなく普請が始まるからと教えてくださったんです」

「それなら、いますぐあっしが行ってきましょう」

と、善次が身を翻そうとしたとき、ふと気づいたように、懐に手を入れた。

「おっと。おかみさんに渡しそびれるところだったぜ」

善次が折った紙片をおけいに差し出した。おけいは訝しく思いつつ、それを受け取る。

「あんた、深川の番屋を訪ねて来たろう。あのカナリヤを返したお武家夫婦のことでよ」

「はい、たしかに」

おけいの胸がどきりとした。

「おれの汚《きたね》え字で悪いが、そのご夫婦の姓名と住まいを知ってる奴が番屋にいたんでな、人別から写し取ってきたんだ」

「ありがとうございます」

おけいの礼を聞くまもなく、善次はすぐさま座敷を後にした。

「カナリヤの夫婦ってのは、火事の前に、善次がおけいさんの処に戻しに来た――」

ええ、とおけいは頷いて紙片を広げる。

『深川黒江町《くろえちょう》文二郎長屋　平井増太郎、季枝』

とあった。

「黒江町か。富岡八幡《とみがおかはちまん》に近い処だな」

永瀬が呟いた。

「で、戻されたカナリヤはどうしたんだえ？」

「いま回向院で預かっていただいています。けれど、あんなに大きな火事がありましたし、もう数か月も経ってしまいましたから、どうしたものかと」

「そうか」

不意にまた、おけいの中にあの思いが頭をもたげてきた。此度の大火事の火元になった材木屋で見つかった夫婦の亡骸のことだ。けれど、住まいは深川。火元は神田佐久間町。そのふたつを繋ぐ点などどこにあろうか。

おけいは、自分勝手な思い込みを振り払う。

「あ、ごめんなさい。いまは――」

慌てていったおけいを、永瀬は制した。

「いいんだ。竹蔵はただ往生際が悪いだけだろうさ。その、鳶《くつがえ》の若頭を呼んだところで、匕首を抜き、あいつを刺したと結衣がはっきりと口にしたことは覆せねえさ」

永瀬が立ち上がった。おけいは永瀬を見上げる。

「結衣が目覚めたら、小屋に戻ってくれるか」

「承知しました」

永瀬の背を目で追いながら、おけいの中に不安が広がった。

「うーん」

結衣が寝返りを打った。


「ちょいと失礼するよ」と、障子が開くと大番屋の下役の者が茶を運んで来た。

「申し訳ございません。ありがとう存じます」

おけいが礼をいうと、老齢の下役は、結衣の寝顔を覗き見て、

「まったくたいした娘さんだねぇ。あんな嫌な野郎を前にしてもしゃんとしていなさった。さすがは、お武家のお子だよねぇ。感心したよ」

ええ、本当に、とおけいは頷いた。

「それにしても、図々しい男だよ。匕首に勝手に刺さってきたなんてなぁ。よくいったもんだ」

竹蔵は認めていないのだ。

「それにねぇ、鳶の若頭を呼べと大威張りさ。なんでも、お偉い方に繋がっているから、口添えしてもらって解き放ちだと、へらへら笑っていたよ」

竹蔵という男はどんな暮らしをしてきたのだろう。どんな悪事を重ねてきたのか。知りたいとも思わない。知ったところでなんの益もない。けれど、他人を殺め、捕らえられてもなお、その罪から逃れようとしている。おけいはぎゅっと拳を握り締めた。

「悪い奴ってのは、まったくどこまで悪なんだか」

下役は首を横に振って、座敷を出て行った。

と、激しい怒声が聞こえてきた。

「――永瀬、さま？」

おけいは思わず腰を上げた。結衣が再び寝返りを打つ。結衣の様子を窺い、権太に任せて、座敷を出た。

「やめんか！　永瀬！」

岬の険しい声がした。続けて、竹蔵の悲鳴が上がった。おけいの顔から血の気が引く。眼にしたのは、吟味の行われる土間に縄を打たれたまま転がっている竹蔵に永瀬が馬乗りになっている光景だった。

岬が永瀬を引き剝がそうとしていたが、永瀬は竹蔵の襟を摑み上げると、思い切り腕を振り上げ平手打ちをした。

バシッと鈍い音が響き、おけいは身を竦ませる。ああ、と思わず声が洩れた。

「てめえが、刺したんだろうが！」

永瀬は再度、竹蔵の頰を張る。竹蔵の顔が歪み、唇の間から血が流れる。

まだ、杖をつかなければならないほどなのに……。怒りに膨れ上がった永瀬には身体の痛みも、ままならぬ下肢も忘れてしまうほどであるのだろう。

「おれの女房を手にかけたのは、てめえだ。そうだといえ！」

竹蔵は一瞬、眼を見開いた。

けらけらと、永瀬を見てせせら笑う。永瀬の形相が変わった。

「ありゃあ、あんたのおかみさんか。威勢のいい女だったなぁ。じゃあ、さっきのはあんたの娘か。こいつはいいや。かわいい娘だが、性根もそっくりじゃねえか」

永瀬が三度、手を振り上げた。

「永瀬、いい加減にしろ」

「あっしは、なんの手出しもできねえのに、卑怯《ひきょう》だ。それでも侍かよ」

竹蔵が身体を激しく揺すって喚いた。

「侍だろうが、かかわりねえ」

かっとなった永瀬が脇差に手をかけた。

おけいが息を吞む。「永瀬！」と、岬が永瀬を羽交い締めにした。「岬！　離せ」と、永瀬は抗うように身をよじる。柄に指は掛かったままだ。

「抜くな！　抜いてはならん！　お前もこいつと同じになるのだぞ」

「旦那、旦那！」

大番屋に飛び込んで来たのは、善次だ。その背後には、左之助の姿があった。

土間に足を踏み入れた左之助が眼を見開く。竹蔵がそれをみとめ、口の端を上げた。

「若頭。おれだよ、竹蔵だ。お役人にひでえ目に遭わされてると、お頭に伝えてくれよ。下手人の疑いをかけられてるんだ、助けてくれよぉ」

竹蔵は打って変わって、眉を八の字にして情けない声を出した。

左之助がおけいに眼を向け、見開いた。

「あんたは、飼鳥屋の」

「そんなのいいから、こっちだよ、若頭」

ああ、と左之助は竹蔵に視線を戻し、眉根を寄せた。

「事の次第は、道々善次の親分さんから聞かされたが、こいつはどういう成り行きで？　竹蔵の兄《あに》さんが、そちらのお役人さまのご妻女を殺めたというが」

「そいつは間違いだよぉ。勘違いだ。あれは、うっかりの事故だったんだからよぉ。いったろう、上方へ行く前に話した通りだ」

竹蔵は左之助に甘えたような声を出した。左之助は竹蔵を兄さんと呼んだ。とすれば、竹蔵もかつては鳶職人だったのだろう。

左之助はすたすたと竹蔵と永瀬に近づき、片膝をついた。

「で、お頭になにを伝えればいいんだい？　兄さん」

へへ、と竹蔵は下卑た笑みを洩らした。

「お頭は、普請奉行さまとご昵懇《じっこん》だ。前の時みてえに、話を通してくれればいい。それに、これを見りゃあわかるだろう？　乱暴な吟味を受けて、やってもいねえ殺しの罪を着せられそうになっているんだよ」

「ふうん。話をするだけなら、構わねえけどよ」

竹蔵の顔に明るい色が差した。

「そんなことをさせるものか、ふざけるな！」

永瀬はさらに怒声を上げた。岬が永瀬の身を竹蔵から引き剝がす。羽交い締めにされながらも、永瀬はさらに抗い続けた。

「落ち着け、永瀬」

左之助は永瀬と岬を一瞥《いちべつ》すると、息を吐いた。

「なあ、兄さん、上方にのぼる時、お頭が路銀とは別に暮らしの金を用立てたよなぁ」

「ああ、恩にきているよ」

「普請奉行さまにお願いして、手形も出してもらったはずだ」

ああ、ああ、と竹蔵は顎を動かす。

「で、上方でまっとうになって、店を出せるように、お頭は知人に文を出して骨折りした」

竹蔵の顔が次第に強張っていく。

「いちいち確かめるんじゃねえや。みんな承知していることだ。いいから早いとこ助けろっていってんだ。わからねえのか！　左之助」

さてなぁ、どうしたものか、と左之助が顎に手を当てて考え込んだ。

「兄さん、お頭の餞別《せんべつ》を皆、賭場で使っちまったそうじゃねえですか。上方からも、知らせが届いているんですよ。お頭も呆れ返っていなさった」

「なんだと。でたらめいうんじゃねえや。おれは、お頭の身内だってことはわかってるんだろうな。おめえなんざ、どうとでもできる」

身内だったのか。上手く言いくるめて、上方に逃げたのだ。けれど、土地が変わったところで、その性根までは変えられなかったのだろう。

「そこのお役人さまもよ。おれがひと言いえば、御番所から追い出されるんだ、ざまあみろ。大体、そんな汚え面《きたねつら》晒すんじゃねえよ。鬱陶《うっとう》しいんだよ」

くっと、永瀬が身を乗り出したが、岬がそれを止める。

「汚いとはどういう意味ですか！」

おけいはすっと進み出た。

「知らないのも当然ですが、永瀬さまは、あなたの義兄弟の子を救うために火の中を潜《くぐ》られたのですよ」

あ？　と竹蔵が訝しむ。

「おさいのことか？」

「ええ、そのおさいちゃんのことです。永瀬さまはそれで火傷を負われたのです。それを、鬱陶しいなどというのは、許せません」

おけいはいい切ると、竹蔵をきっと睨めつけた。

永瀬の憤怒の有り様に足が竦んでいたが、火傷を揶揄《やゆ》されたことは許せなかった。

「永瀬さまは、生死の境を彷徨われたのですよ！　それでも恨み言ひとつ、おっしゃらなかった。子を託されたからと、火の中を潜れますか、自分の命でさえ危うい中を、赤の他人の子を、ご自身のご妻女を殺めたかもしれない人の義兄弟の頼みを引き受けますか？　あなたのように、しでかしたことを隠し、偽り、逃げ回る人には、そのような気持ちは微塵《みじん》もないのでしょうね」

命を慈しむという思いを持ち合わせることもなく、誰かのために傷つくことも厭《いと》わないという優しさもないから、そうした言葉を投げつけられるのです、とおけいはさらに強く竹蔵を見つめる。

「汚れた顔をしているのは、あなたのほうです」

竹蔵の表情に戸惑いが見えた。おけいから堪らず眼を逸らした竹蔵は、

「じゃあ、おれの義兄弟《きょうで》ぇはどうした？　見捨てたのかよ、おい」

と、小声でいった。

永瀬はいまだ鋭い眼付きをしていたが、心の落ち着きを取り戻したのか、一呼吸置いてから口

を開く。

「すでに女房の姿は見えなかった。お前の義兄弟は、長屋の下敷きになった。助けられるはずもない。すぐに炎が迫っておったのでな。子だけは救ってくれといわれたのだ」

竹蔵は、畜生と呟き、どこか毒気を抜かれたように、虚空を見つめて息を吐いた。


左之助が大番屋を後にした。竹蔵の言い訳は、頭に報告するつもりはないと、永瀬に告げていった。

「竹蔵の兄さんは、お頭のおかみさんの弟なんです。お頭は眼をかけていたんですがね。もともと怠け癖があって、喧嘩騒ぎを幾度も起こして追い出されたんですよ。その後は坂道を転がるように、悪い仲間とつるむようになって。盗賊まがいの真似をし、女にも金にもだらしなく。都合が悪くなると、お頭に泣きついて来ましてね。上方に逃がしたのが、立ち直る最後の機会と突き放したのでしょうが、そんなことは兄さんには伝わっていなかったようで」

左之助は、永瀬の妻女にかかわる刃傷沙汰《にんじょうざた》についても知っていた。

「そういや思い出しましたよ。兄さんが家に駆け込んで来て、侍の女房の腕をちょっと傷つけてしまったと、真っ青な顔で騒いだのを」

その時も、喧嘩の最中にその女房が突然入ってきたからだ、と懸命に弁明したという。

「まさか亡くなったというのは、あっしらもまことに知りませんでした。本当に申し訳ねえことをいたしました」と、左之助が深々と頭を下げた。

永瀬は首を横に振る。

結局、悪事を誤魔化した竹蔵に図らずも手を貸したことで、事件の解決が遅れてしまったのだ。

「こいつはお頭に伝えます。兄さんの言い分を鵜呑《うの》みにした落ち度がこちらにもありやす。下手人を上方へ逃がしたとすりゃ、とんでもねえ。普請奉行さまにも恥をかかしちまった。詫びて済ませるわけにはいきません」

「もういい。それより、お前たちは一日も早く、町を建て直してくれ」

「お役人さま。では」

「咎《とが》めやしねえよ。身内に甘えるのは、どこも一緒だ」

永瀬は、再び頭を垂れた左之助の肩をぱんと叩いた。大番屋を出た左之助を手下の鳶たちが取り囲む。

「ご厄介をおかけいたします」

そういって、身を翻した左之助を永瀬は姿が見えなくなるまで見送った。

三

結衣は権太が連れて、先にお救い小屋へと戻った。そろそろ、夕餉《ゆうげ》の刻限でもあったが、さすがに竹蔵が牢にいる大番屋の中で飯をとる気にはなれない。

おけいを気遣った岬が永瀬とともに帰るよう、促した。永瀬の身体が万全なわけではないことも含めてなのだろう。岬に後を任せ、永瀬とおけいは大番屋を出た。

西の空が朱に染まり始めている。

杖をつく永瀬の後をおけいはゆっくりとついて歩く。

永瀬は黙って歩を進める。おけいは気詰まりを感じつつも、声がかけられない。永瀬の広い背中が拒んでいるように思えたからだ。

鎧《よろい》の渡しで舟に乗る。永瀬を支えようとすると、「大丈夫だ」と、脚をかばいながら船底に腰を下ろした。

対岸の小網町《こあみちょう》へと向かう舟には、荷を担いだ商家の手代と初老の町人夫婦が乗っていた。

夫婦を眼にした永瀬が、ふと思い出したように懐を探った。取り出したのは、雉の番《つがい》が彫られた根付だった。「岬に返そうと思って忘れていた」と、ぼそりという。

永瀬は、じっと見つめながら、掌の上で根付を転がす。

前に座っていた亭主が腰から下げた煙草《たばこ》入れに手をかけた。おけいは何気なくそれに眼を向け、はっとした。「永瀬さま」と、おけいが呼びかけたとき、

「すまぬが、その根付けを見せてくれぬか」

永瀬も気づいたのだろう、身を乗り出した。

急に声をかけられ、驚いた町人夫婦が振り向き、さらに眼を見開いた。

「何事でしょう、お役人さま。私の根付がなにか？」

訝る口調の亭主に永瀬は掌を広げ根付を見せた。

「あんたの根付と似てねえかと思ってな」

「あらほんと。それも雉じゃありませんか。亭主とお揃いですねぇ」

「こら、お役人さまに失礼なことをいうんじゃねえ」と、亭主がたしなめる。が、福々しい顔の女房はお構いなしに、

「いいじゃないの。うちのは、あたしが気に入って買ったんですよ。あら、少し焦げてしまっていますね、でもお店に持っていけば彫り直してくれますよ」

「そのお店はどこにあるのですか」

「え？　じゃあ。その根付はいただき物なの？　八幡さまの門前よ」

その店には、獣や鳥を象《かたど》った根付が多く売られていて、なかなか繁盛しているという。店主はまだ若く、客あしらいはぶっきらぼうだが、品揃えはいいと褒めた。

おけいと永瀬は思わず顔を見合わせた。富岡八幡宮の門前。善次が渡してくれたカナリヤの夫婦の住まいからさほど離れていない。繋がってしまう。懸念していたことが、本当になってしまう。おけいの唇から思わず知らず息が洩れた。

「おけいさん。申し訳ねえが、両国までは送れねえ。ひとりで大丈夫かえ？」

永瀬の顔つきが変わっていた。

「あたしも参ります。もしも、あのご夫婦だとしたら」


舟を乗り継ぎ、永代橋《えいたいばし》の東詰め、深川佐賀町へ向かう。河岸で舟を下り、そこから富岡八幡宮まで、徒歩で行く。すでに、日はとっぷりと暮れている。

八幡宮の門前は夕闇が迫っているも、まだ往来は賑やかだ。あたりには酒や料理を振る舞う店が多くあるからかもしれない。

目的の店はすぐに見つかった。舟で出会った女房がいった通り、獣や鳥の根付が数多く並んでいる。それ以外にも、煙草入れや、巾着《きんちゃく》などの小間物も置かれていた。奥が根付彫りの工房になっており、若い店主はそこにいた。

永瀬は店主を呼び、すぐに根付を見せた。

「確かにあっしが彫ったもんだが、これがどうかしましたか。御番所のお役人が何用で？」と、

無愛想にいった。永瀬が事情を告げると、

「ちょっと、待っておくんなさい」

店主は、帳場の大福帳を繰り始めた。

「ああ、これだ。こいつはちょっとだけ売り物に手を加えておりやして、雉の番と、その焼けちまったところには雛がいたんでさ」

雛――。

「雉の家族にしてくれって、頼まれて、彫り込んだんでさ」

「その注文はどなたが」

おけいは、身を乗り出して店主に迫った。一瞬、ムッとした顔をしたものの、おけいの必死な形相に気後れしたのか、店主は大福帳に記された名を読み上げた。

「平井増太郎というお武家さんで。なんでも、世話していた子が材木屋に奉公に上がるってんで、持たせてやるのだとおっしゃってましたよ」

「その材木屋って」

おけいがさらに問うと、店主は面倒臭そうに息を吐いて、考え込んだ。と、ややあってから、ぽんと手を叩いた。

「たしか、あの大火事の火元になった店だよ」

おけいはふっと眼前が暗くなって、その場にくずおれた。

「おけいさん」

永瀬が叫んだ。

なにがあったのだろう。幸せそうにカナリヤを買っていったご夫婦に。

「ここから先は、おれたちの仕事だ」

永瀬の指先が、おけいの肩に優しく触れた。


八五郎一家がお救い小屋を出る日が来た。

荷車の横に立って、おけいと結衣の見送りを受けながら長助は、拗《す》ねたような、怒ったような顔をしていた。

「おいら、つまんねえよ。ほんとに可愛い声でさ、おいらの名を呼んでくれたのにさ。おいらまだ、ここを出たくねえよ」

結衣が、気恥ずかしげに顔を伏せる。結衣は、誰よりも最初に長助の名を呼んだらしい。

長助は眼をまん丸く見開き、「鳥のさえずりかと思った」と、飛び上がっていたと、権太がさもおかしげにいっていた。

「長助ちゃん、色々ありがとう。おばちゃんも長助ちゃんがいたからすごく心強かった」

おけいは、中腰になり、長助と視線を合わせた。

「これからは、柳原土手まで古着を運ばなくていいぶん、お店番をしっかりね」

「ンなことはわかってら。けどよ、ことり屋のおばちゃん、ほんとにおいらたちと来なくていいのかい？　ここも壊されちまうって話じゃねえか。おばちゃんと結衣さまぐらいおいらン家で引き受けてもいいんだぜ」

大丈夫、とおけいは応えた。八丁堀の同心屋敷はかなり普請が進んでおり、結衣は同役の岬家で、永瀬の傷が癒えるまで過ごすことになった。

「今度、お店に買い物にいくわね。おばちゃんの好みそうな小袖をよろしくね」

「まかせとけってんだ」

長助は胸をどんと叩いた。

「おけいさん、いつ来てもらっても構わないからね。遠慮はなしだよ」

八五郎が気遣わしげにいうと、荷車を引き始めた。荷車に乗っている長助の弟妹、祖父母が、手を振る。長助は振り返り、振り返りしながら、荷車の後ろを押していた。

数か月のお救い小屋での暮らしが、子ども心にどのように映ったのか。人と人との間合いなどなかった、この空間で、大人のずるさも弱さも眼にしたことだろう。

江戸は災害が多い。火事や水害。地震もあるかもしれない。またぞろ、お救い小屋で過ごさねばならないことが起きることもあろう。

でも、一度頑張ったことは、きっと糧になっているはずだと、おけいは思う。

籠屋のおとせが隣で涙を流していた。

「ごめんよ、おけいさん。あんたをひとりにするのが辛いよ。あたしたちも明朝出て行くから。朝早く出るから見送りなんかいらないよ。悲しくなっちまうしさ。でも、お嬢さんの声が出て、本当によかったね。あたしも嬉しいよ」

「お元気で」

結衣がおとせを見上げて、いった。おとせは堪えきれず、地面に膝をつくと、結衣を思い切り抱きしめる。

おけいはその夜、文を綴《つづ》った。これからの自分のために。

おけいはひとりになった。籠屋一家が去って数日後、結衣はチヨを連れて、迎えにきた岬の妻女と一緒にお救い小屋を離れた。瞳を潤ます結衣に、おけいは「また会いましょうね」と声をかけた。

おけいは、がらんとした小屋を見回す。

こんなに広かったのだ、とおけいはひとりごちた。

お上は、ひと月後に小屋を取り壊すことに決めたそうだ。まだ行く当てもない者もいるが、いつまでも広小路を使用していては、差し支えがあるのだろう。

おしなも、子どもたちを連れて出た。新しい家が建ったと嬉しそうだった。身重の女房を足蹴《あしげ》にするような亭主だが、大工としての腕はいいのだ。

「別れたら、おまんま食えなくなっちまう。子どもを飢えさせるわけにもいかないしさ。嫌な亭主でも我慢しなきゃならない。女がひとりで生きて行くのは難しいからさぁ。あたしは諦めてるけどさ、おけいちゃんは、頑張ってね」

おしなは、そういって子どもたちを引き連れ、小屋を出た。

女ひとりで生きて行くのは難しい、か。たしかに、そうかもしれない。でも、あたしにはやらなくちゃいけないことがある。もう一度、一から出直すと心に決めたのだ。そして自分の飼鳥屋をきちんと営むこと。

小松町のあたりはまだ普請の途中だ。秋頃までかかるということだった。

隣に置いた鳥籠の中の月丸に視線を落とす。

おけいの視線を感じたのか、月丸が、小首を傾《かし》げて、嘴《くちばし》を開け閉めしている。

おけいの手には、先日、出した文の返書がある。それに眼を通し、おけいは、ほっとしながらも、気を引き締めた。もう荷はまとめてあった。

男がひとりやってくると、月丸の前にしゃがみ込んだ。

「ことり屋のおかみさん。これから出て行くんだってなぁ。月丸がいなくなっちまうのは寂しいよ」

月丸の水浴びをさせてくれた中年の職人だ。下駄屋を営んでいたが、火事で丸焼けになったと話していた。

「おい、月丸、元気でいろよ。おめえの水浴びをもう一度見たかったなぁ」

クア、と男の顔を見て、月丸が鳴いた。

「おお、月丸よ。おれの顔、覚えていてくれよな。なあ、店は小松町なんだろう？　月丸に会いに行ってもいいかえ？」

男は鼻を擦り上げた。

「ええ。もちろんです。ですが、お店が出来上がるのは、秋以降だと思います」

おけいは男に向かって、笑みを見せ、立ち上がる。

「しっかりな、ことり屋さんよ」

はい、とおけいは男に返事をすると、小さな荷を背負って、右手には鳥籠を提げた。

もう一度、お救い小屋を振り返る。二度とこんな暮らしはごめんだが、路頭に迷うよりはましだった。そう思うことにした。

ことり屋が焼けてしまったことは、悔しいし、哀しい。命があっただけでもありがたいことだった。けれど、なにもかもなくしたことが、却《かえ》って、あたしに力をくれたのだ。

おけいは、小屋の出入り口に下がっている筵《むしろ》を押し上げた。空は澄み渡り、雲ひとつない。

「月丸、行きましょう」

おけいは歩き出した。浅草橋近くの船宿で、舟を仕立てさせ、神田川を上る。行く先は、文の返事をくれた本郷《ほんごう》一丁目にある店だ。

「オケイ、メシ、オケイサン」

櫓《ろ》を押していた初老の船頭が唇に咥《くわ》えていた煙管をぽろりと落とした。

「こら、月丸」

船底に転がる煙管を、おけいは拾い上げた。

「お、おかみさん、いま、その鳥が喋《しゃべ》ったのかえ？」

「ええ、九官鳥という鳥は人の言葉を覚えるのですよ」

「はあ、こりゃあ、驚いた。もうちょっとで舟をひっくり返すところだった」

おけいと船頭が、互いに笑うと、誰にいつ教えられたものか、「ハハハハ」と、月丸も笑い声のようなものを上げた。

筋違橋で舟を下りて、昌平坂《しょうへいざか》を上る。心の内で、馬琴先生に挨拶をしたほうが良いかと思ったが、いまは先を急ごうと、おけいは足を速めた。荷は少ないが、鳥籠を持っているせいか、だんだん息が上がって来る。神田明神前の坂のほうが楽だったかしら、と思ったがもう遅い。すでに昌平黌《しょうへいこう》の前だ。このまま道なりに行くと、本郷の通りに出る。もう少しだ。

おけいは、ふと通りに並ぶ店を見た。水茶屋の後、長屋を出て住み込みで奉公した煮豆屋はなかった。店は豆腐屋に変わっていた。

この煮豆屋に羽吉は足繁く通ってきた。竹皮にしゃもじでひと掬《すく》い。小豆《あずき》、大豆、隠元《いんげん》、大納言。甘く煮含めた豆は子どもから大人まで、人気があった。

鳥の鳴き声が聞こえてくる。さまざまな鳥の鳴き声だ。月丸が落ち着かずに羽を広げたり閉じたりしている。

たくさんの鳥籠が並べられている店の前に立ったおけいは、軒に下げられた看板を眺める。

『飼鳥御用達　越前屋《えちぜんや》』

越前屋は、江戸市中で屈指の飼鳥屋だ。幕府や大名家の御用達として、大型の鳥から、小型の鳥、水鳥、陸鳥の両方を扱っている。さらに、振り売り商いの鳥屋のための問屋でもあった。また、越前屋では、ウグイスやウズラの鳴き声の訓練もしている。いかに美しい鳴き声を出せるか教えるのである。

鳥飼い仲間の間では、鳴き合わせという品評会がある。そこで己の飼っている自慢の鳥を披露するため、越前屋に託すのだ。

越前屋は、羽吉がかつて奉公していた店でもある。

小松町に店が持てたのも、越前屋の後ろ盾があったからだ。それだけ、羽吉は奉公人として見込まれていたのだろう。

おけいは、すうっと息を吸い込み、腹に力を入れた。

今日から、あたしはここで働く。

おけいは一歩踏み出した。

「ごめんくださいまし。小松町のけいと申します」

と、店の奥から、あたふたと店名を染め抜いた半纏《はんてん》を着た番頭と思しき中年男が姿を現した。

腕には鷹《たか》を乗せている。

月丸が鳥籠の中で騒ぐ。鷹は、鋭い眼で獲物を確認すると、その尖った長い爪で小さな獣を捕獲する猛禽だ。おけいも後退りする。

「おやおや、怖がることはない。この子はまだ幼いからね」

幼い？　それでも翼を広げれば、二尺（約六十センチ）ほどはありそうだ。

「ほうほう、よい九官鳥だね。羽根艶もいい。眼も生き生きして賢そうだ。よほど大事にしているのがわかる」

「ありがとう存じます。お返事も早速に恐れ入ります」

おけいは丁寧に頭を下げる。

「越前屋の番頭だ。私も文は読ませてもらっているよ」

「まことに図々しいお願いばかりで」

おけいは、普請が終わるまでの間、住み込みで鳥について学ばせてほしいと文に記した。その間、当然、給金などいらない、食事も身銭を切るつもりでいる。さらには、いま回向院にいる小鳥たちを越前屋さんに引き取っていただきたい旨を綴った。

「主《あるじ》はすべて了承いたしました。もともと、小松町は羽吉の店。それを、おけいさんが守っていたのですから。うちとしては、羽吉の不始末を贖っていただいたと思っています」

おけいは首を横に振った。

「不始末ではありません。不幸な事故だったのですから。ですが、此度の火事で、やはりあたしは飼鳥屋を続けていきたいと思ったのです。そのためにも、足りない部分を越前屋さんで学ばせていただきたいと」

番頭は、うんうんと頷いた。

「それで、羽吉には会いましたか？」

「幾度か、お救い小屋に訪ねてきてくれましたが」

じゃあ、告げていなかったのか、と番頭が呟き、不意に険しい顔をした。おけいが怪訝《けげん》な顔を向けると、番頭は、すぐさま身を翻して、近くの手代を呼び、

「駕籠《かご》を一挺《ちょう》、すぐに寄越せ。いますぐに行け」

と、命じた。

「おけいさん、あんたと入れ違いに羽吉はここを出て行ったんだよ。まだ、四半刻も経っちゃいない。明神さまにお参りするといっていたから、駕籠ですぐに追いかければ、会えるかもしれない。舟に乗ってなければいいが」

神田明神の坂を上れば、下って来る羽吉に会えたかもしれなかった。だが、おけいは昌平黌に至る坂を選んだ。やはりあたしたちはそうした定めだったのだ。

「あたしと羽吉さんとは、もう」

躊躇《ちゅうちょ》するおけいに、番頭が声を張った。

「離縁したことは聞いているよ。でもね、羽吉がうちと懇意にしている長崎の飼鳥屋に行くのは聞いているかい？　今日これから発つんだよ。もう、二度と会えないよ」

「番頭さん、駕籠が来ました」

手代がまろぶように店に戻って来るなり、大声を上げた。おけいはその声に振り返った。

「さ、早くお行きなさい。いいかい。通旅籠町《とおりはたごちょう》の宿屋に寄ってから、出立するといっていたから、間に合えばいいがね」

番頭が、宿屋の名をいった。それでもおけいの心は揺れていた。

羽吉さんが長崎へ行くことは馬琴から聞いてはいたが——それが今日とは。

「なにをぐずぐずしているんだね。羽吉はあんたがここで働くことも知っている。店が出せるよ

うになったら、うちで面倒を見てやってくれと、いい残していったよ」

羽吉さん。

「オケイ！」

月丸が鋭く鳴いた。羽吉の声色《こわいろ》で鳴いた。

月丸の鳴き声に背を押され、おけいは身を翻して駕籠に乗り込んだ。

神田川沿いにはいくつもの橋がある。舟に乗ったとしたなら、通旅籠町の宿屋へは新シ橋《あたらしばし》か浅草橋《くさばし》で下りる。どちらだろう、おけいは駕籠に揺られながら考えた。

「新シ橋まで急いでください」と、おけいは声を張り上げた。


おけいは橋の上で神田川を見下ろしていた。川を下ってくる舟に眼を凝らす。もう三艘《そう》見送った。

とうに着いてしまっただろうか。だとしたら、宿屋へ行くべきか。また一艘近づいて来る。数人の客の中に赤い唐桟縞《とうざんじま》の小袖を着た男が見えた。おけいは息を呑む。あれは、燃えてしまったはずの。ああ、そうか。きっと新しい物を買ったのだ。羽吉はあれが気に入りだったから。おけいは、わずかに微笑んだ。

「羽吉、さん」

一声目は喉が嗄《しわが》れてうまく出なかった。駄目、舟が橋を潜ってしまう。おけいは欄干を強く摑《つか》んで、川面に向かって声を振り絞った。

「羽吉さん」

男があたりを見回した。やはり羽吉だ。同乗していた幾人かが何事かとばかりに橋を見上げる。

首を回して、顔を上げた羽吉が眼を丸くした。

「あたしを小鳥たちに会わせてくれてありがとう。あたし、ことり屋を続けるから」

羽吉が手を振って、笑みを見せた。

「それから、越前屋さんに口添えをしてくれて――」

言葉が続かなかった。羽吉が背を向ける。舟は先を行く。遠ざかって行く。

これでいい。これ以上は羽吉も望まない。あの笑顔がそれを物語っていた。

羽吉を乗せた舟は、行き交う舟に紛れて行く。

ああ、とおけいは息を洩らす。

八五郎一家、籠屋一家、馬琴、結衣。沢渡や鳶の左之助、岬や与力、回向院の僧、お救い小屋の人々、おさい、とさまざまな人の顔が浮かんできた。そして、羽吉。

あたしは、大勢の人の中にいる。

救い、救われ、甘え、甘えられ。頼り、頼られ。人の世は、そうして成り立つものなのだ。決して、ひとりじゃないのだと。

永瀬の笑顔を思う。

おけいは踵を返して、待たせていた駕籠に再び乗り込むと、越前屋へと戻った。

十姉妹《じゅうしまつ》、文鳥、ヤマガラ、ツグミなどは、安価で町人の間でも飼われる小鳥だ。鶯《うぐいす》、オオルリ、コマドリはさえずりや羽根色の美しさで人気があるが、さえずりの美しさではクロツグミが一番だと、まだ奉公したての子が自慢げに教えてくれた。雀の仲間、鳩の仲間など、鳥の分類も知ることができた。

大店では多くの種類の鳥が常時見られることが嬉しい。ことり屋では扱えないような、フクロウ、ヨウム、鷹、孔雀などの大型の鳥の世話をするのも楽しかった。ただ、雛などの生き餌を与えるのは、辛かった。

越前屋では、珍しい鳥や客好みの鳥が入ると鳥を連れて、得意先を回る。おけいも番頭とともに武家屋敷や大名家を訪れた。しかし、大火事の余波は当然、武家にも及んでいる。鳥を売るというよりは、見舞いの品を配り歩くことのほうが多かった。たとえ、商いにならずとも、番頭はすでに飼われている鳥の様子を必ず見て、助言する。

旗本屋敷からの帰り、道々話をしながら歩いた。

「まあ、うちは飼鳥屋だからねぇ。生き物を扱っているんだ。売って終わりじゃない。うちではね、子を嫁がせた親の気持ちを持てと常々教えているのさ」

幼い奉公人にはピンとこないようだがね、と番頭は苦笑する。

「命を売ることで、悩んだことがありました。風切羽《かざきりばね》を切って、飛べなくするのは残酷だと思いました。籠に閉じ込め、さらに飛べなくして」

おけいの言葉に番頭は頷いた。

「だからこそだよ、鳥を迎えた側が覚悟しなきゃいけないのさ。自分は命を預かったのだとね。そういう思いが感じられなければ、いくら金を積まれてもお帰りいただく。愛らしいから、きれいだからというだけで、生き物を迎えるのは間違いだよ。玩具《おもちゃ》ではないからね。おけいさんにはもうわかっていることだと思うがね。けれど、商売でもある。金勘定もできなきゃいけないよ。鳥を一羽でも多く売るために、私たちも世話をおこたってはならない。欠けた器を買う客はいないからね」

おけいは深く頷く。

番頭は手に提げた鳥籠を顔のあたりまで掲げた。唇を尖らせてチッチッと、中のヤマガラに話しかける。ヤマガラが「スィースィー」と答えるように鳴く。番頭が顔をくしゃっとさせる。その様子が童《わらべ》のようで、おけいは思わず微笑んだ。厳しいことをいいながらもやはりこの番頭も鳥好きなのだ。

鳥たちに癒やされるなら、そのお返しを人はしなければならない。それは、命が尽きる日まで、世話をすることだ。感謝をすることだ。売るほうこそが、それを心得ていなければいけない。

羽吉が鳥たちを見る眼は本当に優しかった。越前屋での奉公で、鳥商いと同時に、鳥を慈しむ気持ちをより養ったのだろう。

ここに来て、よかったとおけいは心底感じていた。

半月ほど経つと、夏の暑さも引き始め、夕《ゆうべ》にはひぐらしが鳴き始めた。店にも、奉公人たちにもすっかり慣れ、まだ幼い小僧たちは、おけいを姉か母のように慕ってくれている。

夕刻、秋の気配を感じさせるような風が吹いた。おけいは店座敷を通り抜ける風を感じながら、鳥籠をひとつひとつ、奥の棚に運んでいた。

「おけいさん、お役人さまがいらしてますよ」

小僧の愛らしい声に、鳥籠を抱えたままおけいは振り返った。

「元気にしていたかえ」

永瀬が通りに立っていた。杖はまだ使っていたが、顔の火傷痕はわずかに薄くなっている。

おけいは帳場の番頭に許しを得て、前垂れと髪に巻いた手拭いを急いで取ると、永瀬のもとに駆け寄った。

「永瀬さま」

「ここでの奉公、じゃねえや修業はどうだい？」

永瀬が笑みを向けた。

「ええ、とても有意義に過ごしております」

どちらともなく、歩き始めた。ふたりの影が通りに落ちる。涼やかな風が後れ毛をそよがせ、おけいはそっと指で押さえた。

「鳥がますます好きになってしまいました」

おけいは、歩きながらさまざまな鳥について夢中になって話した。おけいはふと視線を感じて、隣を歩く永瀬を見る。永瀬がおけいを眼を細めて見つめていた。

「あ、ごめんなさい。あたしったら、ひとりでぺらぺらと」

「いや、おけいさんがあまりに楽しそうなんでな。止める術《すべ》を失った。小松町の普請もまもなくだな。見に行っているのかい？」

一度、とおけいは応えた。次第に町が立て直されていくのがわかった。また、ことり屋の店座敷に座ることができる、と心が躍った。

「結衣さまは？」

「ああ、声もよく出るようになった。チヨと遊んでいるよ」

「よかった」

ふたりは本郷の通りを言葉なくしばらく歩いた。

先に口火を切ったのは永瀬だ。

「平井増太郎のことで来た」

おけいはどきりとした。

「平井夫婦には子がなかったが、長屋でふた親を失った子を育てていたらしい。十一で、火元になった材木屋に奉公が決まって、平井があの根付をお守り代わりに渡したそうだ。けどなぁ、材木屋でその子は虐《しいた》げられていた。掛取り（集金）で粗相があって以来、若い衆数人にいびられていたという話だった」

失敗は誰にでもある。けれど、それを虐げるきっかけにしてしまう。嫌な話だ。おけいは眉をひそめた。

「それを苦にして、逃げ戻った子を平井はきつく叱りつけ、追い返したそうだ。それから、三月後だ。その子が鳥好きだったらしくてな。ある日、燕の雛が巣から落ちたのを拾い上げ、隠れて世話をしていたが」

永瀬が言葉を詰まらせた。が、ややあってから、口を開いた。

「それを若い衆らが知って、その雛を神田川に投げ捨てた」

飛べない雛を。

では、その子は。おけいはそれ以上、考えたくなかった。身体が嫌悪と怒りで震えた。

「雛を救い上げようと川に飛び込んで、溺れ死んじまった。だが、材木屋の主人はそのことを平井夫婦には告げなかった。御番所に平井が駆け込んだら困ると思ったんだろう。けど、盆の藪入《やぶい》りにも帰って来ねえのを訝しく思った平井が材木屋へ行って初めて、死んだことが知れたそうだ。その時、返されたのがあの根付だ。平井夫婦はなぜ死んだのか調べ尽くして、ようやく若い衆らにいたぶられていたことがわかったんだ」

永瀬は朱に染まりかけた雲を見上げた。

それでも、なぜカナリヤを買いに来たのか。そして、返しに来たのか。やはりわからない。でも――。

我が子のように世話した子を叱りつけ、奉公先に戻したことをあの夫婦は後悔していたのではあるまいか。

家に留めておけば、こんな不幸な結果は招かなかったはずだと。

「材木屋の主人を締め上げたらな、平井は店に来て、もう自分は病で余命幾ばくもない。だが、実の子同様に育てた子の仇を討たねば、あの子に合わす顔がない、奉公人を斬り、ここで自害をすると、夫婦で刀を抜いたといったよ。店は大騒ぎだ。奉公人を斬られ、その上、店ん中で自害なんかされたら、お上にいろいろ突っ込まれるからな。平井夫婦はそれが目的だったんだろうよ」

だが、そのすぐ後に、火の手が上がった、と永瀬が辛そうな顔をした。

「これで寂しゅうはなかろう」と、平井はカナリヤを購ったとき、妻女にいった。

妻は、夫とともに行くはずではなかったのだろう。けれど、やはり夫婦で赴いたのだ。だから、カナリヤを育てることができないと、善次に託し、返して来たのだ。

悲し過ぎる。

雉の親子の根付。火も恐れず子を守る雉――あの夫婦はまさにそのものだったのだ。

「煙草の火の不始末で火事を起こした奉公人は、雛を川に投げた奴だ。直に手を下したわけじゃねえが、それがもとで溺れ死んだ。死罪は免れねえだろう」

とはいえ、得心できない。おけいの胸にやるせない思いが広がる。

「こういう話を聞くたび、てめえのお役目を恨むぜ。事が起きて、その事実を知ったところで後の祭りだ。不甲斐《ふがい》なさを感じるよ」

神田明神の鳥居が見える。いつの間にか、ここまで来ていたのだ。

永瀬がふと黙り込んだ。おけいもまた黙って歩く。

と、

「――あん時は、大番屋で、みっともねえところを見せちまった」

永瀬が前を見つめながらいった。おけいは静かに首を横に振り、口を開く。

「あたしは、大切な人を突然、奪われたことはありません。ですから、永瀬さまのお気持ちのすべてがわかるとはとてもいえません」

おけいの脳裏に、母と弟との暮らしが甦ってきた。父親は、当時のおけいとさほど変わらぬ歳の女子《おなご》に入れあげ、家族を捨てて出て行った。おけいは母親から理不尽な折檻《せっかん》を受けた。父親と逃げた娘とおけいの姿が重なったからだ。

どんなに母親に尽くしても許されなかった。水茶屋で働き、銭を稼げば一刻機嫌が良くなるが、すぐに売女《ばいた》と罵られた。夫の不実を、おけいを詰ることで晴らそうとしていたのだ。その歪んだ情愛が悲しく、愚かに思えた。このままでは殺されると長屋の差配から、家を出るよう助言され、さらに煮豆屋への奉公を仲立ちしてくれた。その親切におけいは深く感謝していたが、差配にしても面倒は避けたかったのかもしれない。

「あたしは、母親と身体の弱い弟を捨てた女なんです。自分の身を守るために家を出たんです。その後、ふたりは死にました。流行《はや》り病で死んだんです」

おけいは、微笑んだ。

「身勝手な喪失感が残りました。あたし自身が招いた結果なのに。母は気鬱を患っていたのでしょうし、そんな母が弟の面倒など見るのは不可能です。それを承知しながら、あたしは家を出た。

その後悔は一生背負って行かねばならないのでしょう」

永瀬は、おけいが話し終えるまで、言葉を挟まず聞いていた。

「ごめんなさい。あたしの身の上など聞いても詮ないことですのに」

いや、と永瀬はぽつんと洩らした。

「竹蔵を憎めるだけ、おれたち父娘のほうが、まだましってことかな。おけいさんは自分を責めることしかできねえからな」

「そんなこと」

おけいは慌てて否定した。そんなつもりではなかった。

「いいんだよ。仇を討つって思うだけで、生きる力になることもある。けど、結衣は違った」

おけいのことり屋で文鳥を購い、世話を始めてから、少しずつ変わっていったという。チヨと名付けた文鳥を呼ぶために、唇を動かし始めた。自分の声が届かなかったせいで母親を助けられなかったという呵責《かしやく》を抱え、声を失った結衣が、懸命に前に進もうとしていた。声を取り戻そうとしていた。

「おれは、女房を手に掛けた奴をてめえの手で殺めたかった。こんなにも人を憎めるのだと驚くほど憎んだ」

永瀬の声が震えていた。

「だが、結衣を見て変わろうと努めた。きちんと捕らえて、裁きを受けさせなきゃならねえってな。月並みかもしれねえが、死んだ女房だって仇討ちなんて望んじゃいねえはずだ。江戸を守る役人が下手人になってどうすると、あの世で怒るに違いねえってな。日々は残酷だ。辛かろうと苦しかろうと過ぎていく。おれが思い出せるのは、女房の笑顔だけになった。ある時、気づいたんだよ。人はこうして辛く悲しい記憶を塗り替えていくんだってな。憎しみは消せねえが。平井夫婦にも伝えたかった。悔しいよ」

　おれらが腰にさしている刀は、と永瀬が柄を叩いた。

「人を殺すための物じゃねえし、てめえの勝手で抜く物じゃねえ。ましてや、帯の間にある十手《じって》は、お上からの預かり物。痩せても枯れても、おれは八丁堀だ。町を守るために使う物さ――なんてな」

　永瀬は自嘲気味に笑った。

「けれども、いざとなると、わからねえものだな。怒りと憎しみでわからなくなっちまった。そう思うと、平井夫婦にはなにもいえねえか」

　永瀬は気恥ずかしげに鼻の頭を指先で掻いた。

　きっと、あの夫婦も奉公に上がるときに持たせた根付を思い起こせば違っていたのかもしれない。番の雉とその雛。

　何があっても守ってやると、そうした思いを込めた意匠だったはずなのだ。けれど、その子が死んでから、その思いを貫こうとしたのは、間違いだ。

　生きているときに、守ってあげるべきだった。

　永瀬が、こつっと杖の先を地面に勢いよく落とした。

「岬に止められなきゃ竹蔵の息の根を止めていたかもしれねえ」

「岬さまがいらっしゃらなければ、あたしが止めました」

　おけいは思わず口にしていた。ほう、と永瀬が感嘆した。

「それは、心強いな。これからもおれが突っ走りそうになったら、止めてくれたらありがたい」

「いつもお側にいられるかどうかわかりませんけれど」

おけいはさりげなくいったつもりだった。が、永瀬が不意に黙り込み、足を速めた。おけいも小走りになって、その後をついて行く。

「お、もう夜鳴き蕎麦屋が出ているな。おけいさん、ちょいと腹ごしらえしねえか？」

永瀬は担ぎ屋台に向かって、どんどん歩いて行く。

「おい、親爺《おやじ》、かけをふたつくれ」

おけいが追いつくと、永瀬は振り返ることもなく、

「――だったら、いつも側にいてくれねえか」

ぼそり、といった。


晩秋の風が、柔らかに吹く。越後屋から仕入れた小鳥たちのさえずりがかまびすしい。新しい店にはまだ木の匂いが漂っている。これまでは階段下に置いてあった餌の粟《あわ》やひえなどの袋のための場所もしつらえ、以前よりも鳥籠を置く棚も増えた。特に、便利になったのは棚板を移動させられることだ。大きな鳥籠も棚板を動かせば入れることができるようになったのだ。

これらは、鳶の左之助とおしなの亭主が、おけいの望みを聞いて造ってくれたのだ。

おしなは、せり出してきた腹を抱え、店開きの日に祝いの品を持ってきてくれた。

「相変わらずひどい亭主だけど、子どもたちから、ことり屋のおばさんに優しくしてもらったといわれて、渋々頷いてくれたのよ。あたしがいうと怒るけど、子どものいうことは聞いてくれるんだと癪《しゃく》に障っちまったけど。あんたとあたしは違うから。あたしは今の暮らしを守っていくだけよ」

なんとか、亭主とうまくやっているのだ。

月丸の住まいも真新しい。初めのうちは落ち着かずにキョロキョロしていたが、三日もすると、始めからここにいたような顔をした。

「月丸はずいぶん嬉しそうだの」

馬琴が眼を細めて、禽舎《きんしゃ》を眺める。

「でも、お救い小屋で皆にチヤホヤされたせいか、この頃、なんだか偉そうなんです」

「当然だろうて。幽霊に化けた盗人を捕らえた、大明神だ」

そうですけど、とおけいは不満そうにいった。

「盗人も間抜けだの。オカミをお上と聞き間違えるとはな」

「それで、小屋の皆さんに、好きに水浴びをさせてもらったり、遊んでもらったりしたので、調子に乗って。あたしにも同じようにしろとばかりに、オケイオケイと騒ぐんです。その上、どなたが教えたのか、唄までうたうようになって困ります」

「なんの、かわゆい、かわゆい。月丸も辛い思いをしたのだからなぁ」

ははは、と馬琴は月丸の味方だった。

「先生、カナリヤは元気にしておりますか？」

平井夫婦が返してきた番は、馬琴が譲り受けた。二羽から生まれた子も一緒だ。あの夫婦の事を告げると、あの謡曲そのものだ、と感慨深げだった。

「おう、いい声で鳴いておるわ」

と、馬琴が煙管を取り出した。おけいはいつものように煙草盆を差し出す。かつて羽吉が使っていた煙草盆は火事で燃えてしまった。これは、古道具屋で購ってきた物だ。

しかしなぁ、と馬琴は刻みを詰めると、ひと口、服《の》んだ。

「先日、羽吉から文が届いた。長崎で異国の鳥を扱っているそうだ。できれば、番に卵を産ませて、増やしたいと思っているそうだ」

羽吉は新たな道を開いた。おけいはそれが嬉しかった。いつか、羽吉が増やした異国の鳥が江戸でも飼われるようになるかもしれない。

「しかし、籠屋がないのは困ったもんだな。鳥籠で奥が詰まっておるぞ」

飼鳥屋の隣には必ず籠屋がある。購った鳥を連れて帰るために必要だからだ。

「ええ、まもなく越前屋さんが懇意にしている籠屋さんがこちらに移られるので。奉公していた職人が独り立ちなさるとかで、お願いしたのですよ」

むっと、馬琴は唇を曲げた。

「若い男か？　あの役人がやきもきするぞ」

「そんなことはありませんよ、先生。永瀬さまはそんなことで妬《や》いたりしません」

おけいがにっこり笑うと、馬琴がふんと鼻を鳴らした。

「たいした自信だの。しかし、おけいさんも剛気なものだ。意地っ張りで頑固なのは知っておるが」

馬琴は唇をすぼめ、うまそうに煙を吐く。

おけいは、餌をすり棒で潰しながら、

「あの話なら、もう、おやめくださいましな、先生」

と、横目で睨《にら》んだ。「おお、怖い怖い」と、馬琴は肩をすぼめた。

「まあ、あの朴念仁《ぼくねんじん》には、はっきりいうてやらんとわからぬのではないかな。子の母親でなく、己の女房になってほしいと」

馬琴は苦笑しながら、ふた口目を口にする。

夜鳴き蕎麦屋で、いきなり「いつも側にいてくれねえか」といったが、そのすぐ後に、「結衣の母親になってくれ」と付け加えたのだ。

「ですから、あたしは、結衣さまの母上はひとりだけ。あたしはなれません、とお答えしただけです」

永瀬はおけいの返答が思いがけぬものだったのか、言葉を失い、蕎麦を掻き込んだ。照れ隠しだったというのはわかっている。でも、はっきりと女房に、といってほしかった。それはわがままだっただろうか。けれど今はこれで十分。互いの心が寄り添っていることを感じているから。未来《さき》はわからない。けれど、ゆっくりと、温めていきたい。

「まあ、しかし、おけいさんが嫁に行って店を畳まれてしまうと、わしがいろいろと不便なのでなぁ。あの役人には申し訳ないが」

まあ、とおけいは呆れ顔をする。

「あたしは多くの人とこの子たちを繋ぐ役目をしているんです。ことり屋は、版元からの隠れ場所ではございませんよ。それに」

おけいはすっと顔を上げる。

表通りはすっかり新しい家屋が建ち並び、町は元通りになったように見える。けれど、小松町を含めて、まだまだ路地裏には点々と空き地が風にさらされたまま、手が付けられていない。

再び、人々の笑顔を見たいのだ。小さな命を前にしたときの、慈しむその心がもっと見たいのだ。

あたしはここにいて、小さな命の幸せを願いながら、この子たちを迎える人たちの幸せも願う。火事で多くの人々が命を落とした。その悲しみから立ち直っている人ばかりではないから。あたし自身が独りで立って、歩けるようになるまで、もう少し時がほしい。

「やれやれ。まだまだ春は遠いかのう。わしには都合がよいが」

いつもの苦虫を嚙み潰したような顔をして、馬琴が深く息を吐く。

「先生、これから寒い寒い冬が来るのですよ。春はたしかにまだ遠いです」

おけいはきっぱりいい放つ。

「これはこれは」と、馬琴が唇を不機嫌に曲げた。

「しかし、見事に焼け野に立ったな」

「とんでもないことでございます。まだまだこれから」

「頼もしいのう」

雉は高くは飛べないが、蛇をも喰らう強い鳥だ。

焼け野に立つ凜とした美しい姿を、おけいは思う。

と、ぬっと揚げ縁に影が落ち、それに驚いた鳥たちが鳴き声を上げた。

「おうおう、噂をすれば、朴念仁か」と、馬琴が毒づく。

「永瀬さま、どうなさいました、そんなに慌てて」

永瀬は眉間に皺《しわ》を寄せて、さも困った顔をした。

「すまねえ、おけいさん。今な、日本橋室町《むろまち》の商家を襲った盗人の探索をしているんだがな。どうしてもわからねえことがある」

「なんでしょうか」

「盗人を見たのは、バタンだけなんだ。そのバタンが何か喋ってるんだが、おれにはちっともわからねえ。おけいさんなら、鳥語もわかるかと」

おけいはため息を吐く。

「鳥語なんて、わかるはずないじゃないですか。それより、その子は言葉を教え込まれておりますか」

「さあて、嘴を大きく開けて、ごにょごにょいってるが。ともかく、一緒に来てくれ」

「先生、少しの間、お店番お願いしますね」

おけいはすぐさま腰を上げ、前垂れを外した。

馬琴がきょとんとした顔で眼をしばたたいた。

「センセイ、オネガイ、センセイ。オケーイ、オケーイ、ハハハハ」

月丸がばさばさと、翼を広げて楽しそうに鳴いた。

初出
「小説トリッパー」二〇一八年冬号〜二〇二一年秋号
書籍化に際し大幅に加筆・修正を行いました

装画　大竹彩奈
装丁　芦澤泰偉

梶よう子（かじ・ようこ）
東京都生まれ。二〇〇五年「い草の花」で九州さが大衆文学賞大賞受賞。二〇〇八年「一朝の夢」で松本清張賞を受賞しデビュー。二〇一六年『ヨイ豊』で歴史時代作家クラブ賞作品賞、二〇二三年『広重ぶるう』で新田次郎文学賞受賞。著書に「御薬園同心水上草介」シリーズ、『ことり屋おけい探鳥双紙』『赤い風』『本日も晴天なり　鉄砲同心つつじ暦』『噂を売る男　藤岡屋由蔵』『吾妻おもかげ』『空を駆ける』『我、鉄路を拓かん』など多数。

焼《や》け野《の》の雉《きじ》

二〇二三年五月三十日　第一刷発行

著　者　梶よう子
発行者　宇都宮健太朗
発行所　朝日新聞出版
〒一〇四-八〇一一　東京都中央区築地五-三-二
電話　〇三-五五四一-八八三二（編集）
〇三-五五四〇-七七九三（販売）

印刷製本　中央精版印刷株式会社

©2023 Yōko Kaji
Published in Japan by Asahi Shimbun Publications Inc.
ISBN978-4-02-251883-5
定価はカバーに表示してあります。
落丁・乱丁の場合は弊社業務部（電話〇三-五五四〇-七八〇〇）へご連絡ください。
送料弊社負担にてお取り替えいたします。

梶 よう子の本

ことり屋おけい探鳥双紙

姿を消した夫を待ちながら飼鳥屋を営む
おけいは、店に持ち込まれる様々な謎も
解き明かす。しなやかに生きる主人公と
市井の人たちを活き活きと描く時代小説。
『焼け野の雉』の前日譚！
朝日文庫